Au-delà de tout soupçon

Du même auteur
aux Éditions J'ai lu

La séductrice inattendue, *J'ai lu* 3491
Rendez-vous manqué, *J'ai lu* 4781
Les clés d'Aphrodite, *J'ai lu* 5303
Un duo inattendu, *J'ai lu* 5410
Une alliance de choc, *J'ai lu* 6907
Un alibi de charme, *J'ai lu* 7647

Amanda Quick

Au-delà de tout soupçon

Traduit de l'américain
par Paul Benita

J'AI LU

Titre original :

AFFAIR
Bantam Books,
a division of Bantam Doubleday Dell Publishing Group, Inc.,
New York

PROLOGUE

Minuit — Londres

Sans comprendre pourquoi, Charlotte se réveilla en sursaut. Son cerveau endormi avait peut-être enregistré la plainte d'une lame de parquet, ou bien une voix étouffée. Quelle qu'en soit la cause, elle ouvrit brusquement les yeux et se dressa dans son lit. Un sentiment d'urgence la tenaillait. L'angoisse lui glaçait le corps.

C'était le soir de congé de la gouvernante. Son beau-père, Winterbourne, ne rentrait jamais avant l'aube ces temps-ci. Charlotte aurait dû être seule avec Arielle, sa sœur, dans la maison.

Mais quelqu'un venait de grimper l'escalier et marchait dans le couloir.

Rejetant les couvertures, elle se leva. Le sol était froid. Elle frissonna.

Une autre lame de parquet grinça.

Arrivée à la porte, elle l'entrouvrit à peine. Le couloir était éclairé par une lueur dansante. Deux silhouettes énormes dans de grands manteaux s'étaient arrêtées devant la porte d'Arielle.

Un des hommes tenait une chandelle. La lumière révélait les traits épais et mous de Winterbourne.

— Faites vite, grommela-t-il à voix basse. Et ensuite, partez. Le jour va bientôt se lever.

— Mais je tiens à apprécier ce plaisir. Il est fort

rare de pouvoir savourer une vraie vierge issue d'une lignée aussi excellente. Quatorze ans, disiez-vous ? Un bel âge. Je compte prendre mon temps, Winterbourne.

Charlotte se pétrifia. Elle n'en croyait pas ses oreilles. Pire encore que les mots qu'il prononçait, il y avait la voix de cet homme. Même réduite à un murmure, elle était sublime, un véritable instrument de musique capable d'apaiser un animal sauvage ou de chanter des hymnes. C'était le son le plus terrifiant qu'elle ait jamais entendu.

— Etes-vous fou ? siffla Winterbourne. Dépêchez-vous d'en finir.

— Je vous rappelle que vous me devez beaucoup d'argent, Winterbourne. Vous n'espérez quand même pas régler vos dettes en ne m'accordant que quelques minutes avec cette chère petite innocente ? Je veux une heure.

— Impossible. L'aînée dort au bout du couloir. C'est une garce, absolument incontrôlable. Si vous la réveillez, j'ignore ce qu'elle fera.

— C'est votre problème, pas le mien. Vous êtes le maître chez vous, non ? A vous de vous occuper d'elle.

— Que diable voulez-vous que je fasse si elle se réveille ?

— Enfermez-la dans sa chambre. Attachez-la, bâillonnez-la, flanquez-lui une raclée, peu m'importe. Débrouillez-vous simplement pour qu'elle ne me dérange pas.

Charlotte referma la porte et lança un regard affolé autour d'elle. Une obscurité blafarde régnait dans la chambre baignée par un rayon de lune. Se forçant à respirer profondément, elle refusa de s'abandonner à la panique et se précipita vers un coffre posé près de la fenêtre.

Elle lutta avec la serrure, rejeta les deux couvertures qui l'emplissaient et trouva, tout au fond, la boîte qui contenait le pistolet de son père.

Les doigts tremblants, la jeune femme sortit l'arme qui lui parut très lourde... et qui n'était pas chargée. Mais elle ne pouvait rien y changer. Elle ne possédait ni balles ni poudre et, de toute manière, n'aurait pas su comment s'y prendre.

Ouvrant violemment la porte, elle se rua dans le couloir. D'instinct, elle savait que l'étranger était le plus dangereux.

— Ne bougez plus ou je tire, dit-elle avec calme.

Winterbourne fit un bond. Sa mâchoire inférieure s'affaissa.

— Bon sang, Charlotte !

Le deuxième homme se retourna plus lentement. Son grand manteau tournoya avec un bruissement soyeux. La chandelle de Winterbourne n'éclairait pas son visage et il avait gardé son chapeau. Les larges rebords, ainsi que le haut col de son manteau, laissaient ses traits dans l'ombre.

— Ah, ah ! murmura-t-il, moqueur. La sœur aînée, je présume ?

Charlotte se rendit compte qu'elle se tenait dans le rayon de lune. L'étranger devait probablement distinguer les contours de son corps à travers sa chemise de nuit en coton blanc.

Elle se prit à regretter de tout son cœur que son pistolet ne soit pas chargé. Elle n'avait jamais haï quelqu'un comme elle haïssait cette créature. Et elle n'avait jamais eu aussi peur.

Pendant une fraction de seconde, son imagination faillit prendre le pas sur son intelligence. Au fond d'elle-même, elle était presque convaincue que ce n'était pas un homme qu'elle affrontait, mais un monstre.

Sans rien dire, elle noua ses deux mains autour de la crosse, leva l'arme avec une précision délibérée, comme si elle était chargée, et arma le chien. Le déclic parut assourdissant dans le couloir.

— Par l'enfer, ma fille, êtes-vous folle ?

Winterbourne fit mine de venir vers elle avant de s'immobiliser, incertain.

— Baissez ce pistolet, ordonna-t-il sèchement.

Charlotte ne broncha pas. Elle ne quittait pas l'étranger des yeux.

— Sortez. Tous les deux. Sortez tout de suite !

— Je crois effectivement qu'elle est prête à appuyer sur la détente, Winterbourne.

La voix du monstre charriait le miel et le venin, sans se départir de son ironie.

— Elle n'oserait pas. (Mais Winterbourne recula.) Charlotte, écoutez-moi. Vous n'êtes pas folle au point de tuer un homme de sang-froid, n'est-ce pas ? On vous pendra.

— Qu'on me pende.

Elle tenait fermement le pistolet.

— Venez, Winterbourne, dit doucement le monstre. Partons. Cette fille a vraiment l'intention de se servir de son arme, et j'ai la très nette impression qu'elle me prendra pour cible. Aucune vierge ne vaut cela.

— Mais, et mes billets ? demanda Winterbourne d'une voix larmoyante. Vous avez promis de me les rendre si je vous laissais la cadette.

— Il semble que vous deviez trouver un autre moyen de me rembourser.

Winterbourne semblait désespéré.

— Mais je n'ai pas d'autre ressource, monsieur. Je n'ai plus rien à vendre. Les bijoux de ma femme ont tous été engagés. Il ne reste qu'un peu d'argenterie. Cette maison ne m'appartient pas, je ne fais que la louer.

— Je suis sûr que vous trouverez un moyen.

Le monstre se dirigea lentement vers l'escalier, sans lâcher Charlotte du regard, et ajouta :

— Mais quel qu'il soit, assurez-vous qu'il ne me faudra plus affronter un ange vengeur armé d'un pistolet...

Charlotte garda son arme braquée sur l'étranger tandis qu'il descendait l'escalier. Elle n'avait toujours pas vu son visage. Se penchant par-dessus la rampe, elle le regarda ouvrir la porte d'entrée.

Soudain il s'arrêta et se tourna vers elle.

— Croyez-vous à la destinée, miss Arkendale ?

Sa voix si mélodieuse flotta jusqu'à elle dans la nuit.

— Les spéculations de ce genre ne m'intéressent pas.

— Quel dommage ! Vous venez de démontrer que vous êtes l'une des rares personnes capables de façonner sa propre destinée. Vous devriez accorder à ce problème toute l'attention qu'il mérite.

— Allez-vous-en !

— Adieu, miss Arkendale. Cette rencontre a été fort divertissante.

Dans un tourbillon de son grand manteau, il disparut.

Charlotte respira à nouveau. Elle se tourna vers Winterbourne.

— Vous aussi, monsieur, partez ou je tire.

Il semblait suffoquer.

— Savez-vous ce que vous venez de faire, espèce d'idiote ? Je lui dois une vraie fortune.

— Je m'en moque éperdument. C'est un monstre. Et vous étiez prêt à lui vendre une jeune fille innocente. Ce qui fait aussi de vous un monstre. Sortez d'ici.

— Vous ne pouvez pas me chasser de chez moi.

— C'est pourtant exactement ce que je vais faire. Partez ou j'appuie sur cette détente, Winterbourne.

— Vous n'avez pas le droit ! Je suis votre beau-père, bon sang !

— Vous êtes un lamentable et méprisable menteur. Et vous êtes un voleur. Vous avez volé l'héritage que mon père nous avait laissé, à Arielle et à moi, pour le dilapider au jeu. Et vous osez compter sur ma loyauté après cela ? Vous êtes encore plus fou que je ne pensais.

— Cet argent est devenu le mien quand j'ai épousé votre mère.

— Quittez cette maison !

— Charlotte, attendez, vous ne comprenez pas la situation. Cet homme qui vient de partir... on ne peut pas le traiter à la légère. Il a exigé que je paie mes dettes de jeu ce soir. Je devais tout régler. J'ignore ce qu'il va me faire, maintenant.

— Allez-vous-en !

Winterbourne ouvrit la bouche mais fut incapable de prononcer le moindre mot. Impuissant, il contemplait le pistolet. Avec un gémissement pitoyable, il se dirigea vers l'escalier. S'accrochant à la rampe comme s'il avait peur de tomber, il descendit, traversa le hall et sortit de la maison.

La jeune femme attendit que la porte se soit refermée derrière lui avant d'abaisser son arme.

Pendant un instant, elle eut l'impression que les murs autour d'elle devenaient mous. Ils se déformaient sous ses yeux. Le couloir et l'escalier si familiers devenaient inquiétants, incertains.

La porte d'Arielle s'ouvrit.

— Charlotte ? J'ai entendu des voix. Tu vas bien ?

— Oui.

Charlotte cacha le pistolet contre sa cuisse.

Elle se tourna vers sa sœur avec un sourire tremblant.

— Oui, je vais bien, Arielle. Winterbourne est rentré ivre, comme d'habitude. Nous nous sommes un peu disputés, mais il est parti maintenant. Il ne reviendra pas ce soir.

Arielle se mordit la lèvre.

— Comme je voudrais que maman soit encore avec nous ! Parfois, j'ai très peur dans cette maison.

Charlotte sentit les larmes lui piquer les yeux.

— Moi aussi j'ai peur, Arielle. Mais nous serons bientôt libres. En fait, dès demain, nous prenons la diligence pour le Yorkshire.

Elle rejoignit sa sœur pour l'étreindre de son bras libre.

— Tu as fini de vendre l'argenterie et ce qui restait des bijoux de maman ? s'enquit Arielle.

— Oui. J'ai mis le plat en argent au clou hier. Il ne reste plus rien.

Depuis la mort de leur mère, un an plus tôt, lors d'une chute de cheval, Winterbourne avait vendu les plus beaux bijoux des Arkendale et l'essentiel de l'argenterie pour payer ses dettes de jeu.

Comprenant ce qui était en train de se passer, Charlotte avait subrepticement caché nombre de petites bagues, quelques broches et un pendentif, ainsi que des pièces d'argenterie. Au cours des derniers mois, elle les avait mis en gage les uns après les autres.

Winterbourne était trop souvent ivre pour se rendre compte de leur disparition. Et quand il s'en apercevait, Charlotte prétendait que c'était lui-même, alors qu'il était soûl, qui les avait vendus.

— Tu crois que nous serons bien dans le Yorkshire ? demanda Arielle, angoissée.

— Bien sûr. Nous allons trouver un petit cottage à louer.

— Mais comment vivrons-nous ? L'argent que tu as obtenu pour les bijoux de maman ne durera pas longtemps.

Malgré ses quatorze ans, Arielle faisait déjà preuve d'un solide sens pratique. Charlotte lui pressa l'épaule.

— Ne t'inquiète pas. Je trouverai un moyen.

Arielle fronça les sourcils.

— Tu ne vas pas être forcée de devenir gouvernante, n'est-ce pas ? Tu sais comme c'est terrible. Elles sont très mal payées et on les traite souvent d'une façon odieuse. Et nous ne pourrons sans doute plus vivre ensemble, si tu entres au service de quelqu'un.

— Je me débrouillerai autrement, assura Charlotte. Ne t'en fais pas.

La vie d'une gouvernante n'avait rien de plaisant. Outre les gages ridicules et le traitement humiliant, certaines devaient subir les avances des hommes de la maison, qui avaient tendance à les considérer comme de simples objets dont ils pouvaient disposer à leur guise.

Elle devrait trouver un autre moyen d'assurer leur subsistance.

— Allons nous recoucher, maintenant. Nous aurons besoin de toutes nos forces.

Mais, au matin, tout avait changé.

Lord Winterbourne fut retrouvé flottant dans la Tamise, la gorge tranchée. On pensait qu'il avait été victime d'un voleur.

Il était désormais inutile de fuir dans le Yorkshire.

La nouvelle de la mort de Winterbourne n'apporta à Charlotte que du soulagement. Mais elle savait qu'elle n'oublierait jamais le monstre à la voix ensorcelante...

Minuit — La côte italienne, deux ans plus tard

— Ainsi, tu as finalement choisi de me trahir...

Morgan Judd se tenait à l'entrée de la pièce qui lui servait de laboratoire.

— Quel dommage, ajouta-t-il. Toi et moi avions tant en commun, St. Ives. Ensemble, nous aurions pu obtenir la richesse et le pouvoir. Une grandiose destinée gâchée ! Mais tu ne crois pas à la destinée, n'est-ce pas ?

Les doigts de Baxter St. Ives se crispèrent sur le carnet de notes qu'il venait de découvrir. Il se tourna face à Morgan.

Les femmes voyaient en Judd une sorte d'ange déchu. Ses longs cheveux noirs bouclaient naturellement et étaient rejetés en arrière à la manière des poètes romantiques. Ils encadraient un visage intelligent et des yeux bleus, glacés.

La voix de Morgan aurait pu appartenir à Lucifer lui-même. C'était la voix d'un homme qui avait chanté dans le chœur d'Oxford, récité des poésies qui avaient fasciné ses auditoires, séduit des dames de la meilleure société. C'était une voix riche, sombre, envoûtante, une voix chargée de sous-entendus et de subtiles promesses. C'était une voix de pouvoir et de passion, que Morgan utilisait sans vergogne — comme il utilisait tout et tous — pour parvenir à ses fins.

Sa lignée était aussi bleue que ses yeux. Il était issu de l'une des plus nobles familles d'Angleterre. Mais son élégance aristocratique masquait les véritables circonstances de sa naissance.

Morgan Judd était un bâtard. C'était l'une des deux choses qu'il avait en commun avec Baxter. L'autre était leur passion pour la chimie. Passion qui était à l'origine de cette confrontation nocturne...

Baxter repoussa ses lunettes dorées sur l'arête de son nez.

— La destinée ne sert qu'aux poètes et aux romanciers. Je suis un homme de science. Je ne m'intéresse pas à ces sornettes métaphysiques. Mais je sais qu'il est possible qu'un homme vende son âme au diable... Pourquoi as-tu fait cela, Morgan ?

La bouche sensuelle de Morgan esquissa un sourire moqueur.

— Tu parles de l'entente que j'ai conclue avec Napoléon, j'imagine ?

Il s'avança dans la pièce. Les plis de son long manteau noir volaient autour de ses bottes luisantes. Baxter songea aux ailes d'un oiseau de proie.

— Oui.

— Ma décision n'a rien de mystérieux. J'accomplis ma destinée.

— Tu es prêt à trahir ton pays simplement pour accomplir ce que tu crois être ta destinée ?

— Je ne dois rien à l'Angleterre, et toi non plus. C'est un pays gouverné par des lois qui interdisent à des gens supérieurs comme toi et moi de prendre leur vraie place dans l'ordre naturel.

Les yeux de Morgan brillaient dans la lueur de la chandelle. Sa voix trahissait une rage amère.

— Il n'est pas trop tard, Baxter. Joins-toi à moi.

Baxter montra le carnet de notes.

— Tu veux que je t'aide à achever la mise au point de ces terribles vapeurs, pour que Napoléon les utilise contre nos compatriotes ? Tu es vraiment fou.

Morgan sortit un pistolet des plis de son manteau.

— Je ne suis pas fou. Mais toi, tu es un imbécile. Et un aveugle, malgré tes lunettes, si tu ne vois pas que Napoléon représente l'avenir.

Baxter secoua la tête.

— Il est trop affamé de pouvoir. Cela causera sa perte.

— C'est un homme qui comprend que les grandes destinées sont façonnées par ceux qui en ont la volonté et l'intelligence. Qui plus est, c'est un homme qui croit au progrès. Il est le seul des maîtres de l'Europe qui comprend véritablement le potentiel de la science.

— Je sais qu'il a donné d'énormes sommes d'argent à des physiciens et à des chimistes. (Baxter surveillait l'arme de Morgan.) Mais il utilisera ce que tu fabriqueras dans ton laboratoire pour faire la guerre. Des Anglais périront d'une mort atroce si tu parviens à produire ces vapeurs fatales. Cela ne signifie rien pour toi ?

Morgan éclata de rire.

— Rien du tout.

— N'as-tu donc aucun sens de l'honneur ?

— St. Ives, tu me déçois. Quand comprendras-tu que l'honneur est un passe-temps créé pour amuser les hommes qui sont nés du bon côté de la barrière ?

— Je ne suis pas d'accord. (Baxter se mit à polir les verres de ses lunettes avec son mouchoir.) L'honneur est une qualité que chaque homme peut acquérir et façonner pour lui-même. (Un petit sourire.) Un peu comme ta destinée, si on y réfléchit.

Le regard de Morgan se durcit.

— L'honneur est pour ceux qui trouvent le pouvoir et la fortune dans leur berceau, simplement parce que leurs mères ont eu le bon sens d'exiger un certificat de mariage avant d'ouvrir les cuisses ! L'honneur est pour des hommes comme nos pères, qui transmettent titres et propriétés à leurs fils légitimes sans rien laisser à leurs bâtards. Non, l'honneur n'est pas pour nous.

Baxter rechaussa soigneusement ses lunettes.

— Tu sais quel est ton plus grand défaut, Morgan ? Tu te laisses emporter. La passion, les émotions trop fortes sont malvenues chez un chimiste.

La main de Morgan se crispa sur le pistolet.

— Va au diable, St. Ives. J'en ai plus qu'assez de tes sempiternels sermons. Pire que tout, tu m'ennuies à mourir. Ton plus grand défaut, à toi, c'est que tu manques totalement de caractère et d'audace.

Baxter haussa les épaules.

— Si la destinée existe, j'espère bien que la mienne sera mortellement monotone jusqu'à la fin de mes jours.

— Alors, tu n'as plus longtemps à attendre. Tu vas sans doute avoir du mal à le croire, mais je regrette de devoir te tuer. Tu es l'un des rares en Europe qui auraient pu apprécier ce que je vais accomplir. Il est fort dommage que tu ne puisses assister à l'accomplissement de ma destinée.

— Encore cette fameuse destinée ! Quelle lamentable excuse ! Cette obsession pour la métaphysique et l'occulte est indigne d'un homme de science. Autrefois, il s'agissait d'un simple passe-temps pour toi. Quand as-tu commencé à croire pour de bon à ces inepties ?

— Imbécile...

Morgan leva son pistolet.

Le moment était venu. Baxter n'avait plus rien à perdre. Dans un geste de désespoir, il projeta un lourd chandelier sur la table la plus proche.

Le cierge et son support brisèrent une fiole de verre. La flamme entra en contact avec un liquide verdâtre.

Une terrible explosion retentit.

— Non ! hurla Morgan. Sois maudit, St. Ives !

Il appuya sur la détente, mais le feu qui se répandait rapidement l'avait distrait. La balle fracassa la fenêtre derrière Baxter. Un des petits panneaux de verre explosa.

Baxter courut vers la porte, le carnet de notes à la main.

— Tu ne pourras pas m'arrêter ! cria Morgan en s'emparant d'une fiole sur un établi avant de bloquer la route à Baxter.

— Nous allons rôtir ici. Il faut sortir, au nom du Ciel !

Mais Morgan ne l'entendait pas. Les traits déformés par la rage, il jeta le contenu du flacon vers son adversaire.

D'instinct, celui-ci se protégea les yeux avec son bras et se retourna.

L'acide l'atteignit à l'épaule et au dos. Pendant une seconde, il ne sentit rien sinon une curieuse sensation de froid. Comme si on l'avait arrosé d'eau. Mais, l'instant suivant, le produit chimique transperçait sa chemise de lin et lui mordait la peau.

Essayant d'ignorer la douleur, il se força à réfléchir au moyen de s'échapper.

Le feu se développait rapidement dans le laboratoire. Une épaisse fumée âcre commençait à se former tandis que les flacons éclataient les uns après les autres.

Morgan se jeta sur un tiroir pour en sortir un deuxième pistolet. Il fit volte-face, essayant de localiser son adversaire à travers la fumée.

Baxter avait l'impression qu'on lui arrachait la

peau. Aveuglé par la douleur et les vapeurs nocives, il savait qu'il n'atteindrait pas la porte déjà barrée par des flammes aussi hautes que lui.

D'un coup de pied, il expédia la lourde pompe à air vers Morgan qui marchait sur lui. Celui-ci trébucha.

— Sois maudit !

Le pistolet s'écrasa bruyamment au sol.

Baxter courut jusqu'à la fenêtre. Les lambeaux déchirés de sa chemise flottaient derrière lui. Il jeta un coup d'œil dans le vide.

Là-bas, tout en bas, la mer s'écrasait rageusement sur les rochers qui formaient les fondations du vieux château. Dans la lueur de la lune, il distinguait l'écume qui se déchirait sur la pierre.

Une détonation éclata.

Baxter se jeta vers les eaux noires. Une série d'explosions accompagnèrent sa chute.

Il évita les rochers, mais l'impact lui arracha le carnet de notes de Morgan qui se perdit à jamais dans les profondeurs.

Quand il refit surface quelques secondes plus tard dans les vagues déchaînées, il s'aperçut qu'il avait aussi perdu ses lunettes. Mais cela ne l'empêcha pas de voir que le laboratoire au sommet de la tour était devenu un enfer. Un immense ruban de fumée s'en échappait.

Personne n'aurait pu survivre à une telle déflagration. Morgan Judd était mort.

Baxter avait provoqué la mort de cet homme qui avait été autrefois son meilleur ami.

Ainsi, la destinée avait rattrapé celui qui se croyait au-dessus d'elle.

1

Londres, trois ans après

— Vous ne me laissez pas d'autre choix que celui d'être brutale, monsieur St. Ives. Malheureusement, la vérité est que vous ne correspondez pas à l'idée que je me fais d'un administrateur.

Charlotte Arkendale croisa les mains sur son vaste bureau en acajou et considéra Baxter d'un œil critique.

— Je suis navrée de vous avoir fait perdre votre temps, ajouta-t-elle.

L'entrevue ne se passait pas du tout comme prévu. Baxter ajusta ses lunettes à monture dorée sur son nez.

— Pardonnez-moi, miss Arkendale, mais j'avais l'impression que vous souhaitiez employer une personne d'apparence parfaitement anodine.

— Tout à fait exact.

— Je crois que votre description exacte du candidat idéal était, je cite, « une personne aussi insipide qu'un pudding de pommes de terre ».

Les grands yeux verts de Charlotte, à l'intelligence déconcertante, cillèrent.

— Vous ne me comprenez pas, monsieur.

— Ce n'est pourtant pas faute d'essayer, miss

Arkendale. Je suis par-dessus tout un homme précis, méthodique et prudent. Trop d'erreurs sont commises par des gens impulsifs qui se laissent entraîner par des passions excessives. Je puis vous assurer que tel n'est absolument pas mon cas.

— Peut-être, mais...

— Permettez-moi de vous relire ce que vous avez écrit à votre précédent administrateur.

— C'est tout à fait inutile. Je sais très exactement ce que j'ai écrit à M. Marcle.

Baxter ignora sa protestation. Fouillant dans une des poches de son manteau froissé, il en sortit la fameuse lettre. Il la savait par cœur mais il fit semblant de baisser les yeux vers l'écriture flamboyante.

Votre départ à la retraite, monsieur Marcle, me force à vous trouver un remplaçant. Cette personne doit être d'une apparence très ordinaire, tout à fait anodine. Je désire quelqu'un qu'on ne remarquera pas. Un gentleman que je puisse rencontrer fréquemment sans m'attirer des commentaires indésirables.

En complément des tâches ordinaires d'un administrateur — tâches que vous avez admirablement assumées au cours des cinq dernières années, monsieur —, je dois vous demander de me recommander un gentleman qui possède d'autres talents.

Inutile de vous troubler avec les détails de la situation dans laquelle je me trouve, qu'il me suffise de dire qu'en raison d'événements récents, je suis à la recherche d'un individu robuste et vigilant sur qui je puisse compter pour me protéger. Bref, je souhaite employer un garde du corps aussi bien qu'un administrateur.

La dépense, comme toujours, doit être prise en considération. Voilà donc pourquoi, au lieu d'enga-

ger deux hommes, j'en suis venue à la conclusion qu'il serait plus économique d'employer une seule personne pouvant assumer ces deux fonctions...

— Oui, oui, je me rappelle parfaitement mes propres termes, l'interrompit Charlotte, agacée. Là n'est pas la question.

Têtu, Baxter poursuivit sa lecture.

Je vous demande donc de m'adresser un gentleman respectable qui réponde aux caractéristiques précitées, et qui présente une apparence aussi insipide qu'un pudding de pommes de terre.

— Je ne vois pas l'intérêt de me répéter tout ce qui est inscrit sur cette page, monsieur St. Ives.

Baxter ne se laissa pas démonter.

Il devra posséder une réelle intelligence, car je lui demanderai d'effectuer pour mon compte les habituelles enquêtes délicates. Mais, en tant que garde du corps, il devra aussi savoir se servir d'un pistolet, au cas où. Par-dessus tout, monsieur Marcle, comme vous le savez pertinemment, il devra être discret.

Charlotte abattit sa paume ouverte sur la table.

— Cela suffit, monsieur St. Ives !

Baxter leva les yeux.

— Je pense répondre à la plupart de ces caractéristiques, miss Arkendale.

Elle lui adressa un sourire glacial.

— Je suis certaine que vous répondez à certaines d'entre elles. M. Marcle ne vous aurait jamais adressé à moi si ce n'était pas le cas. Malheureusement, il en est une, essentielle, qui vous fait défaut.

Avec une lenteur délibérée, Baxter replia la lettre pour la glisser dans sa poche.

— Selon M. Marcle, il y aurait urgence.

— Tout à fait exact. (Une lueur d'anxiété passa l'espace d'une seconde dans les yeux verts de Charlotte.) J'ai besoin de quelqu'un immédiatement.

— Alors, vous ne devriez peut-être pas vous montrer trop difficile, miss Arkendale.

Elle rougit.

— Le problème, monsieur St. Ives, est que je désire employer quelqu'un qui réponde à *toutes* mes exigences, et pas uniquement à certaines.

— Je me vois dans l'obligation d'insister, miss Arkendale. Je réponds à toutes vos exigences. (Une pause.) Ou pratiquement toutes. Je suis intelligent, vigilant, et d'une discrétion à toute épreuve. J'avoue, cependant, ne pas éprouver beaucoup d'attrait pour les pistolets.

Cette nouvelle réjouit Charlotte.

— Ah, ah ! Une autre qualification que vous ne possédez pas.

— Mais je possède certains talents dans le domaine de la chimie.

— La chimie ? (Elle fronça les sourcils.) En quoi cela peut-il m'être utile ?

— On ne sait jamais, miss Arkendale. Cela m'a été très utile, parfois.

— Je vois. Eh bien, voilà qui est intéressant, bien sûr. Malheureusement, je n'ai aucun besoin d'un chimiste.

— Vous souhaitiez un administrateur qui n'attire pas l'attention.

— Oui, mais...

— Permettez-moi de vous dire qu'on me décrit souvent comme un personnage insipide... aussi insipide qu'un pudding de pommes de terre, en fait.

L'irritation commençait à gagner la jeune femme. Elle se leva et contourna son bureau.

— Voilà qui me paraît extrêmement difficile à croire, monsieur.

Baxter enleva ses lunettes tandis qu'elle arpentait la pièce.

— Je ne vois pas pourquoi. Même ma propre tante assure que je suis capable de provoquer un sentiment d'ennui confondant chez toute personne qui se trouve à moins de vingt pas de moi ! Miss Arkendale, je vous assure, non seulement je parais terne mais je le suis.

— Il est probable que la vue n'est pas le point fort dans votre famille. Je recommanderais à votre tante de se procurer des lunettes, tout comme vous.

Baxter remit ses lunettes avec un soin méticuleux. Le fil de la conversation lui échappait. Ce qui n'était pas bon signe. Il se força à étudier Charlotte avec son habituel détachement analytique.

Elle ne ressemblait en rien aux dames de sa connaissance. En vérité, plus il l'observait, plus il se disait qu'elle était absolument unique.

A sa grande stupéfaction, il était fasciné, malgré tout ce qu'il savait d'elle...

Elle était un peu plus âgée qu'il ne s'y était attendu. Vingt-cinq ans, avait-il appris. Les expressions venaient et disparaissaient sur son visage avec la rapidité d'une réaction chimique dans un creuset posé sur une flamme intense. D'épais sourcils et de longs cils bordaient ses yeux. Un nez péremptoire, des pommettes hautes et une bouche éloquente trahissaient une détermination et une volonté farouches.

Ses cheveux auburn étaient séparés au milieu et noués en tresses rangées dans un chignon très net, qui laissait néanmoins quelques mèches folles s'égarer sur ses tempes.

Alors que la mode était aux décolletés excessifs et aux tissus quasiment transparents, Charlotte portait une robe étonnamment discrète. Taillée dans une mousseline jaune, avec une taille haute, celle-ci possédait des manches longues et une collerette blanche. Une paire de sandales jaunes apparaissait sous l'ourlet. Il ne put s'empêcher de remarquer qu'elle possédait de très jolis pieds et des chevilles délicieusement dessinées.

Déconcerté par le cours de ses pensées, Baxter détourna les yeux.

— Pardonnez-moi, miss Arkendale, mais j'ai peur de ne pas vous avoir suivie.

— C'est très simple, je vous répète que vous ne faites pas l'affaire.

Il fronça les sourcils.

— Je pensais pourtant être suffisamment insipide.

— Inutile de discuter davantage. Vous ne convenez pas !

— Au contraire, je conviens parfaitement. Puis-je vous rappeler que c'est votre administrateur qui m'a envoyé à vous ?

Charlotte repoussa cet argument d'un revers de main.

— M. Marcle n'est plus mon administrateur. Il est à présent en route pour son cottage dans le Devon.

— Je crois avoir entendu dire qu'il avait effectivement bien mérité un paisible repos. J'ai eu l'impression que vous étiez, comment dire... un employeur exigeant, miss Arkendale.

Elle se raidit.

— Je vous demande pardon ?

— Peu importe. La retraite de Marcle n'est pas

le problème. Ce qui importe, c'est que vous ayez fait appel à lui une dernière fois pour qu'il vous trouve son remplaçant. Il m'a choisi pour assumer cette responsabilité.

— En l'occurrence, la décision finale m'appartient, monsieur.

— Je vous assure que Marcle m'estime éminemment qualifié pour ce poste. Il a tenu à rédiger cette lettre de recommandation que je vous ai montrée.

Ce qui n'était pas l'exacte vérité. Le très respectable John Marcle était en train de préparer ses bagages quand il avait reçu les dernières instructions de Charlotte. Baxter avait parfaitement choisi son moment. C'était du moins ce qu'il avait cru, jusqu'à ce qu'il annonce à un Marcle dubitatif qu'il souhaitait présenter sa candidature à ce poste...

Plutôt que du soulagement à l'idée de résoudre son dernier « problème Arkendale », comme il disait, le consciencieux Marcle s'était senti dans l'obligation de le décourager.

— Miss Arkendale est... hum... assez étrange, avait-il dit en jouant avec son porte-plume. Etes-vous vraiment certain de vouloir entrer à son service ?

— Tout à fait certain.

Marcle l'avait longuement dévisagé.

— Pardonnez-moi, monsieur, mais je ne comprends pas précisément pourquoi vous souhaitez offrir vos services à miss Arkendale.

— Pour les raisons habituelles. Je cherche un emploi.

— Oui, oui, je comprends. Mais il y a certainement d'autres opportunités.

Baxter avait alors décidé d'improviser.

— Nous savons tous les deux combien ce genre de poste peut se révéler monotone, routinier. Des instructions pour les agents de change. Des arrangements pour l'achat et la vente de propriétés. Des problèmes bancaires.

— Après cinq années passées au service de miss Arkendale, je puis vous assurer que la routine a du bon.

— Justement. Je recherche quelque chose de différent. Ce poste semble sortir de l'ordinaire. Il représente pour moi un certain défi.

— Un défi ? (Marcle ferma les yeux.) Je doute que vous connaissiez la signification de ce mot, monsieur.

— Voyez-vous, j'ai toujours eu une vie trop calme. Il est temps pour moi de connaître autre chose.

A son grand regret ! pensait Baxter, morose. Sa vie paisible et monotone lui convenait admirablement. Cette satanée mission que sa tante l'avait supplié d'accepter n'était pas la bienvenue.

Il s'était plié à la volonté de sa tante pour une seule raison : il connaissait bien Rosalind. Malgré ses extravagances — son plus grand regret était de ne jamais être montée sur une scène de théâtre —, elle possédait un solide bon sens.

Rosalind s'interrogeait sur les circonstances de la mort de son amie, Drusilla Heskett. Les autorités avaient conclu que celle-ci avait été tuée par un cambrioleur. Mais Rosalind était persuadée que son assassin n'était autre que Charlotte Arkendale...

Baxter avait accepté d'enquêter pour elle.

Il avait ainsi découvert que la mystérieuse miss Arkendale était à la recherche d'un nouvel administrateur. L'occasion était trop belle.

Une fois entré à son service, il disposerait d'un

poste d'observation idéal. Avec un peu de chance, il pourrait résoudre cette affaire très vite et retrouver au plus tôt le calme refuge de son laboratoire...

Marcle avait soupiré lourdement.

— Il est vrai que travailler pour miss Arkendale n'est pas de tout repos, mais je me demande si c'est le type d'aventure que vous apprécierez, monsieur St. Ives.

— Laissez-moi en être juge.

— Croyez-moi, monsieur, si vous êtes à la recherche de sensations, vous feriez mieux de fréquenter un cercle de jeu.

— Je n'apprécie pas les jeux de hasard.

Marcle grimaça.

— Vous savez, les affaires de miss Arkendale ont quelque chose de... d'affolant.

— Vous la croyez folle ? s'étonna Baxter.

— Vous connaissez beaucoup de dames qui exigent de leur administrateur qu'il leur serve aussi de garde du corps ?

Excellente question, se dit Baxter. Plus il y songeait, plus cette histoire lui semblait bizarre.

— Quoi qu'il en soit, je souhaite poser ma candidature à ce poste. La raison pour laquelle elle a besoin d'un administrateur est évidente : vous prenez votre retraite. Mais peut-être seriez-vous assez bon pour m'expliquer pourquoi miss Arkendale recherche un garde du corps ?

— Comment diable voulez-vous que je le sache ? Miss Arkendale est une femme étrange. Je suis entré à son service peu après la mort de son beau-père, lord Winterbourne. Et je puis vous assurer que ces cinq dernières années ont été les plus longues de ma vie.

Baxter le dévisagea avec curiosité.

— Dans ce cas, pourquoi être resté à son service ?

Marcle soupira.

— Elle paie extraordinairement bien.

— Je vois.

— Mais je dois vous avouer qu'à chaque fois que je recevais une de ses lettres d'instructions, je tremblais de la tête aux pieds. Je ne savais jamais ce qu'elle allait me demander.

— Que vous demandait-elle, en général ?

— Elle m'a fait enquêter sur les individus les plus bizarres. Il m'a fallu interroger des tenanciers d'établissements plus que louches. J'ai dû fouiner dans les finances d'hommes qui auraient été choqués d'apprendre son intérêt pour leurs affaires.

— Etrange, en effet.

— Surtout pour une lady. Sur ma tête, monsieur, si elle ne payait pas si généreusement, j'aurais abandonné après mon premier mois de service.

— Vous n'avez aucune idée des raisons qui la poussent à se croire en danger ?

— Aucune. Miss Arkendale ne jugeait pas utile de me faire des confidences sur ce sujet. Ou sur tout autre sujet, d'ailleurs. Je reste, par exemple, extrêmement perplexe quant à ses sources de revenus.

Depuis sa plus tendre enfance, Baxter savait contrôler ses expressions. Il mit à profit ce talent pour afficher un air innocent.

— Je croyais que la mère de miss Arkendale, lady Winterbourne, avait laissé un héritage substantiel, fruit d'un premier mariage ?

Marcle haussa les sourcils.

— C'est ce que miss Charlotte voudrait faire croire. Mais je puis vous assurer que Winterbourne avait dilapidé cet héritage jusqu'au dernier penny, avant qu'une crapule n'ait le bon goût de l'assassiner il y a cinq ans.

Baxter replaça ses lunettes sur son nez.

— Auriez-vous des soupçons quant aux sources de revenus de miss Arkendale ?

Marcle examina ses ongles.

— Je vais être sincère, monsieur. Même si j'ai veillé à la gestion et aux investissements de ses biens depuis cinq ans, je n'ai pas la moindre idée de la provenance de son argent. Parfois, mieux vaut ne pas tout savoir.

Baxter hocha lentement la tête.

— Fascinant. J'imagine qu'un parent lointain lui aura laissé un nouvel héritage.

— Je ne crois pas. Il y a quelques années, j'ai succombé à la curiosité et mené une enquête discrète. Elle ne possède aucun parent fortuné. C'est un des nombreux mystères qui entourent miss Arkendale.

Un mystère qui n'en était pas un si, comme le pensait Rosalind, la dame se livrait au chantage...

Un bruit agaçant le ramena au présent. Il leva les yeux vers Charlotte, debout près de la cheminée, qui pianotait nerveusement sur le manteau de marbre.

— Je ne comprends pas comment Marcle a pu vous juger qualifié, disait-elle.

Baxter commençait à en avoir assez.

— Ils doivent être rares, ceux qui pourraient remplir toutes vos absurdes conditions.

Cette remarque ne parut pas lui plaire.

— M. Marcle aurait sûrement pu trouver un candidat convenable.

— Auriez-vous la bonté de me dire ce qui ne vous paraît pas convenable chez moi ?

— En dehors de votre incapacité à vous servir d'un pistolet ? demanda-t-elle d'une voix sucrée.

— Oui, en dehors de cela.

— Vous me forcez à me montrer grossière, monsieur. Le problème est votre apparence.

— Que diable trouvez-vous à redire à mon apparence ? Personne ne pourrait être plus banal que moi.

— Ne me prenez pas pour une idiote. Vous n'avez rien de banal. Bien au contraire.

Il la fixa avec des yeux ronds.

— Je vous demande pardon ?

Elle poussa un soupir exaspéré.

— Vous savez parfaitement, monsieur, que vos lunettes ne sont qu'un pauvre déguisement.

— Un déguisement ? Au nom du Ciel, je suis myope comme une taupe !

— Vous n'imaginez quand même pas que ces lunettes masquent votre vraie nature !

— Ma vraie nature ? (Baxter perdait patience.) Et quelle est donc ma vraie nature, selon vous ?

— Celle d'un homme habité par de puissantes passions et qui domine son tempérament par la force d'une volonté plus formidable encore.

Il la dévisagea un instant, ébahi.

— Je vous demande pardon ?

— Un homme tel que vous ne peut espérer passer inaperçu. Et cela vous disqualifie totalement. Il me faut quelqu'un qui disparaisse dans une foule. Ne comprenez-vous pas ? Vous avez l'air, disons-le franchement, *dangereux*.

Décontenancé, Baxter ne trouvait plus ses mots.

Les mains croisées derrière le dos, Charlotte s'était remise à arpenter la pièce.

— Il est évident que vous ne sauriez passer pour un administrateur ordinaire. Je ne puis donc vous engager.

Baxter se rendit compte qu'il avait la bouche ouverte. On l'avait traité de beaucoup de choses : de bâtard, de rustre, d'individu sinistre et ennuyeux, plus ennuyeux qu'un mur de brique... mais personne ne l'avait jamais qualifié d'« homme habité par de puissantes passions ». Personne ne l'avait jamais trouvé dangereux. C'était presque drôle.

Il était un homme de science. Il se félicitait de son approche froide et détachée des gens, des problèmes ou des situations. C'était un trait de caractère qu'il avait pris soin de perfectionner depuis le jour où il avait découvert qu'étant le bâtard du comte d'Esherton et de la trop fameuse Emma Sultenham, il serait à jamais privé de ses droits. Très tôt, il avait appris à chercher refuge dans ses livres et son matériel scientifique.

Même si quelques femmes avaient pu s'enthousiasmer à l'idée d'entretenir une liaison avec le bâtard d'un comte — surtout un bâtard aussi riche —, cet enthousiasme n'avait jamais duré bien longtemps. Les flammes de ces faibles passions s'étaient très vite éteintes.

Et depuis son retour d'Italie, la situation n'avait fait qu'empirer. L'acide qui lui avait brûlé le dos et l'épaule l'avait marqué à vie.

Les femmes grimaçaient d'horreur et de dégoût à la vue de ses hideuses cicatrices. Il n'avait jamais été beau garçon, mais ces blessures n'avaient rien arrangé. Heureusement, son visage avait été épargné. Toutefois, il veillait toujours à éteindre les chandelles quand il se retrouvait dans l'intimité avec une femme.

D'une façon générale, il cherchait ses plaisirs dans son laboratoire. Là, entouré de ses tubes, bocaux et autres flacons, il évitait les conversations vides et frivoles du beau monde. Un monde qu'il n'avait jamais apprécié. Un monde qu'il trouvait atrocement superficiel et creux...

Baxter repoussa ces pensées et se força à

réfléchir posément. S'il ne trouvait pas une solution à ce problème, Charlotte se passerait de ses services.

— Miss Arkendale, vous vous faites une idée de moi absolument contraire à tous les autres habitants de cette planète. Puis-je suggérer que nous résolvions ce dilemme en procédant à une petite expérience ?

Elle s'immobilisa.

— Quelle expérience ?

— Je propose d'appeler toutes les personnes qui se trouvent dans la maison pour leur demander leur opinion. Si elles admettent que je n'ai absolument rien de remarquable, vous m'engagerez. Si une seule de ces personnes est de votre avis, je disparaîtrai sans plus attendre.

Elle hésita avant de hocher le menton.

— Très bien, monsieur. Cela semble logique. Nous allons procéder à cette expérience sur-le-champ. Je vais appeler ma sœur et notre gouvernante. Elles sont toutes deux très observatrices et d'excellent conseil.

— Vous êtes prête à vous en remettre au résultat de cette expérience ? s'étonna-t-il.

— Vous avez ma parole, monsieur.

Dix minutes plus tard, Baxter quittait la maison des Arkendale d'un pas léger.

Cela n'avait pas été facile, mais il avait finalement obtenu le poste. Comme il l'avait prévu, Charlotte Arkendale était bien la seule personne dans cette maison — et probablement dans tout Londres — à le trouver remarquable !

Il n'était pas certain de comprendre ce que cela signifiait, mais il était sûr d'une chose : John Marcle avait raison, Charlotte était une femme hors du commun.

Et qui ne correspondait pas du tout à l'idée qu'il se faisait d'une meurtrière.

2

— Je ne vois pas pourquoi tu te tracasses autant. (Tout en parlant sa sœur, Arielle examinait son assiette d'œufs au bacon.) M. St. Ives me semble tout à fait correspondre à ce que tu cherches : un administrateur qui n'attirera pas l'attention et qui paraît en excellente condition physique. Il n'est peut-être pas très grand, mais il devrait faire un excellent garde du corps.

— Il m'a paru grand. Je devais lever les yeux pour le regarder.

Arielle sourit.

— Tu es un peu petite. Mais ça te va à ravir, bien sûr.

Charlotte grimaça.

— Bien sûr.

— En vérité, M. St. Ives fait à peine une demi-tête de plus que moi.

— Tu es très grande, pour une femme.

« Et gracieuse et svelte et très, très jolie », pensa Charlotte avec une fierté toute maternelle. Après tout, elle avait veillé sur sa jeune sœur depuis la mort de leur mère.

Et, à dix-neuf ans, Arielle était devenue une superbe jeune femme aux cheveux blonds et aux yeux bleus. La nature l'avait gâtée. Avec ses traits d'une beauté classique et sa haute silhouette, elle était le vivant portrait de leur mère.

Ces dernières années, Charlotte avait nourri bien des doutes et des regrets. Elle était trop consciente qu'elle ne pourrait jamais retrouver ce qui avait été perdu. Arielle n'avait que onze ans à la mort de leur père. Deux années plus tard, c'était au tour de leur mère de disparaître. Puis Winterbourne avait détruit l'héritage, privant ainsi Arielle de la possibilité de faire un mariage digne d'elle...

Refusant de se laisser abattre par ces pensées moroses, Charlotte se concentra sur son problème immédiat. Qui avait pour nom Baxter St. Ives.

— J'aimerais pouvoir partager tes certitudes quant à M. St. Ives.

— Ce sera un parfait administrateur, décréta Arielle.

Charlotte soupira. Il était clair, à présent, qu'elle était la seule dans la maison à percevoir la complexité de cet homme. Hier, Arielle et Mme Witty s'étaient toutes les deux déclarées satisfaites par le remplaçant de M. Marcle. Elles avaient paru si convaincues que Charlotte avait failli l'être à son tour.

Failli seulement. Mais elle faisait confiance à son intuition. Jusqu'à présent, celle-ci ne l'avait jamais trompée.

St. Ives prétendait être chimiste, mais elle avait peine à le croire. Il possédait plutôt le regard d'un alchimiste, un de ces chercheurs légendaires obsédés par la quête de la Pierre philosophale. Elle l'imaginait penché au-dessus d'un antique grimoire qui lui révélerait les secrets permettant de transmuter le plomb en or.

Une intelligence profonde, une détermination invincible et une volonté d'acier se lisaient dans les profondeurs ambrées de ses yeux. Ces mêmes qualités étaient gravées sur son visage rugueux. Elle avait aussi senti autre chose chez lui, quelque chose qu'elle avait du mal à définir. Une vague mélancolie, peut-être.

Baxter St. Ives était de loin l'homme le plus fascinant qu'elle ait jamais rencontré. Et c'était ce qui le rendait dangereux.

Par ailleurs, un tel homme ne serait pas facile à manipuler. Elle avait besoin de quelqu'un qui accepterait ses instructions sans discuter. Il était fort peu probable que Baxter se plie aveuglément aux ordres de quiconque...

— Maintenant que M. St. Ives a une nouvelle situation, il pourra peut-être s'offrir un nouveau tailleur, gloussa Arielle. Son manteau ne lui allait pas très bien et son gilet était tout à fait quelconque. Tu as remarqué qu'il portait des culottes et non un pantalon ?

— J'ai remarqué.

Il aurait fallu être aveugle pour ne pas voir comment le tissu moulait les muscles formidables de ses cuisses ! Elle le revoyait assis devant elle avec son manteau bleu froissé, sa chemise non repassée, ses culottes d'un classicisme un peu trop formel et ses bottes mal cirées.

Elle fronça les sourcils.

— Ses vêtements étaient d'excellente qualité.

— Oui, mais un peu tristes et tout à fait démodés, même pour un gentleman dans sa position. Je crains que notre M. St. Ives n'ait aucun sens de l'élégance.

— Ce n'est pas l'élégance que l'on recherche chez un administrateur.

Arielle lui adressa un clin d'œil.

— Précisément. Voilà qui prouve qu'il est exactement ce qu'il semble être : un gentleman dans le besoin. Sans doute un deuxième fils. Tu sais comment c'est.

Charlotte joua avec sa tasse de café.

— Oui, je sais.

Il était courant que les deuxièmes ou troisièmes fils de l'aristocratie rurale soient forcés de gagner leur vie comme administrateurs.

— Ne fais pas cette tête, reprit Arielle. Je suis certaine que le vieux Marcle ne te l'aurait pas envoyé s'il n'avait pas été certain d'avoir trouvé le candidat idéal.

Charlotte observa sa sœur qui attaquait ses œufs avec un bel entrain. En général, elle-même ne manquait pas d'appétit, mais aujourd'hui elle avait du mal à finir sa tasse de café.

— Je ne sais pas, Arielle. Je ne sais pas...

— Vraiment, Charlotte, cette humeur maussade ne te ressemble pas. En général, tu es beaucoup plus gaie le matin !

— Je n'ai pas très bien dormi cette nuit.

C'était un euphémisme. En vérité, elle n'avait pratiquement pas dormi du tout. Elle s'était tournée et retournée pendant des heures dans son lit, en proie à un pénible sentiment de malaise.

— As-tu dit à M. St. Ives pourquoi tu avais besoin d'un garde du corps ?

— Pas encore. Je lui ai demandé de venir prendre ses instructions cet après-midi.

Arielle écarquilla les yeux.

— Tu veux dire qu'il n'a aucune idée des raisons pour lesquelles tu vas l'employer ?

— Non.

En fait, elle avait eu besoin de prendre le temps de réfléchir. Prendre le temps de se convaincre que l'énigmatique M. St. Ives constituait le bon choix. Beaucoup de choses étaient en jeu. Mais plus elle y réfléchissait, plus elle se rendait compte qu'elle n'avait pas d'autre alternative.

Arielle la regarda droit dans les yeux.

— Il refusera peut-être le poste, quand il saura de quoi il retourne.

Cette remarque fit réfléchir Charlotte. Elle ignorait si cette éventualité devait la réjouir ou l'alarmer.

— Eh bien, voilà qui réglerait le problème...

Mme Witty apparut sur le seuil de la pièce, un pot de café frais dans sa grosse main.

— Vaudrait mieux pour vous qu'il ne détale pas à toutes jambes quand il apprendra ce que vous attendez de lui, miss Charlotte. Il ne doit pas y avoir des tas de gentlemen dans Londres qui accepteraient de vous aider à enquêter sur un meurtre !

— J'en suis consciente, grommela Charlotte. J'ai accepté d'engager M. St. Ives, non ?

— Oui, et le Ciel en soit loué. Mais je dois vous dire que je n'aime pas beaucoup cette situation. Enquêter sur un meurtre, cela comporte des risques.

— Je suis consciente de cela aussi.

L'imposante Mme Witty leur servit du café. C'était une femme aux proportions monumentales. Depuis trois ans qu'elle était à leur service, Charlotte n'avait eu qu'à se féliciter de la solidité de ses nerfs. Peu de gouvernantes auraient toléré un employeur engagé dans une carrière aussi particulière que celle de Charlotte. Mieux encore, Mme Witty lui avait fourni une assistance non négligeable.

— Elle a raison, renchérit Arielle, soudain sérieuse. Ce que tu as en tête pourrait s'avérer très dangereux, Charlotte.

— Je n'ai pas le choix, répondit tranquillement celle-ci. Je dois découvrir qui a tué Drusilla Heskett.

Baxter se trouvait dans son laboratoire, en train de déballer un tout nouvel équipement réalisé par un maître verrier, quand on frappa à la porte.

— Qu'y a-t-il, Lambert ? (Il admira à la lumière une étincelante cornue en verre.) Je suis occupé.

La porte s'ouvrit.

— Lady Trengloss, monsieur, annonça Lambert de sa voix d'outre-tombe.

Baxter reposa à regret son ustensile. Le visage pincé du majordome présentait son habituelle expression de souffrance. Lambert avait toujours l'air souffrant. A soixante-six ans, la plupart des hommes dans sa position se retiraient pour vivre de leur pension.

Les années n'avaient pas été tendres avec lui. Ses articulations le martyrisaient. Ses mains étaient déformées par l'arthrite et ses gestes s'étaient considérablement ralentis.

— Ma tante désire sans doute un rapport complet sur ma nouvelle carrière d'administrateur, fit Baxter, résigné.

— Lady Trengloss semble agitée, monsieur.

— Faites-la entrer, Lambert.

— Oui, monsieur.

Lambert fit mine de partir avant de se raviser :

— Il y a autre chose dont il me faut vous faire part, monsieur. La nouvelle gouvernante a donné son congé il y a une heure.

— Bon sang, encore ! C'est la troisième en cinq mois.

— Oui, monsieur.

— De quoi se plaignait-elle, celle-là ? Cela fait des semaines qu'il n'y a pas eu d'explosion dans le laboratoire, et j'ai pris soin d'éviter que les odeurs désagréables ne se répandent dans la maison.

— Apparemment, Mme Hardy en est arrivée à la conclusion que vous tentiez de l'empoisonner, monsieur.

Baxter écarquilla les yeux.

— L'empoisonner ? Pourquoi, au nom du Ciel, a-t-elle été imaginer une telle ineptie ? C'est déjà assez difficile de garder une gouvernante, de nos jours. Je ne vais pas me mettre à les empoisonner !

Gêné, Lambert s'éclaircit la gorge.

— C'est sans doute à cause des bouteilles de produits chimiques qu'elle a trouvées dans la cuisine, hier soir.

— Je les ai mises là parce que j'avais simplement besoin du grand évier de la cuisine, pour une nouvelle expérience.

— La vue de ces bouteilles l'aura troublée, monsieur.

— Enfer et damnation ! Eh bien, on ne peut rien y faire. Essayez de nous trouver une nouvelle gouvernante.

— Oui, monsieur.

Lambert se dirigea vers la porte en grimaçant. Il se passa la main sur les reins.

Baxter fronça les sourcils.

— Vos rhumatismes vous font souffrir ?

— Oui, monsieur.

— Je suis navré pour vous. Ces nouveaux traitements vous soulagent-ils ?

— Je sens une amélioration après chaque séance avec le Dr Flatt. Malheureusement, cela ne dure pas. Toutefois, en multipliant les séances, il pense que les douleurs devraient s'atténuer.

— Humm.

Baxter n'avait absolument aucune confiance dans les méthodes du Dr Flatt qui utilisait le « magnétisme animal », ou le mesmérisme, comme on l'appelait souvent. Des savants aussi éminents que

Benjamin Franklin en Amérique et Lavoisier en France avaient dénoncé les travaux du Dr Mesmer plusieurs années plus tôt. Leur opinion n'avait malheureusement pas empêché le développement de ces pratiques.

— Lady Trengloss, monsieur, lui rappela Lambert.

— Oui, oui, faites-la entrer. Autant en finir au plus vite. (Baxter jeta un coup d'œil vers la pendule.) J'ai rendez-vous avec mon nouvel employeur dans une heure.

— Ton employeur ? C'est ainsi que tu l'appelles ? (Rosalind Trengloss s'engouffrait dans le laboratoire.) Etrange qualificatif pour une telle créature.

— Etrange, mais juste. Et cela grâce à vous, madame.

— Tu ne vas pas me reprocher ce petit stratagème.

Rosalind enleva son bonnet de soie noir et blanc et s'effondra sur une chaise avec une grâce théâtrale. Sa chevelure noir et argent était élégamment coiffée pour souligner ses traits aristocratiques. Ses yeux sombres brillaient de détermination.

Baxter la considéra avec un mélange d'affection et de réelle impatience. Rosalind était la jeune sœur de sa mère, décédée plusieurs années auparavant. A soixante ans, elle gardait l'élégance et le style flamboyant qui avaient toujours été l'apanage des deux sœurs.

Emma et Rosalind Claremont avaient rayonné à Londres pendant leur jeunesse. Toutes deux avaient fait un brillant mariage. Toutes deux s'étaient retrouvées veuves avant la trentaine. Ni l'une ni l'autre ne s'était remariée. Au contraire, elles avaient tiré profit de leur statut de veuves riches, belles et titrées. Ce statut leur avait permis de survivre aux innombrables scandales et ragots qui avaient parsemé leur existence mouvementée.

Baxter esquissa un sourire tandis que Lambert s'esquivait sans bruit.

— Vous devez reconnaître que je suis on ne peut mieux qualifié pour devenir administrateur.

Rosalind inclina la tête avec grâce.

— D'une certaine façon, oui. Tu as toujours eu un don pour les finances.

Baxter se contenta de hausser les épaules.

— Dis-moi ce que tu as découvert chez Charlotte Arkendale.

— Pour le moment, pas grand-chose. Elle doit m'expliquer mes activités par le menu cet après-midi.

Baxter s'assit à la table dont il se servait pour écrire ses notes. Quelque chose crissa sous sa cuisse. Il venait de s'asseoir sur une page où il avait inscrit les résultats d'une récente expérience.

— Bon sang !

Il lissa soigneusement la feuille, ce qui eut le don d'agacer sa tante.

— Arrête de jouer avec mes nerfs, grommela-t-elle. Alors, quelle est ta première impression de miss Arkendale ?

— Disons que je l'ai trouvée... (il hésita, cherchant le mot juste...) formidable.

— D'une intelligence diabolique ?

— Possible.

— C'est une scélérate ! Une menteuse !

Il hésita à nouveau.

— Vous n'avez aucune preuve de vos accusations, madame.

— Des preuves, tu en trouveras très bientôt.

— N'en soyez pas si certaine. Je peux imaginer miss Arkendale dans bien des rôles...

« Y compris celui de maîtresse. » Cette idée lui

était venue de nulle part, avec une évidence inouïe. Il se força à la chasser de son esprit.

— ... Mais j'ai du mal à l'imaginer faisant du chantage et commettant un meurtre, ajouta-t-il.

Rosalind lui lança un regard de travers.

— Nourrirais-tu des doutes quant à notre projet ?

— Depuis le début, je vous ai fait part de mes doutes. Primo, vous n'avez absolument aucune preuve que Charlotte Arkendale ait fait chanter Drusilla Heskett... et encore moins qu'elle l'ait tuée.

— Drusilla elle-même m'a confié un soir qu'elle avait donné à miss Arkendale une somme considérable. Quand je lui ai demandé pourquoi elle avait fait une chose pareille, elle a changé de sujet. Je n'y ai repensé qu'après sa mort. C'est alors que je me suis souvenue à quel point elle avait paru mystérieuse. J'ai du mal à croire à une coïncidence, Baxter.

— Mme Heskett était très amie avec vous. Si on l'avait fait chanter, elle vous l'aurait dit.

— Pas nécessairement. Le chantage touche toujours des secrets extrêmement intimes. Pour être efficace, il doit menacer de révéler des choses que l'on tient à cacher à tous, même à ses plus proches amis.

— Si Mme Heskett était prête à payer, pourquoi le maître chanteur l'aurait-il assassinée ? C'était tuer la poule aux œufs d'or.

— Qui peut dire ce qui se passe dans l'esprit dérangé d'un maître chanteur ? Drusilla ne voulait peut-être plus payer. Je tiens à ce que tu découvres la vérité sur sa mort, Baxter. Il faut que justice soit faite.

Rosalind se dressa avec grâce, déjà prête à partir.

— Au fait, reprit-elle en baissant la voix. Je pense sincèrement que tu devrais inciter ce pauvre vieux Lambert à prendre sa retraite. Il lui faut une éternité pour répondre à la porte, ces temps-ci. Je t'assure, j'ai bien dû attendre dix minutes sur le porche.

Il esquissa un sourire malicieux.

— Sa lenteur est une de ses grandes qualités. La plupart des gens renoncent à attendre si longtemps, ce qui m'évite d'être dérangé.

Le tic-tac de la pendule semblait inhabituellement fort. Charlotte contempla Baxter, assis de l'autre côté de son bureau. Elle avait redouté ce moment toute la matinée.

Redouté et en même temps attendu avec une excitation qu'elle jugeait déplacée...

Elle s'efforça d'afficher un air neutre.

— Avant de vous donner vos instructions, monsieur St. Ives, il me faut vous révéler quelque chose que je n'ai jamais jugé nécessaire de dire à M. Marcle.

Baxter la dévisageait avec une curiosité polie.

— Je vous écoute.

— Je dois vous apprendre comment je gagne ma vie.

Il ôta ses lunettes pour les nettoyer avec un grand mouchoir blanc.

— Voilà qui ne sera pas inutile à votre administrateur, miss Arkendale.

— Oui, je suppose. Mais... c'est un peu difficile à expliquer.

— Je vois.

— Certains diraient que ma carrière a quelque chose de scandaleux. Pour moi, il s'agit plutôt d'une vocation.

— Au sens où on l'entend pour une religieuse ?
Charlotte esquissa un sourire.

— Oui. C'est une excellente analogie. Vous voyez, monsieur St. Ives, je rends un service très particulier à des femmes. Des dames respectables, d'un certain âge, qui se trouvent seules au monde, dotées d'un substantiel revenu et désireuses de se marier.

Baxter replaça ses lunettes sur son nez.

— Et quel est au juste ce service que vous leur fournissez ?

— Je mène des enquêtes. Des enquêtes très discrètes.

— Des enquêtes ?

Elle s'éclaircit la gorge.

— Des enquêtes sur le passé des gentlemen qui souhaitent les épouser.

Surpris, il la fixa longuement.

— Leur passé ?

— Oui. C'est mon travail d'aider ces dames. De leur assurer que ces hommes ne sont pas des chasseurs de fortune, des opportunistes ou des débauchés. Je les aide à éviter les déboires auxquels elles sont généralement soumises.

Un lourd silence pesa sur la pièce.

— Bon sang, murmura finalement Baxter.

Charlotte se raidit. Elle avait espéré qu'il serait favorablement impressionné par cette carrière d'un genre unique.

— C'est un service inestimable, monsieur. Et je suis fière d'avoir évité à plusieurs dames de nouer des liens désastreux avec des hommes qui les auraient ruinées.

— Je commence à comprendre pourquoi vous recherchez les services d'un garde du corps, miss Arkendale. Vous devez vous être fait pas mal d'ennemis.

— Absolument pas. J'agis en totale confidentialité. Je préviens toujours mes clientes de ne parler de mes services qu'à d'autres dames qui pourraient en avoir besoin.

— C'est stupéfiant, miss Arkendale. Comment diable procédez-vous pour ces enquêtes ?

— En dehors des renseignements que peut me procurer mon administrateur, je bénéficie de l'assistance de ma sœur et de ma gouvernante.

Baxter la dévisagea, médusé.

— Votre gouvernante ?

— Mme Witty est très utile quand il s'agit de glaner des renseignements parmi les domestiques. Ils en savent plus sur leurs patrons que quiconque. Jusqu'à présent, tout s'était toujours très bien passé...

Charlotte se leva pour contempler le jardin par la fenêtre et ajouta :

— Mais quelque chose de terrible est arrivé.

— Quelque chose qui vous conduit à vous attacher les services d'un garde du corps ?

— Oui. Jusqu'à récemment, mes clientes étaient toutes des femmes respectables, certes, mais pas réellement fortunées. Des gouvernantes, des vieilles filles, des veuves de l'aristocratie provinciale. Mais il y a deux mois, j'ai reçu la visite d'une nouvelle cliente, quelqu'un qui évoluait dans le meilleur monde. J'étais ravie et excitée à la fois, car cela m'apportait l'opportunité d'élargir le cercle de ma clientèle.

— Bon sang, répéta Baxter très doucement.

Elle fit semblant de ne pas l'avoir entendu. Il n'était plus possible de reculer à présent. Elle en avait déjà trop dit.

— Cette dame s'appelait Mme Drusilla Heskett. J'ai mené les enquêtes qu'elle m'a demandées et lui ai présenté mon rapport. Elle m'a payée et j'ai pensé que nous en avions terminé. J'espérais qu'elle me recommanderait à certaines de ses amies.

— Que s'est-il passé ?

— La semaine dernière, elle a été retrouvée morte chez elle. Tuée par un cambrioleur, selon les autorités. Les domestiques avaient tous eu congé pour la soirée. J'ai quelques raisons de croire que la personne qui l'a tuée est l'un des hommes sur lesquels elle m'avait demandé d'enquêter.

Il garda le silence. Sa tante s'était trompée du tout au tout.

Elle lui fit face.

— Je dois découvrir la vérité, monsieur.

— Pourquoi ? En quoi cela vous concerne-t-il ?

— Ne comprenez-vous pas ? Si l'homme qui l'a assassinée est l'un de ceux sur lesquels j'ai enquêté, et si je l'ai recommandé comme étant honnête et sincère, alors, je porte une part de responsabilité dans sa mort. J'ai besoin de savoir.

— Pourquoi, au juste, pensez-vous que son meurtrier était l'un de ses prétendants ?

— J'ai reçu un message de Mme Heskett le jour même de sa mort. Elle m'y révélait qu'elle avait failli être renversée à deux reprises au cours des derniers jours, une fois dans la rue et une fois dans un parc. A chaque fois, le véhicule était un phaéton noir.

— Et alors ?

— Elle n'avait pas distingué le visage du cocher mais elle en était arrivée à la conclusion qu'un de ses prétendants éconduits tentait de la tuer en raison de son refus. Le lendemain matin, j'apprenais sa mort. La coïncidence me paraît difficile à accepter, monsieur. Je dois découvrir la vérité.

— Et vous attendez de moi que je vous seconde dans cette folle entreprise ?

— Oui, c'est exactement cela. (Une pause infime.) Vous avez tenu à prendre ce poste, monsieur, et je vous verserai un excellent salaire. J'attends donc de vous que vous remplissiez vos rôles d'administrateur et de garde du corps. Tout cela me semble tout à fait simple et clair.

— A peu près aussi simple et clair que la théorie phlogistique, rétorqua Baxter, ironique.

— Je vous demande pardon ?

— Rien, miss Arkendale. Je faisais allusion à une vieille théorie selon laquelle le feu est un des principes de la composition des corps. Il s'agit de chimie. Je doute que ce domaine vous soit familier.

Elle haussa les sourcils.

— Familier serait beaucoup dire, monsieur St. Ives, mais je sais qu'il y a quelques années, Lavoisier a réalisé plusieurs expériences qui ont complètement ruiné cette théorie.

Baxter en resta bouche bée.

— Vous vous intéressez à la chimie, miss Arkendale ?

— Non. Mais j'essaie de me tenir informée des évolutions de notre temps. J'ai lu, comme beaucoup, les *Conversations sur la chimie* de Basil Valentine, et il se trouve que j'en ai retenu certains passages.

— Je vois. (Le regard de Baxter était indéchiffrable.) J'imagine que le travail de Basil Valentine vous a paru excessivement ennuyeux ?

Elle lui adressa un vague sourire d'excuse.

— La chimie n'est pas mon domaine de prédilection. J'ai d'autres intérêts.

— Je le crois sans peine.

— Si nous en revenions au meurtre de Mme Heskett ?

— Tout à fait. Dites-moi, miss Arkendale, comment exactement vous proposez-vous de retrouver le meurtrier ?

— Mme Heskett a repoussé les avances de quatre hommes au cours de ces dernières semaines. L'un d'entre eux, M. Charles Dill, est mort d'une attaque cardiaque il y a deux semaines, on peut donc l'éliminer de notre liste de suspects. Les trois autres sont lord Lennox, lord Randeleigh et lord Esly. Je compte les interroger tous les trois. Mais d'abord, nous devons commencer par un examen du lieu du crime.

Baxter cligna des yeux comme une chouette.

— Un examen ?

— Je compte chercher des indices chez Drusilla Heskett.

— Vous comptez *quoi ?*

— Vraiment, monsieur St. Ives, vous devriez m'écouter avec plus d'attention. Je ne vais pas passer mon temps à répéter tout ce que je dis. Je tiens à fouiller la maison de Mme Heskett. Je me suis assurée que l'endroit était vide. Vous m'accompagnerez en tâchant de vous rendre utile.

Baxter la contempla comme si elle était devenue folle. Décidément, cette jolie femme n'avait peur de rien !

3

Elle avait lu les *Conversations sur la chimie*, connaissait les expériences de Lavoisier. Un nombre respectable d'excellents livres garnissaient sa bibliothèque et leur état indiquait qu'ils n'étaient pas simplement là pour le décor...

Et alors ? se dit Baxter. Un goût évident pour les choses de l'esprit ne garantissait pas qu'elle ne soit pas une meurtrière.

Beaucoup d'individus malhonnêtes pouvaient énoncer des théories scientifiques, se rappela-t-il. Une bonne éducation n'était pas l'assurance d'un cœur pur et d'une âme droite. Morgan Judd, par exemple, avait été l'un des hommes les plus intelligents et érudits qu'il ait jamais connus...

Baxter surveillait la rue noyée de brouillard. Le quartier était calme et paisible. Eminemment respectable. Sans être grandioses, les demeures étaient cossues et appartenaient de toute évidence à des gens disposant de confortables revenus.

Il n'arrivait toujours pas à croire qu'il s'était laissé entraîner dans cette aventure : pénétrer par effraction dans une maison pour y rechercher des indices relatifs à un meurtre !

Agacé, Baxter réprima un soupir. Il n'était pas fait pour cela. La vie était bien plus simple, bien plus logique et ordonnée dans son laboratoire...

— Nous avons de la chance qu'il y ait du brouillard ce soir, monsieur St. Ives. (La voix de Charlotte était étouffée par la capuche de son manteau et une épaisse écharpe de laine.) Nous serons pratiquement invisibles.

Comme elle, il avait pris ses précautions en remontant le grand col de sa redingote et en abaissant les rebords de son chapeau, de façon à dissimuler ses traits.

La faible lueur des becs de gaz récemment installés dans cette partie de la ville griffait à peine le brouillard épais. Tant qu'ils restaient à bonne distance des lampadaires, il n'y avait aucun risque qu'on distingue leurs visages.

Néanmoins, Baxter se sentit obligé de faire une nouvelle tentative.

— Vous feriez bien de reconsidérer votre décision, miss Arkendale. Cette petite expédition comporte un réel danger. Il n'est pas trop tard pour faire demi-tour. Le fiacre que j'ai loué nous attend tout près d'ici dans le parc.

— Plus un mot, s'il vous plaît, monsieur St. Ives, répliqua-t-elle sèchement. Vous avez tenté de me dissuader de ce projet depuis l'instant où je vous en ai parlé. Cela devient fatigant.

— Je me sens dans l'obligation de vous conseiller.

— Je ne vous ai pas engagé pour vos conseils, monsieur. Cela suffit. Vos avertissements nous font perdre un temps précieux. Il est temps de nous mettre au travail.

— Comme vous voulez, miss Arkendale...

Elle ouvrit la petite grille de fer située à côté de l'entrée principale et descendit les marches qui conduisaient à la cuisine.

Cette entrée destinée aux domestiques et fournisseurs se trouvait au-dessous du niveau de la rue. Des nappes de brouillard s'engouffraient dans la petite fosse. La silhouette encapuchonnée de Charlotte disparut dans la pénombre.

Baxter pressa le pas pour la rejoindre. Il la rattrapa devant la porte de la cuisine. Ici, l'obscurité était totale.

— Si vous voulez bien me permettre, miss Arkendale...

— A votre guise, monsieur, mais ne nous retardez pas davantage.

— Loin de moi cette idée. Reculez.

— Pourquoi donc ?

— Miss Arkendale, c'est à mon tour de vous demander de ne pas nous retarder. Maintenant que nous sommes engagés dans cette absurdité, la rapidité est notre unique alliée.

— Bien sûr, monsieur St. Ives. (Elle recula d'un pas.) A vous de jouer.

Baxter n'y voyait goutte et il n'osait utiliser leur lanterne avant d'être entré dans la maison. De la poche de son manteau, il extirpa une petite fiole qu'il ouvrit. Une lueur intense se produisit, qu'il masqua de son corps. Il n'eut aucun mal à localiser la serrure.

Charlotte laissa échapper une exclamation étonnée.

— Par le Ciel, comment faites-vous cela ?

— Cela fait quelque temps que je travaille au moyen de produire une lumière instantanée. (Il avait déjà en main un trousseau de fines aiguilles d'acier.) Pour l'instant, malheureusement, ces lumières ne durent que quelques secondes.

— Je vois. (Une nuance de sincère admiration teintait la voix de Charlotte.) Vous êtes très habile. Où avez-vous trouvé ces petits outils ?

— Nous autres administrateurs devons posséder de nombreux talents pour satisfaire nos employeurs.

Il avait appris à se servir de ces passe-partout avant son périple en Italie, sachant qu'il devrait s'introduire dans le château de Morgan Judd.

La lumière faiblissait rapidement. Baxter choisit une aiguille qu'il introduisit dans la serrure.

Il ferma les yeux pour mieux se concentrer. Un petit déclic retentit. La serrure s'ouvrit au moment où la lueur créée par son nouveau composé phosphoré mourait.

— Excellent travail, monsieur St. Ives.

— Tout dépend de quel point de vue on se place.

Baxter ouvrit très vite la porte pour se glisser dans la cuisine. Puis il ajouta :

— Le nouveau propriétaire de cette maison, par

exemple, n'apprécierait sûrement pas cette intrusion.

— Je vous l'ai déjà dit, je me suis renseignée. La maison est vide et le restera jusqu'à ce que l'héritier de Mme Heskett arrive pour régler sa succession. C'est un parent lointain qui vit quelque part en Ecosse, et il est infirme. On ne l'attend pas à Londres avant plusieurs jours.

— Et les domestiques ?

— Ils sont tous partis après le meurtre. Plus personne ne payait leurs gages. L'endroit est entièrement à nous.

Baxter referma la porte de la cuisine et alluma la lanterne.

— Néanmoins, il faut faire vite. Il faut que nous soyons sortis d'ici dans une demi-heure.

Charlotte fronça les sourcils.

— Une demi-heure ? Je crains que cela ne soit pas assez pour fouiller toute la maison.

Baxter jetą un regard autour de lui.

— Plus vite nous aurons fini, mieux cela vaudra.

— Dois-je vous rappeler, monsieur, que je suis la responsable dans cette affaire ? Vous êtes mon employé, et c'est moi qui donne les instructions.

Baxter l'écarta pour passer dans le couloir. Il ouvrit une porte qui donnait dans un salon.

— Nous ferions mieux de commencer par les chambres à l'étage pour finir ici, par le rez-de-chaussée.

— A présent, monsieur St. Ives, écoutez...

— Dépêchez-vous, miss Arkendale. (Il montait les marches deux à deux.) La première règle quand on cambriole une maison, c'est d'être rapide et efficace. Comme c'est moi qui tiens la lanterne, je suggère que nous travaillions ensemble.

Charlotte se précipita dans l'escalier.

— Attendez-moi. Vraiment, monsieur, quand nous en aurons terminé avec ceci, il faudra que nous ayons une sérieuse conversation sur la nature exacte de vos attributions.

— Si vous le dites, miss Arkendale... Nous gagnerions un temps précieux si vous m'expliquiez exactement ce que nous cherchons.

— Si seulement je le savais, dit-elle, essoufflée. J'espère que nous tomberons sur quelque chose d'intéressant.

— C'est bien ce que je craignais. (Il se tourna vers le couloir sombre.) Les chambres à coucher, sans doute. Nous commençons par celle du bout ?

— Cela semble logique.

— Je me targue d'être logique, miss Arkendale.

— Moi aussi, monsieur St. Ives.

Baxter la suivit dans la première chambre, où il posa la lanterne sur une table. Charlotte ouvrait déjà quelques tiroirs avec une expression grave. Cela n'avait absolument rien d'un jeu pour elle.

Baxter ouvrit la porte d'une garde-robe.

— Puis-je vous demander depuis quand vous menez votre étrange carrière, miss Arkendale ?

— Depuis quelques années. Précisément, depuis le meurtre de mon beau-père. (Tout en parlant, elle continuait à fouiller les tiroirs d'une coiffeuse.) Ma sœur et moi sommes restées sans le sou. Rares sont les carrières qui s'offrent à une dame. C'était soit devenir gouvernante, ce qui ne m'aurait pas permis de gagner assez d'argent pour nous faire vivre toutes les deux, soit inventer autre chose.

Il repoussa quelques robes pour examiner le fond de la penderie.

— Et comment vous est venue l'idée de cette... chose ?

— Je dois remercier mon beau-père, dit froidement Charlotte. Lord Winterbourne était un opportuniste qui s'est servi de ma mère. Il l'a convaincue qu'il allait s'occuper d'elle et de ses enfants alors qu'en réalité, il voulait simplement mettre la main sur son argent.

— Je vois.

— Ma pauvre mère est morte quelques mois après l'avoir épousé. Je ne crois pas qu'elle ait jamais compris quel être immonde c'était. Egoïste, cruel, insensible. Ni ma sœur ni moi ne l'avons pleuré.

— Vous semblez vous débrouiller bien mieux sans lui, dit Baxter en fouillant un tiroir.

Charlotte s'agenouilla près du lit.

— Infiniment mieux. Les menteurs pullulent, monsieur St. Ives. Et, d'une façon générale, les femmes qui se retrouvent dans une situation identique à celle de ma mère sont extrêmement vulnérables. Il est essentiel qu'elles sachent à quoi s'en tenir sur les desseins véritables de leurs prétendants.

— Et c'est là que vous intervenez.

Baxter se rendit près de la fenêtre et écarta discrètement un rideau.

— A-t-on retrouvé l'assassin de votre beau-père ? demanda-t-il.

La jeune femme se redressa pour examiner la chambre, à la recherche d'une cachette possible.

— Non. Une anonyme canaille s'est chargée de cette besogne.

— Cela fait donc la seconde fois en quelques années que vous vous retrouvez, sinon mêlée, du moins reliée à un meurtre. La plupart des gens passent leur vie entière sans que cela leur arrive jamais.

Charlotte se tourna vivement vers lui.

— Qu'insinuez-vous, monsieur ?

— C'était une simple constatation. Un esprit scientifique est toujours curieux quand apparaissent des coïncidences troublantes.

Il était sur le point de laisser retomber le rideau, quand il discerna un vague mouvement de l'autre côté de la rue.

Baxter plissa les paupières. Près d'un bec de gaz, une silhouette s'enfonçait dans les volutes de brume.

— Quelque chose ne va pas, monsieur St. Ives ? Pourquoi regardez-vous ainsi par cette fenêtre ?

— Je surveille la rue. (L'ombre avait disparu. Baxter laissa retomber le rideau.) Je crois que nous en avons fini avec cette chambre. Passons à la suivante.

— Oui, bien sûr. J'aimerais trouver celle de Mme Heskett.

Charlotte prit la lanterne et passa dans le couloir.

Baxter la suivit lentement.

Quelques minutes plus tard, alors qu'ils fouillaient la dernière chambre, la jeune femme poussa une petite exclamation de surprise. Baxter se tourna vers elle.

— Vous avez trouvé quelque chose ?

Elle était encore à genoux, essayant d'attraper un objet sous une armoire.

— Que pensez-vous de cela, monsieur ?

Elle extirpa un livre relié de cuir qu'elle ouvrit. Baxter s'accroupit à son côté.

— De quoi s'agit-il ? Un journal ?

— Non, c'est un carnet de dessins. (Charlotte tourna quelques pages ornées de délicats croquis au pastel.) Il appartenait très probablement à Mme Heskett. (Elle s'arrêta brusquement pour contempler l'un des dessins.) Bonté divine...

Baxter haussa un sourcil.

— Mme Heskett nourrissait un grand intérêt pour la statuaire classique.

— En effet, dit Charlotte d'une voix enrouée. Il doit s'agir de dieux grecs ou romains, j'imagine. Ils sont.... euh... particulièrement bien bâtis.

— Effectivement.

Ensemble, ils contemplèrent en silence les images de statues d'hommes nus.

Charlotte s'éclaircit la gorge.

— J'ai moi-même vu quelques-unes de ces statues au British Museum. Je pense pouvoir affirmer que Mme Heskett a pris des libertés artistiques avec certaines portions de leur anatomie.

— Des libertés, en effet.

Elle referma vivement le livre.

— Hum... Le choix de ses sujets d'inspiration ne nous concerne pas. Par contre, ce qui est important, c'est d'avoir trouvé ce carnet.

— En quoi est-ce important ? Beaucoup de femmes aiment peindre ou dessiner.

— Exact. Ma sœur, Arielle, s'essaie à l'aquarelle. (Charlotte le dévisagea, l'œil brillant.) Mais elle ne cache pas son carnet de dessins sous une armoire.

— Attendez un instant, miss Arkendale. Ne concluez pas trop vite. Il est fort probable qu'un domestique de Mme Heskett ait accidentellement poussé ce carnet sous le meuble en emballant ses affaires après sa mort.

— Je ne suis pas de votre avis. Ce carnet a été caché là délibérément.

— Même dans ce cas, c'est sans doute à cause de la nature des sujets dessinés. Mme Heskett n'avait peut-être pas envie que son personnel apprenne qu'elle aimait dessiner des phallus démesurés.

Charlotte cligna des paupières. Elle détourna les yeux et s'affaira maladroitement à cacher le livre en cuir sous son manteau.

— Quoi qu'il en soit, je désire l'examiner. Je l'emporte.

Elle renonça à le cacher sous sa cape et le serra fermement dans ses bras.

Baxter se rendit soudain compte qu'il venait de l'embarrasser. L'idée que l'intrépide miss Arkendale puisse être troublée par le mot « phallus » l'amusa.

— Miss Arkendale, si vous emportez ce volume, vous commettrez ce qu'on appelle un vol.

— Ridicule. Je vais simplement l'emprunter.

— L'emprunter ? C'est un nouveau terme légal ?

— J'enquête sur les circonstances de la mort de ma cliente, lui rappela-t-elle avec brusquerie. Tout indice peut s'avérer utile.

— Et quel indice comptez-vous trouver dans un livre rempli de dessins d'hommes nus ?

— Qui peut le dire ? (Elle lui tourna le dos.) Venez. Il nous faut encore fouiller le rez-de-chaussée.

Baxter jura à voix basse et s'apprêta à la suivre. Mais la curiosité et un trouble malaise le firent hésiter.

Il retourna à la fenêtre, écarta le rideau de quelques centimètres pour observer la rue.

Le brouillard s'était encore épaissi. Le bec de gaz de l'autre côté n'était plus qu'une lueur fantomatique. Baxter attendit un moment, cherchant des ombres parmi les ombres. En vain.

— Venez, monsieur St. Ives, l'appela Charlotte à voix basse depuis le couloir. Comme vous l'avez dit, nous devons nous dépêcher.

Baxter acquiesça et suivit la jeune femme au rez-de-chaussée.

Peu de temps après, il refermait un dernier tiroir.

— Il faut partir, miss Arkendale.

— Encore quelques minutes. (Sur la pointe des pieds, Charlotte replaçait des volumes dans une bibliothèque.) J'ai presque fini.

— Nous ne pouvons nous attarder plus longtemps.

Baxter s'empara de la lanterne tandis qu'elle lançait un regard anxieux vers les étagères garnies de livres.

— Et si nous avons manqué quelque chose d'important ?

— Vous ne savez même pas ce que vous cherchez. Il se peut que vous soyez déjà passée à côté d'un indice sans vous en rendre compte. Nous attarder davantage serait risqué. (Il lui prit le bras.) Allons-nous-en.

Soudain alarmée, elle le fixa.

— Quelque chose ne va pas ?

Il eut un petit rire ironique.

— Non, ça ne va pas. Il est plus de minuit et nous sommes en train de fouiller la maison d'une dame qui vient d'être assassinée. Vous avez même décidé d'emporter un objet ayant appartenu à la victime. Beaucoup de gens trouveraient cette situation pour le moins troublante.

— Vos sarcasmes sont inutiles, monsieur. Quand je vous ai demandé si quelque chose n'allait pas, je ne parlais pas de vos craintes quant à ce projet. Vous semblez mal à l'aise, tout à coup.

Il la dévisagea, surpris par sa perspicacité. Elle avait raison. Depuis qu'il avait repéré cette ombre dans la rue, son sentiment de gêne et d'insécurité n'avait fait que croître.

Cela faisait bien longtemps qu'il n'avait pas

éprouvé cette déplaisante sensation... Depuis trois ans, pour être précis.

Mais il était un homme de science, et un homme de science ne croyait pas aux prémonitions.

Ils étaient revenus dans la cuisine.

— Je vais éteindre la lanterne maintenant, annonça-t-il. Nous ne verrons rien pendant un petit moment. Ne lâchez pas mon bras.

— Pourquoi ne pas attendre que nous soyons dans la rue pour l'éteindre ?

— Parce que je ne veux pas courir le risque que quiconque nous aperçoive.

— Personne ne nous verra dans ce brouillard.

— On pourrait voir la lueur de la lanterne. Vous êtes prête ?

Elle lui lança un regard étrange. Il crut qu'elle allait encore protester mais, au lieu de cela, elle serra le carnet de croquis contre elle et hocha brièvement la tête.

Baxter éteignit la lumière. Les ténèbres se refermèrent sur eux.

Se fiant à sa mémoire des lieux, il retrouva la porte d'entrée. Celle-ci s'ouvrit sans peine, avec un tout petit grincement. Le halo d'un bec de gaz planait au-dessus d'eux.

Charlotte s'engagea sur les marches. Baxter la saisit à nouveau par le bras, l'obligeant à s'immobiliser.

Fort heureusement, elle ne posa pas de questions. Et il lui en fut reconnaissant. Les sens en alerte, il guettait le moindre bruit dans la rue. Mais tout était calme et silencieux.

D'un petit geste, il l'incita à repartir. Elle gravit rapidement les quelques marches. Arrivés sur le trottoir, ils partirent vers l'endroit où se trouvait leur fiacre.

Soudain, un flot de brume se déversa sur eux.

Une silhouette massive surgit. L'homme portait une lourde cape de cocher et un chapeau aux bords rabattus. La lueur du bec de gaz éclairait le pistolet serré dans son poing.

— Tiens, tiens, qu'est-ce qu'on a là ? On dirait bien un petit couple de rupins qui se mêle de mes affaires.

Baxter entendit sa compagne étouffer une exclamation de surprise.

— Ecartez-vous, ordonna-t-il.

L'inconnu ricana. Plusieurs trous noirs lui mangeaient la bouche là où les dents manquaient.

— Pas si vite. Vous détalez de ma maison. Je vais pas vous laisser emporter ce qui m'appartient.

— Comment osez-vous ? s'offusqua Charlotte. Il se trouve que je sais à qui appartient cette maison.

— Euh... miss Arkendale, fit Baxter. Le moment est peut-être mal choisi...

— C'est ma maison, gronda le gros homme. Ça fait trois nuits que je l'ai repérée et que je la surveille.

— Pour quelle raison ? demanda Charlotte.

— Pour être sûr que le propriétaire est bien parti et qu'il ne reviendra pas sans prévenir au milieu de la nuit.

— Bonté divine, vous êtes un cambrioleur professionnel ?

L'homme ricana avec fierté.

— C'est exactement ça. Je suis un professionnel. Un vrai. Et j'ai jamais été pris parce que je suis très prudent. J'attends toujours d'être sûr avant d'agir, et qu'est-ce que je vois ? Deux rupins qui essaient de me prendre mon butin.

— J'ai dit : écartez-vous, insista Baxter. Je ne le répéterai pas.

— Tant mieux, ça vous évitera d'user votre salive. (L'homme dédaigna Baxter pour tourner son sourire édenté vers Charlotte.) Alors, ma p'tite dame, qu'est-ce que vous avez là ? Un peu d'argenterie ? Des bijoux, peut-être ? En tout cas, ça m'appartient, alors donnez-le-moi.

— Nous n'avons pris aucun objet de valeur dans cette maison.

— A qui vous voulez faire croire ça ? (L'homme désigna le carnet de dessins.) Et ça, c'est rien peut-être ?

— Ce n'est qu'un livre. Ça n'a aucun intérêt pour vous.

— Je n'ai rien à faire d'un livre, mais je veux voir ce que vous cachez sous votre manteau. Je parie que je vais y trouver un ou deux chandeliers ou alors des colliers. Ouvrez votre manteau.

— Il n'en est pas question, répliqua Charlotte avec dédain.

— Oh, une petite prétentieuse ! Eh bien, vous allez voir ce qui se passe quand on refuse de me donner ce qui est à moi !

L'homme pivota à la vitesse de l'éclair pour abattre le lourd canon de son pistolet sur le visage de Baxter.

— Non ! s'exclama Charlotte, affolée.

Baxter avait déjà réagi. Il évita le coup, tout en sortant une autre fiole de sa poche. Il l'ouvrit et la projeta au visage de son agresseur.

Le phosphore, mis au contact de l'air, s'enflamma aussitôt. Le gredin rugit de rage et de surprise, et tituba en arrière, les mains sur les yeux. Le pistolet s'écrasa bruyamment par terre.

Baxter bondit pour écraser son poing sur la mâchoire de l'homme qui partit à la renverse.

— Tu m'as rendu aveugle, saleté de bâtard ! J'suis aveugle !

Baxter ne voyait aucune raison de lui expliquer

que l'effet ne serait que temporaire. Il saisit Charlotte par le bras.

— Venez.

— C'est pas juste, gémit le voleur. C'est moi qui avais repéré cette maison. Elle est à moi. Trouvez-vous une autre maison !

Charlotte le toisa froidement.

— Nous allons informer les autorités que vous rôdez par ici. Vous feriez mieux de déguerpir sur-le-champ.

— Cela suffit, gronda Baxter en l'entraînant sans ménagement. Nous avons nos propres problèmes.

— Je ne veux pas que cet individu s'imagine qu'il pourra pénétrer chez Mme Heskett pour voler tout ce dont il a envie.

— Pourquoi pas ? C'est exactement ce que nous venons de faire.

— Emprunter un carnet de croquis est une chose tout à fait différente.

— Hmmm.

Ils arrivaient dans le parc.

— Je dois vous dire que j'ai été très impressionnée par votre attitude, monsieur St. Ives. C'était très ingénieux de songer à utiliser votre lumière instantanée. Très ingénieux.

Baxter ignora le compliment. Il cherchait à localiser le fiacre, malgré le brouillard.

Les chevaux furent les premiers à se matérialiser, tels deux fantômes gris surgissant de la nuit. Le véhicule apparut derrière eux. Le cocher avait souvent conduit Baxter : il était habitué aux excentricités de son client.

Baxter utilisait les services de cette écurie de louage depuis des années : il trouvait cela plus économique et pratique que d'entretenir ses propres écuries.

D'un geste de la tête, il salua le cocher avant d'ouvrir la porte de la cabine. Il aida Charlotte à monter.

— Ramenez-nous chez miss Arkendale.

— Oui, monsieur.

Baxter se hissa à son tour pour s'installer sur le siège en face de la jeune femme. Le fiacre s'ébranla.

D'un regard, il s'assura que les rideaux étaient bien tirés, avant de se tourner vers Charlotte. Dans la pâle lueur des lampes, il fut surpris par l'éclat de ses yeux verts.

— Monsieur St. Ives, je ne saurai jamais assez vous remercier pour votre aide ce soir, dit-elle. Vous avez été vraiment courageux et perspicace. Tous mes doutes concernant vos aptitudes à remplir ce poste se sont envolés. M. Marcle a eu absolument raison de vous adresser à moi.

Il sentit la colère monter en lui. Elle aurait pu se faire tuer, et voilà qu'elle semblait excitée comme une enfant qui vient de découvrir un nouveau jeu !

— Je suis ravi de constater que mes services vous satisfont, miss Arkendale.

— Oh, absolument. Ils me satisfont pleinement. Vous serez, à n'en pas douter, un excellent administrateur.

— Permettez-moi alors de vous dire que votre témérité ce soir m'a paru déplacée. Rien ne saurait excuser une telle folie. J'ai dû perdre la tête pour vous autoriser à fouiller la maison de Drusilla Heskett.

— Je ne me rappelle pas vous avoir demandé votre permission, monsieur.

— Cet individu aurait pu vous blesser, ou même vous tuer.

— Grâce à vous, je ne courais aucun danger.

Vraiment, j'ignore ce que j'aurais fait sans vous. (Une étincelle passa à nouveau dans ses yeux verts.) Aucun homme ne s'est jamais porté à mon secours, monsieur St. Ives. C'était tout à fait excitant. Je me serais crue dans un de ces romans gothiques, ou alors dans un poème de Byron.

— Bon sang, miss Arkendale...

— Vous étiez merveilleux, monsieur.

Soudain, elle combla la petite distance qui les séparait et lança ses bras autour de son cou pour une brève accolade.

Les plis de son manteau se refermèrent autour de Baxter. Soudain, il fut enveloppé par une fragrance envoûtante, indescriptible. Au léger parfum de Charlotte se mêlaient les senteurs d'herbe de son savon et son odeur unique, incroyablement féminine.

Il eut l'impression qu'on lui arrachait l'air des poumons. Une sensation hallucinante lui parcourut le corps, avec la vitesse et la violence de l'éclair. C'était une véritable réaction alchimique. Certains croyaient qu'on pouvait, avec du feu, transformer le plomb en or. Baxter savait à présent qu'une simple odeur pouvait transformer sa colère en désir.

Il la voulait. Maintenant. Ce soir. Il n'avait jamais autant désiré une femme.

Saisissant son visage entre ses mains, il la contempla tandis qu'elle commençait à s'écarter.

— Pardonnez-moi, monsieur...

Charlotte semblait troublée. Ses yeux étaient fixés sur les lèvres de Baxter.

— Je ne voulais pas vous embarrasser, ajouta-t-elle. Sur le moment, l'enthousiasme m'a emportée...

Il ne répondit pas. Aucun mot n'aurait pu exprimer ce qu'il éprouvait.

Il fit la seule chose qu'il pouvait faire. Il l'embrassa.

4

Pendant un instant, Charlotte ne se rendit pas compte de ce qui se passait. Le baiser de Baxter lui faisait perdre toute notion de la réalité. Les flammes de la passion embrasaient ses sens.

Il émit un gémissement rauque. Ses mains pressaient doucement le visage de la jeune femme qui sentait les muscles de sa cuisse, durs, gonflés, contre la sienne.

Une onde de chaleur l'envahit, la faisant frémir de la tête aux pieds. Elle n'avait jamais réagi ainsi, à rien ni à personne.

— Charlotte...

La voix de Baxter était basse, ensorcelante, elle exprimait un besoin insistant et douloureux.

— Charlotte...

Il s'arracha à leur baiser pendant un bref instant, pour la fixer avec une intensité qui aurait dû la terrifier. La monture en or de ses lunettes accrochait la lumière. Le feu dévorait ses yeux d'ambre.

Les yeux d'un alchimiste, pensa-t-elle.

D'un geste vif, impatient, Baxter ôta ses lunettes qu'il jeta sur le siège opposé.

— Bon sang, que m'avez-vous fait ? murmura-t-il.

Elle secoua la tête, incapable de s'arracher à ce regard. Elle se rendit compte qu'elle s'accrochait à lui comme si elle avait peur de tomber dans un abîme sans fond.

— J'étais sur le point de vous poser la même question.

Il sourit et l'embrassa à nouveau.

Elle sentit sa main glisser sous sa capuche pour enserrer son cou. Ses doigts étaient forts et chauds. L'intimité de la caresse la fit frissonner.

Il la souleva de façon à l'asseoir en travers de ses cuisses. La soutenant dans le creux de son bras, il se pencha pour déposer un baiser sur sa gorge. Il repoussa les plis de son manteau.

Charlotte laissa échapper un gémissement quand la main de Baxter se referma sur son sein. La chaleur de sa paume traversait la laine de la robe. Mais elle était incapable de le repousser. Un sentiment d'urgence la tenaillait. Elle tira les revers de sa redingote.

— Monsieur St. Ives...

Sa main quitta lentement sa poitrine pour glisser le long de ses hanches.

Comprenant enfin ce qu'était la chose longue et dure pressée contre sa cuisse, elle ferma les yeux avant de sombrer dans un déferlement de sensations. Une transe délicieuse l'emportait sur les rives du plaisir.

Elle glissa les doigts sous la veste de Baxter, poussée par une envie folle de le sentir, de le toucher. Ensorcelée, elle effleura les muscles puissants de sa poitrine. Sa chaleur et son odeur étaient enivrantes. Mais elle en voulait plus, beaucoup plus.

Un bruissement lui fit comprendre qu'il relevait ses jupes au-dessus des genoux. Elle sentit sa main s'insinuer sur ses cuisses. Elle se mit à trembler. Soudain, il dépassa la jarretière et s'aventura sur sa peau nue. Un choc terrible l'ébranla.

Le fiacre s'arrêta.

Baxter se raidit brusquement. D'un geste vif, il ramassa ses lunettes sur le siège avant de soulever un rideau.

— Nous sommes arrivés chez vous. Comment diable a-t-il fait aussi vite ? J'avais tellement de choses à vous dire.

— Moi aussi.

Gênée, elle tentait de se ressaisir.

— Nous n'avons même pas discuté des événements de la soirée, reprit-elle d'une voix qu'elle ne reconnut pas.

— Non.

Les yeux plissés, il la regarda tandis qu'elle regagnait son siège avec toute la dignité dont elle était capable.

— Je passerai vous voir demain, ajouta-t-il sèchement.

Cette dureté lui fit l'effet d'une douche froide. Il venait de l'embrasser avec une folle passion, et à présent il s'adressait à elle comme si elle l'avait offensé. S'en voulait-il d'avoir agi sans réfléchir ?

Elle lui toucha le bras d'une façon qu'elle espérait rassurante.

— Ne vous reprochez rien, monsieur. Vous n'êtes en rien responsable de ce qui vient de se passer. Notre rencontre avec cet individu effrayant nous a perturbés, voilà tout.

Baxter la dévisagea, incrédule.

— Vous croyez ?

— Oui, bien sûr. C'est la seule explication. Le danger peut provoquer des émotions extrêmes.

— Vous avez eu, j'imagine, beaucoup d'expériences de ce type ?

— Eh bien, non, pas exactement, admit-elle. Mais j'ai assez lu Byron pour comprendre que ce qui vient de nous arriver n'est pas inhabituel.

Quand on se retrouve face au danger, tous les sens sont... exacerbés.

— Bon sang ! Vous basez vos conclusions sur les inepties d'un poète ?

Elle fut un peu vexée par son dédain.

— Byron écrit de façon très convaincante sur les passions les plus sombres. Il semble posséder une compréhension très profonde de ces choses. Et je pense qu'on peut beaucoup apprendre en lisant les poètes romantiques.

— C'est ridicule.

— J'essaie de vous donner une explication logique pour un événement qui vous a clairement troublé, monsieur St. Ives.

Il baissa les yeux vers la main posée sur son bras. Quand il les releva, une lueur dangereuse y brillait.

— Merci, miss Arkendale, mais je crois que je survivrai à cette expérience sans avoir recours à votre logique grotesque. Le jour où je chercherai des explications dans l'œuvre d'un fichu poète, je me ferai enfermer dans un asile.

Elle retira vivement sa main. Décidément, il était d'une humeur insupportable. Mieux valait ne pas insister.

— Très bien, monsieur, dit-elle d'un ton qu'elle voulait enjoué. Je suis certaine que demain nous aurons tous les deux oublié ce petit incident.

Il ne dit rien pendant quelques secondes. A l'extérieur, ils entendirent le cocher sauter de son siège.

— Voilà qui reste à prouver, fit-il enfin.

Charlotte respira profondément.

— Quand vous passerez demain, nous comparerons nos observations sur la maison de Mme Heskett.

— Oui.

— J'aurai déjà regardé le carnet de croquis. Peut-être y découvrirai-je quelque chose d'utile...

— J'en doute. (Soudain, il se pencha pour la saisir par le menton.) Ecoutez-moi bien. Je vais vous accompagner jusqu'à votre porte. Puis vous vérifierez que chaque porte, chaque fenêtre est convenablement fermée, avant de vous coucher.

Elle cligna des paupières.

— Bien, monsieur St. Ives. Je vérifie toujours les serrures avant de me coucher. C'est une très vieille habitude. Mais je doute qu'il y ait des raisons de s'alarmer ce soir. Ce gredin qui nous a accostés n'a pas pu suivre notre fiacre dans ce brouillard.

— Peut-être, mais faites ce que je vous dis. C'est clair ?

Intuitivement, Charlotte sentait qu'il ne fallait pas laisser Baxter prendre le dessus dans leur association. Elle était la patronne et elle devait le rester.

— J'apprécie votre sollicitude, mais je suis votre employeur. Même si je suis prête à écouter vos conseils, il vous faudra admettre que je prends mes décisions moi-même.

— Vous ferez plus qu'écouter mes conseils, Charlotte, déclara-t-il avec un calme agaçant. Vous allez les suivre.

La portière s'ouvrit à cet instant. Consciente de la présence du cocher qui attendait dans l'ombre, elle se contenta de hausser un sourcil.

— Vous vous êtes révélé un excellent assistant ce soir, monsieur, mais je ne doute pas qu'il existe d'autres personnes qualifiées qui pourraient prendre votre place. Si vous souhaitez garder votre poste, vous feriez bien de témoigner une plus grande déférence à mon égard.

Une lueur amusée passa dans les yeux de Baxter.

— Menaceriez-vous de me renvoyer, Charlotte ? Après tout ce que nous avons connu ensemble ce soir ?

Sans un mot, elle rassembla ses jupes et quitta le fiacre.

Baxter lui emboîta le pas, lui prenant le bras pour la conduire jusque devant sa porte. Il lui enleva sa clé des mains.

— Bonne nuit, monsieur St. Ives, déclara Charlotte d'un ton froid et autoritaire, dès que la porte fut ouverte. Je dois vous répéter à quel point la démonstration de vos talents dans des circonstances aussi dramatiques m'a paru convaincante.

— Merci.

Baxter glissa un pied dans l'embrasure de la porte.

— Une dernière chose, murmura-t-il.

— Oui ?

— Vous devriez envisager de m'appeler par mon prénom. Etant donné les circonstances, je ne vois pas l'utilité de maintenir des apparences aussi formelles.

Elle en resta sans voix.

Satisfait, il lui ferma doucement la porte au nez.

Vingt minutes plus tard, dans sa bibliothèque, Baxter fulminait toujours. Il n'arrivait pas à comprendre comment il avait pu ainsi perdre tout contrôle de lui-même.

Près de la cheminée, il s'empara de la flasque en cristal qui se trouvait sur un guéridon et se servit un grand verre de cognac dont il renversa une bonne dose à côté. Il ne devait pas se laisser gouverner par ses émotions, se répétait-il. Il était un homme de science. Toute sa vie avait été dévouée à la logique, à la raison et à la maîtrise de lui-même.

Il avala une copieuse gorgée d'alcool.

Pire encore, Charlotte avait eu le culot de lui annoncer que l'explication de son comportement se trouvait dans les écrits insensés de Byron.

C'était assez pour donner à un homme l'envie de s'enfermer à double tour dans son laboratoire et de dissoudre la clé dans de l'acide !

Il se jeta dans son fauteuil favori pour contempler les flammes de la cheminée. Immanquablement, elles lui firent penser à Charlotte. Tout comme ces flammes, elle était capable d'embraser le cœur d'un homme.

Il ferma les yeux pour chasser cette image. Aussitôt, une autre vint l'assaillir : la chevelure de Charlotte luisant sous la lueur de la lanterne. Il aurait voulu plonger ses mains dans cette douceur dangereuse...

Décidé à réagir, il voulut boire mais son verre était déjà vide. Il retourna au guéridon et aperçut le billet qui y était posé. Il le reconnut immédiatement : cette lettre avait été apportée juste avant qu'il ne parte rejoindre Charlotte.

Elle provenait de la veuve de son père, Maryann, lady Esherton. C'était la troisième qu'elle lui envoyait cette semaine.

Il la ramassa et brisa le sceau.

Le message était quasiment identique aux deux autres qu'il avait déjà reçus.

Cher Baxter,

Je souhaite vous parler. L'affaire est des plus urgentes. J'attends votre visite dans les plus brefs délais.

Sincèrement vôtre,

Lady E.

Baxter froissa le billet avant de le jeter dans le feu. Maryann possédait une notion de l'urgence qui n'était pas la sienne. Ses plus graves problèmes tournaient toujours autour de l'argent. Le père de Baxter avait laissé à celui-ci la charge de tout l'héritage jusqu'à ce que le fils de Maryann, Hamilton, atteigne l'âge de vingt-cinq ans. Cet arrangement n'avait guère satisfait Maryann. Et encore moins Hamilton, à vrai dire.

Baxter devrait attendre encore quelques années avant de transmettre ce pénible fardeau sur les épaules de son demi-frère.

Impatiemment, il repoussa ces vieux problèmes pour considérer ceux qui venaient de surgir dans sa vie.

Une seule chose s'avérait certaine après les événements de cette nuit : Charlotte avait un goût beaucoup trop prononcé pour les situations dangereuses.

Dans la pièce rouge et noir, les braises dans le foyer brûlaient lentement. Les vapeurs riches et épicées de l'encens avaient éveillé son esprit aux forces métaphysiques. Il était prêt.

— Lis-moi les cartes, mon cœur, chuchota-t-il.

La diseuse de bonne aventure retourna la première carte.

— Le Griffon d'or.

— Un homme ?

— Toujours. (Elle le regarda par-dessus la petite table.) Fais attention. Le Griffon se dresse sur ton chemin.

— Sera-t-il capable de nuire à mes projets ?

Elle retourna une autre carte, hésita.

— Le Phœnix. (Une autre carte.) Le Cercle rouge.

— Eh bien ?

— Non. Le Griffon d'or te combattra, mais finalement tu triompheras.

Il sourit.

— Maintenant, parle-moi de la femme.

Elle retourna une nouvelle carte.

— La Dame aux yeux de cristal. Elle cherche.

— Mais elle ne trouvera pas.

La diseuse de bonne aventure secoua la tête.

— Non. Elle ne trouvera pas ce qu'elle cherche.

— Après tout, ce n'est qu'une femme. Elle ne sera pas un problème.

Pas plus que la diseuse de bonne aventure ne serait un problème quand tout ceci serait terminé, pensa-t-il. Il se débarrasserait d'elle le moment venu. Pour l'instant, elle lui était utile et il était facile de la contrôler : c'était une femme prisonnière de sa passion.

Charlotte poussa le carnet de Drusilla Heskett vers sa sœur.

— Que penses-tu de ce curieux dessin, Arielle ? Tu connais mieux que moi les courants de la mode. As-tu déjà vu quelque chose de similaire ?

Arielle jeta un regard vers le livre ouvert. Ses yeux s'écarquillèrent à la vue de l'esquisse qui ornait la page de gauche : elle représentait un homme superbe... et nu.

— Euh... non, fit-elle, la bouche sèche. Je ne pense pas avoir jamais rencontré quoi que ce soit de semblable.

Charlotte lui lança un regard réprobateur.

— Pas le dessin de la statue. Je parle de ce croquis dans le coin. On dirait un cercle avec un triangle dedans. Et il y a de petits motifs autour et au centre du triangle.

— Ah oui ! (Arielle secoua la tête.) Non, ça ne me dit rien.

— Cela me fait penser à un motif égyptien, ou romain.

Arielle haussa les épaules en signe d'ignorance.

— Pourquoi cet intérêt ?

— Pour une raison ou pour une autre, Drusilla Heskett a jugé bon de copier ce dessin dans son carnet. Un carnet qu'elle avait entièrement consacré à des croquis de statues.

— Oui, ce dessin a été fait à la hâte, approuva Arielle. Le style ne ressemble en rien à celui de la statue.

— Exactement. Et il n'y a rien d'autre dans ce carnet qui ressemble à cela.

Arielle eut un petit sourire.

— Mme Heskett semblait nourrir un intérêt particulier pour le corps masculin.

— Oui. Mais ses goûts n'ont plus aucune importance. Ce qui me trouble, c'est pourquoi elle a jugé bon d'inclure ce motif dans son carnet de croquis.

— Tu as vu cette tache sombre sur la reliure ? demanda Arielle. Qu'est-ce que c'est ?

Charlotte passa le doigt sur la tache en question.

— J'ai peur que ce ne soit du sang.

— Dieu du Ciel !

Soudain, une idée traversa l'esprit de Charlotte.

— Et si Mme Heskett avait survécu assez longtemps après qu'on lui a tiré dessus pour cacher ce livre sous une armoire ?

— C'est une supposition. Tu ne peux pas en être certaine.

Pensive, Charlotte se mordilla les lèvres. Arielle fit mine de boire son thé, tout en surveillant sa sœur par-dessus sa tasse.

— Je sais que tu te poses des questions, reprit-elle, mais j'en ai quelques-unes à te poser, moi aussi.

— Lesquelles ?

— Que s'est-il exactement passé quand vous êtes sortis de la maison de Drusilla Heskett ?

Charlotte se renfonça dans sa chaise.

— Je t'ai déjà tout dit hier soir. M. St. Ives et moi avons été agressés par un cambrioleur. C'est tout.

— Tu as décrit la réaction de St. Ives avec un tel enthousiasme...

Charlotte esquissa un sourire.

— Effectivement, il a été magnifique.

— Charlotte, « magnifique » n'est pas un mot que tu utilises couramment. Et encore moins pour qualifier un représentant du sexe opposé.

Charlotte s'éclaircit la gorge.

— Eh bien, c'est le seul mot qui convient à la situation. M. St. Ives s'est montré ingénieux, plein de ressources, vif et incroyablement courageux. Je n'ose imaginer ce qui aurait pu m'arriver s'il n'avait pas été là.

— En somme, c'est un parfait garde du corps ?

— Absolument parfait. M. Marcle a été bien inspiré de me l'envoyer.

— Il t'a embrassée, n'est-ce pas ? demanda doucement Arielle.

— Seigneur, que dis-tu là ? Pourquoi, au nom du Ciel, John Marcle m'aurait-il embrassée ? (Charlotte se servit du thé à son tour.) Il a au moins trente ans de plus que moi.

— Je faisais allusion à M. St. Ives, et tu le sais très bien.

Le rouge monta aux joues de Charlotte.

— Tu crois que M. St. Ives m'a embrassée ? Quelle idée saugrenue !

— Quand je suis venue te voir dans ta chambre hier soir pour savoir ce qui s'était passé, tu semblais... (Arielle hésita, cherchant le bon mot)... différente.

— Différente ?

— Tu étais radieuse, rayonnante même. (Arielle eut un geste vague de la main.) Un peu échevelée, aussi. Et il y avait une étrange expression dans tes yeux.

— Vraiment, Arielle, tu exagères. Je venais d'avoir une mésaventure très déplaisante avec un bandit. Il était normal que je sois un peu troublée.

— Je ne sais pas comment réagissent les autres femmes quand elles ont eu affaire à une canaille, mais je sais comment toi, tu réagis.

— Que diable veux-tu dire ? Je n'avais jamais été aux prises avec une canaille, jusqu'à présent.

Arielle reposa sa tasse.

— Si, une fois, il y a cinq ans. La nuit où Winterbourne s'est fait trancher la gorge. Je t'ai entendue dans le couloir, cette nuit-là. Tu as utilisé le pistolet de papa pour chasser Winterbourne et cet homme à qui il devait de l'argent.

Ebahie, Charlotte contempla sa sœur.

— Je ne savais pas que tu avais compris ce qui s'était passé cette nuit-là.

— En fait, je ne l'ai vraiment compris que plus tard. Mais même alors, j'avais senti que tu avais fait face à une situation extrêmement dangereuse. Et j'ai vu ton regard juste après. Ce n'était pas le même qu'hier soir.

— Je suis désolée. Je ne voulais pas que tu apprennes à quel point Winterbourne était méprisable.

— Son compagnon était infiniment pire, non ?

Charlotte frissonna à ce souvenir.

— C'était un monstre. Mais beaucoup de temps a passé, Arielle. Nous nous en sommes sorties indemnes.

— Oui... Ce que je voulais dire, c'est que je me

rappelle ton attitude cette nuit-là. Ton regard était froid et déterminé.

— Je ne sais pas quoi dire. J'étais terrifiée. Je ne me souviens pas de mon état émotionnel.

— Hier soir, tu as eu peur aussi. Mais il n'y avait rien de froid en toi. En fait, tu étais follement excitée, exubérante même.

— Où veux-tu en venir, Arielle ?

— Je crois que M. St. Ives t'a embrassée.

Charlotte poussa un gémissement et leva les bras au ciel.

— Très bien, il m'a embrassée. Nous étions tous les deux dans un état de tension extrême. Le danger a parfois cet effet sur les sens, tu sais.

— Vraiment ?

— Oui, assura Charlotte avec fermeté. Les poètes ne cessent d'écrire là-dessus. Même une personne qui possède un sang-froid exceptionnel est à la merci de tels débordements.

— Même une personne comme M. St. Ives ?

— Je faisais plutôt référence à moi-même. M. St. Ives est un homme de sang-froid, bien sûr, mais il est clair qu'il doit faire preuve d'une grande volonté pour se discipliner et paraître aussi serein.

Arielle resta bouche bée.

— Je te demande pardon ?

— Sous son apparence sérieuse, c'est un homme dévoré par de terribles passions.

— De terribles passions ? M. St. Ives ?

— Voilà pourquoi j'avais quelques doutes à son sujet au début, mais c'est bien fini. Je suis certaine que son tempérament ne nous causera aucun problème.

— Eh bien, je suis ravie de te voir aussi rassurée. Mais c'est moi qui commence à m'inquiéter. Charlotte, si M. St. Ives t'a embrassée, la situation est entièrement différente. Que sais-tu de lui, en fait ?

Charlotte la dévisagea, perplexe.

— Comment cela ? M. Marcle nous a adressé une lettre de recommandation absolument dithyrambique.

— Oui, mais nous n'avons fait nous-mêmes aucune enquête. Et nous l'aurions fait si cet homme avait embrassé une de nos clientes...

— Ne sois pas ridicule. Mon instinct ne me trompe jamais dans des cas pareils. Tu le sais.

— Et mon instinct à moi commence à s'interroger sur M. St. Ives.

— Je peux t'assurer que tes inquiétudes ne sont pas fondées.

— Charlotte, tu lui as permis de t'embrasser.

— Eh bien quoi ? Ce n'était qu'un baiser.

— Tu n'as jamais été du genre à collectionner les baisers, répliqua Arielle d'une voix trop douce.

Charlotte n'avait rien à répondre à cela. Le mariage de sa mère avec Winterbourne et ces années passées à enquêter sur certains gentlemen ne lui avaient guère laissé d'illusions sur les hommes.

Ce qui ne signifiait pas qu'il ne lui restait pas quelques tendances romantiques, et une curiosité parfaitement naturelle chez une jeune femme. Après tout, ses parents avaient été heureux ensemble et elle aurait donné cher pour connaître le même bonheur.

Cependant, trop consciente des risques que cela impliquait, elle n'éprouvait aucune envie de convoler. Mais elle jouait depuis un certain temps avec l'idée d'entretenir une liaison discrète.

Malheureusement, ce genre de chose était plus facile à envisager qu'à réaliser. D'abord, il n'était pas aisé pour une femme dans sa situation de rencontrer un homme convenable.

Elle n'évoluait pas dans les cercles mondains. Elle ne recevait aucune invitation. Les quelques gentlemen qui avaient croisé sa route ces dernières années ne lui avaient guère inspiré d'émotions fortes. La plupart d'ailleurs, comme Marcle, étaient trop vieux.

Et il était ridicule d'entretenir une liaison si elle n'était pas inspirée par une vraie passion, pensait-elle.

Le genre de passion, par exemple, qui s'était emparée d'elle hier soir, quand Baxter l'avait embrassée...

Cette idée lui glaça le sang. Etait-elle en train d'envisager une liaison avec Baxter St. Ives ?

Préférant revenir à des considérations moins troublantes, elle étudia l'étrange motif qu'avait dessiné Drusilla Heskett. Ce croquis était une énigme. Tout comme les sentiments qui agitaient son cœur.

5

— Une dame dans votre position n'est jamais trop prudente, miss Patterson.

Charlotte sourit à la femme assise face à elle.

— Il était sage de votre part de vérifier l'impression que vous avait faite M. Adams, ajouta-t-elle.

— Je m'étais dit qu'il valait mieux vérifier.

— En effet. Mais je suis heureuse de vous informer que nos enquêtes ne nous ont donné aucune raison de douter de la crédibilité de M. Adams, ou bien de sa situation financière.

La cliente laissa échapper un soupir.

— Laissez-moi vous dire à quel point je suis soulagée d'entendre cela. Je ne sais comment vous remercier.

Honoria Patterson, une femme opulente avec un joli visage et des yeux chaleureux, détendit ses doigts crispés sur son réticule.

Il y avait en elle une douce féminité, quasi maternelle, qui la faisait apparaître quelque peu fragile. Mais Charlotte ne s'y trompait pas. Une femme qui était parvenue à garder son optimisme et sa vitalité après avoir été gouvernante pendant dix ans n'était pas une fleur délicate.

Honoria était une représentante typique de la clientèle de Charlotte. Approchant la trentaine, elle n'avait jamais été mariée. Ayant dû se battre pour survivre depuis l'âge de dix-sept ans, elle venait de recevoir un héritage modeste mais respectable.

Evidemment, un certain nombre de prétendants s'étaient aussitôt matérialisés. Elle les avait tous éconduits sans la moindre hésitation. Une gouvernante apprenait très vite à se méfier des hommes. Mais l'un d'entre eux, William Adams, un veuf d'une trentaine d'années avec deux enfants, avait captivé son intérêt et, apparemment, son cœur.

— Je suis ravie de vous avoir rendu service, dit Charlotte. Particulièrement dans un cas comme celui-ci, où le résultat de notre enquête est positif.

Honoria rougit.

— Je suis très éprise de M. Adams. Et les enfants sont délicieux. Mais vous savez comment c'est. A mon âge, une femme doit s'interroger sur les intentions d'un homme. Après tout, aux yeux du monde, je devrais être rangée depuis longtemps.

Rangée depuis longtemps.

Le cœur de Charlotte se serra. Elle-même avait vingt-cinq ans. Déjà. Il lui semblait que c'était seulement hier qu'elle avait cherché un travail qui leur permettrait de subsister, à sa sœur et à elle. Elle avait voué toute son énergie à la tâche et, avant qu'elle ne s'en rende compte, cinq années avaient passé en un clin d'œil.

Mais, au moins, elle y avait gagné son indépendance.

— Dans votre situation, une femme sensible et intelligente se doit d'être prudente, miss Patterson, répéta-t-elle.

— Après tout, je ne suis pas une beauté, fit Honoria avec le sens pratique qui caractérisait les gens de sa profession.

« Pas plus que moi », pensa Charlotte tristement. La passion de Baxter, la nuit précédente, avait été provoquée par le danger qu'ils avaient affronté ensemble. En temps normal, il ne la trouverait plus aussi séduisante.

— ... Et avec cet héritage tout à fait inattendu, continuait Honoria, je suis sûre que vous comprenez pourquoi je tenais à en savoir davantage sur le passé de M. Adams.

— Je comprends.

— Je ne comptais plus me marier. En fait, j'étais même parvenue à me convaincre que ma vie actuelle me satisfaisait. Surtout depuis que je suis devenue financièrement indépendante. Mais M. Adams est apparu, et soudain d'autres possibilités ont surgi. Nous avons beaucoup de choses en commun.

— J'en suis ravie pour vous.

Comme c'était souvent le cas quand ses clientes recevaient une bonne nouvelle, miss Patterson était d'humeur bavarde. A la première entrevue, les dames qui louaient ses services avaient tendance à se montrer pincées et réticentes. Lorsque l'enquête donnait de mauvais résultats, souvent les larmes coulaient. Charlotte gardait même une pile de mouchoirs dans un tiroir de son bureau.

Mais un rapport favorable avait l'effet inverse. Certaines clientes dressaient un catalogue interminable des qualités de leurs prétendants. D'autres pouffaient pour un rien. D'autres encore se mettaient à raconter leur vie.

Généralement, Charlotte se contentait de les écouter, hochant parfois la tête pour les encourager. Les clientes satisfaites réglaient leur facture sans regret et constituaient une excellente publicité.

Mais aujourd'hui, la jeune femme ressentait un inexplicable besoin de parler elle aussi.

— Je suis heureuse pour vous, miss Patterson. Et ravie d'avoir pu confirmer votre bonne opinion de M. Adams. Cependant, vous devez comprendre qu'il existe toujours certains risques quand on parle de mariage.

Honoria lui lança un regard perplexe.

— Des risques ?

— Je me suis assurée que M. Adams n'est pas un ivrogne. Il n'est pas non plus porté sur le jeu. Il ne fréquente pas les maisons de plaisir. Il dispose d'un revenu sûr et semble posséder un caractère calme et stable.

Honoria afficha un sourire radieux.

— En somme, un parfait gentleman.

— Oui. Mais vous devez comprendre que je ne puis garantir que M. Adams demeurera un tel modèle de perfection masculine après le mariage.

— Je vous demande pardon ?

— Il pourrait subitement décider de vous abandonner avec ses enfants pour partir à l'aventure. Ou bien il risque de trouver ennuyeuse sa nouvelle vie de mari et chercher quelques distractions ailleurs. Des tas de choses peuvent mal tourner dans un mariage.

— Oui, oui, je suppose que vous avez raison. (Mal à l'aise, Honoria s'agita sur sa chaise.) Je comprends qu'il ne peut y avoir aucune garantie.

— Précisément...

Honoria fronça les sourcils.

— Vous semblez bien agitée, tout à coup, miss Arkendale. Quelque chose ne va pas ?

— Je me demandais simplement pourquoi vous tenez tant à épouser M. Adams. Comme s'il n'y avait pas d'autre alternative.

— Je vous l'ai dit, aucun autre gentleman ne m'intéressait.

— Ce n'est pas ce que je voulais dire en parlant d'alternative. Miss Patterson, puis-je vous poser une question très personnelle ?

Honoria jeta un regard vers la porte, comme pour vérifier qu'il n'y avait personne.

— Que désirez-vous savoir, miss Arkendale ?

— Pardonnez-moi, mais je ne puis m'empêcher de me demander pourquoi vous n'envisagez pas la possibilité d'une liaison discrète avec M. Adams ? Pourquoi courir le risque d'un mariage ?

Miss Patterson la fixa avec des yeux ronds. Pendant un instant, Charlotte eut peur de l'avoir irrémédiablement offensée. Elle se mordit la lèvre. Les affaires sont les affaires, après tout. Elle ne pouvait se permettre de terroriser ses clientes !

— Vous parlez d'une liaison romantique ? demanda Honoria avec candeur.

Charlotte rougit.

— Cela semblerait une solution évidente, non ?

Honoria la considéra avec une expression pensive. Puis un curieux petit sourire étira ses lèvres.

— Il est possible que vous ayez exercé votre carrière un petit peu trop longtemps, miss Arkendale.

— Que voulez-vous dire ?

— Il me semble que votre profession vous a donné un point de vue plutôt cynique sur le monde, et sur les hommes en particulier. Peut-être avez-vous oublié la raison essentielle pour laquelle une femme décide de mener ce type d'enquête ?

— Je vous demande pardon ?

— Une liaison peut bien sûr satisfaire certains. Mais M. Adams et moi cherchons tous les deux beaucoup plus.

— Je ne comprends pas.

— C'est difficile à dire, miss Arkendale. Si vous ne comprenez pas intuitivement, je doute de pouvoir vous l'expliquer. Disons simplement qu'on entre dans le mariage avec espoir.

— Espoir ?

— Et confiance. Et avec une vision de l'avenir. Une simple liaison ne peut offrir cela. Par sa nature même, il s'agit d'un lien extrêmement limité... Si vous voulez bien m'excuser, maintenant, je dois vous quitter. Je vous remercie encore pour vos services.

Charlotte se força à respirer calmement et afficha un sourire qu'elle espérait naturel.

— Pardonnez-moi. Je vais appeler ma gouvernante qui vous raccompagnera.

Avant qu'elle ne sonne, on frappa à la porte.

La silhouette imposante de Mme Witty apparut.

— M. St. Ives est ici, madame. Il dit qu'il a rendez-vous.

Les pensées moroses de Charlotte s'évanouirent subitement. Baxter était ici. Elle essaya en vain de réprimer la joie qui l'envahissait.

— Merci, madame Witty. Miss Patterson partait. Vous voulez bien la raccompagner, s'il vous plaît ?

Mme Witty s'effaça.

— Oui, madame.

Honoria sortit d'un pas beaucoup plus alerte qu'elle n'était à son arrivée.

Charlotte la suivit dans le couloir. A la vue de Baxter, elle retint son souffle. Il portait un manteau bleu sombre à la coupe sévère. Un peu froissé, le vêtement mettait en valeur la largeur de ses épaules. Ses culottes trop classiques et ses bottes lui allaient à merveille, jugea-t-elle, même s'il était clair qu'il n'attachait aucune importance à la mode.

Leurs regards se croisèrent. Une brève étincelle passa derrière les verres des lunettes. Elle eut alors l'impression gênante qu'il savait exactement ce qu'elle pensait. Elle sentit le feu lui monter aux joues, ce qui l'agaça prodigieusement.

Charlotte s'avança dans le couloir.

— Avant que vous ne partiez, miss Patterson, puis-je vous présenter M. St. Ives ? C'est mon nouvel administrateur.

— Monsieur St. Ives.

— Miss Patterson.

Baxter inclina brièvement la tête.

Charlotte ne quittait pas Honoria des yeux. Elle ne discerna aucune trace de surprise, de curiosité ou de quoi que ce soit d'autre pouvant indiquer qu'elle soupçonnait Baxter d'être autre chose qu'un administrateur ordinaire.

— M. St. Ives m'est d'un grand secours. Je ne sais pas comment je ferais sans lui.

— Vous me flattez, miss Arkendale.

— Nullement, monsieur St. Ives. Vous m'êtes très précieux.

— Ravi de vous l'entendre dire.

Honoria les considéra tous les deux avec un vague sourire.

— Si vous voulez bien m'excuser, j'ai quelques visites à faire.

Elle pivota et sortit d'un pas décidé, précédée par la gouvernante.

Charlotte attendit que la porte se soit refermée.

— Entrez, monsieur St. Ives, je vous prie. Nous avons à parler.

— Plus que vous ne croyez.

Elle ignora la remarque pour se tourner vers sa gouvernante qui revenait.

— Voulez-vous bien nous apporter du thé, madame Witty ?

— Oui, madame.

Mme Witty disparut dans la cuisine.

Ils passèrent dans le bureau de Charlotte.

— Mme Patterson n'a pas hésité une seconde en vous voyant, commenta la jeune femme. A l'évidence, elle n'a eu aucun mal à vous prendre pour mon administrateur.

— Je vous avais dit que ce rôle ne me poserait aucune difficulté. (Il esquissa un vague sourire.) Vous êtes la seule à vous imaginer je ne sais quelles absurdités sur mon compte.

Le ton de sa voix n'avait rien de plaisant.

— Vous aviez quelque chose à me dire, monsieur ?

Il se posta à la fenêtre.

— Hier soir, après vous avoir quittée, j'ai beaucoup réfléchi.

— Moi aussi.

— Je doute que nous soyons parvenus aux mêmes conclusions.

Un certain malaise commençait à envahir la jeune femme : regrettait-il déjà son élan de passion de la veille ?

— Quelque chose ne va pas ? demanda-t-elle.

— Bon sang, nous nous sommes lancés à la poursuite d'un meurtrier. Bien sûr que quelque chose ne va pas ! Pour votre information, Charlotte, cette sorte d'occupation n'est pas très fréquente pour une lady. Ni pour un gentleman, d'ailleurs.

— Je vois. Si vous avez changé d'avis, rien ne vous empêche, bien sûr, de démissionner.

— Je crains en effet de ne plus pouvoir jouer le rôle de votre administrateur.

« C'est fini, songea-t-elle. Si vite. Avant même que nous ayons pu nous connaître... » Baxter allait passer la porte et disparaître.

— Auriez-vous la bonté de vous expliquer, monsieur ?

— Mieux vaudrait, je pense, commencer par le début.

Baxter se retourna pour lui faire face. Enfin. Son regard était indéchiffrable.

— Ma candidature n'était pas un hasard, avoua-t-il. Je suis entré en contact avec John Marcle dans le but d'obtenir un maximum de renseignements sur vous.

Un étau glacé serra la gorge de Charlotte.

— Dieu du Ciel ! Pourquoi ?

— Ma tante était très amie avec Drusilla Heskett. Elle m'a demandé d'enquêter sur son meurtre. La piste menait à vous. En fait, elle commençait par vous. Ma tante vous croyait responsable de l'assassinat de Mme Heskett.

— Seigneur !

Charlotte s'attendait à beaucoup de choses, mais certainement pas à cela.

— Votre tante croit que j'ai tué la pauvre Mme Heskett ? Mais qu'est-ce qui a bien pu lui donner une idée pareille ?

— Le fait que, récemment, Mme Heskett vous ait remis une forte somme d'argent.

— Mais c'était pour mes services ! s'offusqua Charlotte. Je vous l'ai dit, j'enquêtais pour son compte sur le passé de certains gentlemen qui souhaitaient l'épouser.

Baxter eut un geste impatient.

— J'en suis conscient, à présent. Mais ma tante l'ignorait. Apparemment, Mme Heskett s'est pliée à votre désir de confidentialité. Elle n'a jamais évoqué devant ma tante la nature de vos activités. Après le meurtre, Rosalind a envisagé le pire.

— Je vois. Et que pensait votre tante de cet argent que Mme Heskett m'avait donné ?

— Elle pensait que vous faisiez chanter Drusilla.

— Mon Dieu ! gémit Charlotte en se prenant la tête à deux mains.

Du chantage ! Soudain, elle eut la vision de sa carrière ruinée par de méchants ragots.

Baxter traversa lentement la pièce pour se poster derrière la chaise qui faisait face au bureau.

Charlotte contempla ses mains qui étreignaient le dossier.

— Continuez, monsieur. Quelque chose me dit que vous n'avez pas encore terminé.

— Ayant décidé que vous faisiez du chantage, il n'était pas difficile à ma tante d'en arriver à la conclusion que vous aviez aussi assassiné Mme Heskett.

— Pas difficile, en effet.

— En fait, vous et ma tante pourriez vous entendre à merveille. Vous avez la même façon de penser : la logique vous est totalement étrangère.

— Epargnez-moi vos commentaires, monsieur St. Ives, et finissons-en.

— Comme je l'ai dit, la logique m'a conduit à M. Marcle.

— Comment cela ?

Il haussa les épaules.

— Puisqu'il était question de chantage, il fallait s'intéresser à l'aspect économique de vos affaires.

Elle acquiesça.

— Comment avez-vous découvert que j'employais les services de John Marcle ?

— Ce n'était pas difficile. J'ai moi aussi un administrateur.

Elle grimaça.

— Oui, bien sûr.

— J'ai alors découvert que Marcle recherchait quelqu'un pour le remplacer.

— Et vous avez posé votre candidature. (Elle soupira.) C'était très habile de votre part, monsieur.

Il hésita avant d'annoncer d'un ton étrangement neutre :

— J'ai quelque expérience dans ce domaine.

— Quel domaine ? Les affaires ou l'espionnage ?

— Eh bien, pour tout dire, les deux.

Il baissa les yeux vers ses propres mains crispées sur le dossier. Quand il les releva, ils étaient lugubres.

— Pour ce qui est des affaires, j'ai réuni une fortune assez appréciable, avoua-t-il.

— Une fortune ?

Décidément, elle n'était pas au bout de ses surprises.

— En fait, j'en gère deux. La mienne et celle de mon demi-frère.

— Je vois. (Elle déglutit.) Et pour ce qui est de jouer les espions ?

Il parut offensé.

— Je préférerais que vous n'utilisiez pas ce mot.

Elle plissa les paupières.

— Il est vrai que les espions possèdent une réputation plutôt déplaisante... Ce sont des gens répugnants, peu respectables, et totalement dépourvus d'honneur.

— En effet, marmonna-t-il, les mâchoires serrées. Mais, à défaut d'être bien considérée, c'est une profession parfois nécessaire.

Charlotte se sentit terriblement gênée. Pour une raison qu'elle ne s'expliquait pas, elle regrettait d'avoir cédé à son impulsivité et de l'avoir insulté.

— Pardonnez-moi, mais les vrais gentlemen ne deviennent pas des espions.

— Non, pas les gentlemen.

Il ne tentait même pas de se défendre.

— Un homme d'honneur, ajouta-t-elle avec une grande prudence, pourrait toutefois se rendre disponible auprès des autorités pour une mission délicate.

— Je n'étais pas volontaire, je vous l'assure, répliqua sèchement Baxter. Mes connaissances en chimie avaient éveillé l'intérêt des... autorités, comme vous dites. Un dignitaire de haut rang a approché mon père pour lui demander si j'étais prêt à les aider. Mon père m'en a parlé et j'ai accepté.

— Qui est votre père, exactement ?

— Le quatrième comte d'Esherton. Il est mort il y a deux ans.

— Esherton ! (Charlotte était ébahie.) Vous n'allez quand même pas m'annoncer que vous êtes le cinquième comte d'Esherton ? Ce serait vraiment trop, monsieur.

— Non. Je suis un bâtard, Charlotte, pas un comte.

— Dieu soit loué !

Baxter parut stupéfait par sa réaction.

— Mon demi-frère, Hamilton, est l'actuel comte d'Esherton.

— Je suis soulagée de l'entendre.

Les sourcils de Baxter se haussèrent au-dessus de ses lunettes.

— Vraiment ?

— Absolument. Cela aurait rendu les choses encore plus compliquées. Je me vois mal associée dans cette affaire avec un comte... Comment s'appelle votre tante ?

— Rosalind. Lady Trengloss.

— Seigneur, encore un titre ! (Charlotte fronça les sourcils.) Trengloss. Je crois avoir entendu Drusilla Heskett mentionner ce nom.

— Elles étaient très amies.

Charlotte opina vaguement.

— Il est tout à fait naturel que vous vous soyez lancé dans cette enquête pour le compte de votre tante. J'en aurais fait autant à votre place.

Baxter sourit sans ironie.

— Merci pour votre indulgence.

— Si vous me racontez tout cela, vous devez en être venu à la conclusion que je n'étais pas une meurtrière, n'est-ce pas ?

— Je ne partageais pas les hypothèses de ma tante. Un soupçon n'est pas une preuve.

Charlotte étudiait le bout de sa plume avec attention.

— Et quelles preuves avez-vous découvertes qui vous ont permis de conclure à mon innocence, monsieur St. Ives ?

— En premier lieu, vous avez du mal à vous orienter chez Drusilla Heskett.

Elle leva brusquement les yeux.

— Je vous demande pardon ?

— Mme Heskett a été assassinée chez elle. Dans sa chambre à coucher, pour être précis.

— Oui, je sais.

— Quand nous sommes arrivés à l'étage, hier soir, vous avez hésité. Vous ne saviez pas où était sa chambre.

La jeune femme acquiesça lentement.

— Je vois... Très logique.

— Et puis, vous ne sembliez pas savoir ce que vous cherchiez. Vous avez déniché ce carnet de croquis, mais sans être certaine qu'il s'agissait d'un indice. Vous n'agissiez pas comme quelqu'un venu subtiliser les preuves de sa culpabilité.

Cette parfaite déduction qui l'innocentait aurait dû soulager Charlotte. Mais ce n'était pas tout à fait le cas. Qu'espérait-elle ? Que, dès le premier coup d'œil sur sa jolie personne, Baxter lui aurait accordé toute sa confiance ? Ridicule.

— Ainsi, ayant résolu le problème de ma culpabilité dans cette affaire, vous souhaitez naturellement démissionner de votre poste et retourner à vos affaires ?

— Pas exactement.

— Ce serait tout à fait raisonnable, étant donné les circonstances. Après tout, il est inutile que vous continuiez à vous intéresser à moi. Vous feriez tout aussi bien de... (Elle s'interrompit en comprenant enfin ce qu'il avait dit.) Comment cela, « pas exactement » ?

Il lâcha la chaise pour retraverser la pièce. Cette fois, il s'arrêta devant la bibliothèque. Il lui tournait le dos.

— Je souhaite continuer à travailler avec vous sur cette affaire, Charlotte.

Elle retrouva subitement tout son enthousiasme.

— Vraiment ?

— Le problème qui nous a réunis reste entier. Le meurtre de Mme Heskett n'est toujours pas élucidé. Vous et ma tante désirez toutes deux des réponses.

— Oui. (Elle se sentait soudain beaucoup plus joyeuse.) Oui, c'est tout à fait exact, monsieur.

— Mais il y aura un changement dans notre association.

Un frisson parcourut le dos de Charlotte.

— Un changement ?

Il lui fit face.

— Je crains qu'il ne soit désormais impossible de me faire passer pour votre administrateur.

— J'admets que j'ai nourri moi-même certains doutes quant à votre capacité à remplir ce rôle, même après la petite expérience à laquelle nous nous sommes livrés avec ma sœur et ma gouvernante. Mais la réaction de miss Patterson prouve que vous assumez ce rôle à la perfection.

— Le problème, dit Baxter avec prudence, c'est que notre enquête va sûrement nous conduire à fréquenter le cercle des connaissances de Drusilla Heskett.

— Oui, bien sûr. Et alors ?

— Et alors, Mme Heskett connaissait à peu près les mêmes personnes que ma tante. Et ces personnes me connaissent. (Il eut un sourire froid.) Sinon personnellement, du moins par ouï-dire. Je suis le bâtard d'Esherton, après tout. Il m'est impossible d'évoluer dans les cercles mondains sans être reconnu.

— Je vois. (Charlotte réfléchissait à toute allure.) Nous devons trouver une explication plausible au fait qu'on nous apercevra fréquemment ensemble.

— Exactement. J'ai passé l'essentiel de la nuit à

étudier ce problème. (Il observa une pause.) Je crois avoir examiné toutes les possibilités.

Elle lui offrit un sourire confiant.

— Et ?

— Et j'en suis arrivé à la conclusion qu'il n'existe qu'une seule raison socialement acceptable pour qu'on nous voie si souvent ensemble.

— Je suis impatiente de l'entendre.

— Des fiançailles.

Elle en eut le souffle coupé.

— Je... je vous demande pardon ?

— Vous et moi allons annoncer nos fiançailles en vue d'un prochain mariage.

Il eut un sourire imperceptible et ajouta :

— Etant donné la situation, je dois vraiment insister pour que vous commenciez à m'appeler Baxter.

6

Charlotte devint mortellement calme. Ses yeux cillèrent à peine, se plissèrent. Un moment passa, inquiétant. Baxter attendait l'explosion qui arriva soudain.

— Des *fiançailles* ?

Elle bondit de sa chaise comme une furie. Heureusement, se dit-il, il y avait encore le bureau entre eux.

— Etes-vous devenu fou, monsieur ?

— C'est bien probable.

Baxter se demanda pourquoi sa réaction le chagrinait autant. Il ne pouvait décemment pas s'attendre à autre chose. Pourquoi diable aurait-elle été heureuse à l'idée de se faire passer pour sa fiancée ?

Néanmoins, il n'avait pas été le seul à succomber à cette folie passagère, la nuit dernière dans le fiacre...

— C'est une suggestion insensée, murmura Charlotte qui fournissait un effort visible pour se contenir. Qu'est-ce qui a bien pu vous mettre cette idée dans le crâne ?

— Je croyais avoir été clair. C'est la seule solution envisageable. Si nous devons poursuivre notre enquête parmi les relations de ma tante, il sera impossible de me faire passer pour votre administrateur. Il nous faut une explication plus plausible.

— Une explication plus plausible, répéta-t-elle, incrédule.

— Oui. Si vous en trouvez une meilleure, je serai ravi de l'entendre.

— Il doit bien en exister une. (Les doigts de Charlotte se mirent à pianoter furieusement sur le bureau.) Laissez-moi réfléchir un moment...

— Prenez votre temps.

Mal à l'aise, Baxter s'empara d'un livre posé sur une table pour se donner une contenance. Quand il vit le nom de Byron sur la couverture, il jura à mi-voix et reposa le volume comme s'il venait de se brûler.

— Nous pourrions prétendre que nous avons un intérêt commun pour la chimie, dit lentement Charlotte. Nous nous serions rencontrés à une réunion d'une société de chimie.

— Cela expliquerait notre première rencontre et éventuellement une conversation en public, mais guère plus.

— Il y a une autre possibilité.

Elle tenait vraiment à trouver une alternative !

constata-t-il, morose. A l'évidence, l'idée de ces fiançailles l'horripilait.

— Très bien. De quoi s'agit-il ?

Elle lui jeta un bref regard inquisiteur avant de contempler un globe terrestre près de la fenêtre.

— Nous pourrions inciter votre tante et ses connaissances à imaginer que nous sommes engagés dans... une liaison romantique.

— Il me semble que c'est exactement le sens de ma proposition.

Elle virait au rose vif, tout en continuant à fixer le globe.

— Je pensais à une liaison d'un genre plus... illicite. Nous serions amants.

— Bon sang ! Vous voulez que les gens s'imaginent que nous sommes *amants* ? C'est la pire ineptie qu'il m'ait été donné d'entendre.

Elle haussa le menton.

— C'est une explication qui me semble parfaitement raisonnable.

— Qui ne peut s'appliquer à moi.

— Que diable voulez-vous dire par là ? (Elle tourna vivement la tête et du rose passa au violet.) Ô Seigneur... Ne me dites pas que vous n'éprouvez pas d'intérêt pour les femmes ? Après la nuit dernière, j'avais, euh... la nette impression que c'était le cas. Enfin, que vous vous intéressiez aux...

— C'est définitivement le cas, répliqua Baxter d'un ton sec. Mais je n'en fais pas étalage en société.

— Je vous demande pardon ?

Il soupira.

— Je ne suis pas du genre à entretenir des liaisons au vu et au su de tout le monde. A parader en société. Bref, je ne suis pas mon père.

Elle semblait incrédule.

— Je vois.

— Charlotte, les gens qui me connaissent savent pertinemment que je ne m'afficherais pas au bras d'une maîtresse, surtout une jeune femme qui n'a jamais été mariée. Cela ne me ressemblerait pas du tout.

— Je crois que je commence à comprendre la situation. Au fond, vous êtes un gentleman, monsieur. C'est très noble à vous de vous soucier de ma réputation, mais je vous assure que les ragots ne me font ni chaud ni froid.

— Eh bien, vous devriez vous en soucier, si vous espérez continuer votre carrière, une fois cette affaire terminée.

Elle écarquilla les yeux.

— Dieu du Ciel ! Je n'avais pas envisagé cet aspect de la question. Vous croyez réellement que ce genre de ragots porterait tort à mes affaires ?

Baxter acquiesça fermement.

— Ces gens-là sont d'une parfaite hypocrisie, vous savez. Les dames de la haute société dont vous espérez faire vos futures clientes exigent de la part de ceux qu'elles emploient des qualités morales qu'elles sont loin de posséder.

— Je vois ce que vous voulez dire. Ma gouvernante, Mme Witty, m'a raconté des histoires à propos de certaines ladies qui, entretenant des liaisons innombrables, n'hésitent pourtant pas à renvoyer une femme de chambre mise enceinte par un valet.

— Exactement. Ces mêmes ladies rechigneraient sûrement à engager une femme qui aurait eu une liaison notoire avec un homme dans ma position.

— Votre position ?

— Comme je ne cesse de vous le rappeler, je suis un bâtard.

— Un bâtard qui semble obsédé par la crainte de devenir l'objet des rumeurs.

— Peut-être parce que j'ai dû vivre avec les rumeurs et les ragots depuis le jour de ma naissance.

— Oui, bien sûr. (Elle se rassit lentement.) Pardonnez-moi, monsieur. Je n'avais pas considéré vos sentiments dans cette affaire. Cela a dû être très difficile pour vous.

— Disons simplement que les scandales ne sont pas ma tasse de thé.

Il n'aimait pas la sympathie qu'il lisait dans ses yeux. Il gagna la fenêtre d'un pas nerveux.

— Ce que je vous ai dit lors de notre première entrevue est la stricte vérité, ajouta-t-il. Je suis aussi terne qu'un pudding de pommes de terre. Plus encore, je préfère qu'il en soit ainsi. J'ai dû fournir de grands efforts pour me façonner une existence calme, ordonnée, qui ne m'oblige pas à fréquenter la haute société. J'ai toujours fait en sorte d'éviter les situations scabreuses, les éclats qui pourraient nourrir la moindre rumeur. Je tiens par-dessus tout à ma tranquillité.

— C'est parfaitement compréhensible.

Contemplant le jardin noyé par la pluie, il revoyait des scènes de son passé.

— Je n'entretiens pas de liaisons scandaleuses avec d'éblouissantes veuves. Je ne laisse pas la passion semer le chaos dans ma vie. Je ne danse pas avec ma maîtresse au beau milieu d'un bal surpeuplé, tandis que mon fils de cinq ans surveille la scène depuis le balcon.

— Je vous crois sans peine.

La main de Baxter s'était crispée sur le rebord de la fenêtre.

— Je ne donne pas le jour à des enfants illégitimes qui doivent répondre aux railleries de leurs camarades avec leurs poings. Des enfants à jamais privés des terres et des titres qui auraient dû être les leurs...

— Bref, monsieur St. Ives, vous refusez de vivre comme vos parents. C'est bien ce que vous êtes en train de me dire ?

— Oui.

« Mais qu'est-ce qui te prend ? » se demanda Baxter. Il se força à dissiper ces images du passé. Il n'avait jamais eu l'intention de s'épancher ainsi en présence de Charlotte. D'ailleurs, il ne s'épanchait jamais devant personne.

— Je vous félicite, monsieur, dit la jeune femme très calmement. Et je vous admire.

Il pivota si brutalement qu'il renversa le globe avec son coude. L'objet vacilla et bascula vers le sol. Furieux de cette maladresse qui lui ressemblait si peu, il le rattrapa avant qu'il ne s'écrase sur le tapis.

Avec l'impression d'être un parfait idiot, il se tourna vers Charlotte qui l'étudiait intensément.

— Pourquoi dites-vous que vous m'admirez ?

— Vous êtes, à l'évidence, un homme de volonté et de caractère. Vous avez créé vos propres règles. Même si vous ne possédez pas le titre qui aurait dû vous revenir par le droit du sang, vous en êtes digne par l'honneur et le courage.

Ces mots le stupéfièrent. Pour cacher son trouble, il croisa les bras et s'adossa au montant de la fenêtre, cherchant refuge dans l'ironie.

— C'est gentil à vous de le dire.

Charlotte effleura du bout des doigts l'encrier d'argent posé sur son bureau.

— En fait, nous avons un point commun. Les enfants illégitimes ne sont pas les seuls à se faire dépouiller de leur héritage. Ma sœur et moi avons perdu le nôtre par la faute du second mari de ma mère.

— Winterbourne ?

— Oui. (Les lèvres de Charlotte se pincèrent.) Quand je pense à tout ce dont Arielle a été privée à cause de lui...

C'était au tour de Baxter de la scruter.

— Pour être honnête, je dois avouer que j'éprouve, moi aussi, une grande admiration pour vous.

Elle leva vivement les yeux.

— Vraiment ?

— Une femme qui se retrouve avec une jeune sœur à charge n'a pas beaucoup d'options qui se présentent à elle. Je suis impressionné par ce que vous avez accompli.

Elle eut un bref sourire.

— Merci, monsieur St. Ives. Un tel compliment me va droit au cœur.

— Et étant donné ma profonde admiration, enchaîna-t-il, je suis certain que vous comprendrez pourquoi je refuse de détruire votre réputation dans cette aventure.

Le moment de compréhension mutuelle qui les avait unis s'évanouit comme une illusion de magicien.

Charlotte lui lança un regard noir.

— Vous tentez de me manipuler, monsieur.

— J'essaie de vous convaincre par la logique et la raison. Si, comme vous le pensez, Drusilla Heskett a été tuée par un de ses prétendants, cet homme évolue certainement dans la bonne société. D'accord ?

— Oui. Un seul des prétendants récents de Mme Heskett n'appartenait pas à l'aristocratie, dit-elle avec impatience. Il s'agissait de M. Charles Dill. Et, comme je vous l'ai déjà dit, il est mort d'une attaque cardiaque deux semaines avant le meurtre.

— Bien. Dans ce cas, notre suspect pourrait très bien s'alarmer en me voyant agir de façon inhabituelle.

Charlotte voulut protester, mais elle se contenta de grimacer.

— Il se peut que vous ayez raison.

— Il est donc clair qu'étant donné mon souhait d'éviter le scandale et votre désir de ne pas ruiner votre carrière, il ne nous reste plus qu'une seule solution. Nous annoncerons nos fiançailles. Cela nous donnera une excuse parfaite pour évoluer ensemble en société tandis que nous mènerons notre enquête.

Un silence tendu régna dans la pièce.

— Nous ? demanda timidement Charlotte.

— Vous êtes toujours décidée à traquer le meurtrier de Drusilla Heskett, n'est-ce pas ?

La jeune femme acquiesça.

— C'était ma cliente. Elle a peut-être été tuée parce que je n'ai pas découvert certains renseignements. Je lui dois bien ça.

— Je ne suis pas d'accord. Vous ne lui devez rien du tout. Mais je me rends compte qu'il est impossible de tenter de vous dissuader.

— Non, vous ne pourrez pas m'arrêter.

— Comme je vous l'ai expliqué, je poursuis le même but, en raison de la promesse faite à ma tante. Donc, nous devons coopérer.

Charlotte secoua lentement la tête, résignée.

— Mon intuition à votre propos lors de notre première rencontre était assurément la bonne.

Il fronça les sourcils.

— Que voulez-vous dire ?

— Vous êtes quelqu'un de très dangereux.

— Fiancé ? A Charlotte Arkendale ?

La tasse de thé de Rosalind s'écrasa sur sa soucoupe.

— Ce n'est pas vrai ! s'exclama-t-elle. Ne me dis pas que tu t'es fiancé à cette créature ! Tu dois être fou.

— C'est une éventualité que j'envisage sérieusement, admit Baxter, ironique.

Rosalind le considéra d'un air réprobateur.

— Tu te moques de moi ? J'ai toujours eu du mal à comprendre ton curieux sens de l'humour. Dis-moi précisément ce qui se passe.

— Je viens de vous l'expliquer. C'est le seul moyen de poursuivre cette enquête — à condition, bien sûr, que vous vouliez toujours que je continue.

Il traversa la pièce pour examiner la nouvelle cheminée qui venait d'être installée. Les motifs gravés étaient de style babylonien, comme tous les autres meubles et éléments dans la pièce. Rosalind venait de faire redécorer sa demeure. Le salon égyptien, avec ses murs couverts d'hiéroglyphes, ses palmiers, ses étranges statues et ses colonnes, avait été transformé en une salle de la cour babylonienne.

Cette métamorphose était la dernière d'une longue série. Ayant grandi avec sa mère et sa tante, Baxter avait joué dans un cottage étrusque, étudié dans un jardin chinois, pratiqué l'escrime dans un temple grec et, Dieu merci, avait évacué les lieux avant qu'ils ne soient transformés en temple funéraire romain !

Depuis cette époque, il avait établi une règle immuable dans sa maison : ne jamais changer le décor en fonction des caprices de la mode.

— Es-tu vraiment convaincu que cette miss Arkendale est innocente ?

— Oui.

Il se détourna de la cheminée.

— Je n'ai pas le moindre doute là-dessus. Quand vous la rencontrerez, vous comprendrez.

— Cette rencontre est-elle vraiment nécessaire ? fit Rosalind, hésitante.

— Nous n'avons guère le choix. Elle tient autant que vous à retrouver le meurtrier de Drusilla Heskett. Si je ne peux pas la convaincre d'abandonner, mieux vaut travailler avec elle.

— Et ces prétendues fiançailles vous serviront d'excuse pour vous promener ensemble ?

— C'est le seul moyen.

Rosalind ne paraissait pas convaincue. Sans lâcher son neveu du regard, elle s'accouda au bras de son élégant divan vert.

— Je ne sais pas quoi dire.

— Alors, ne dites rien. Même pas à vos plus proches amies. Personne ne doit savoir que ces fiançailles sont fausses, vous comprenez ? Absolument personne.

— Mais c'est une conspiration ! Franchement, Baxter, tu ne peux espérer de moi que je prenne part à un tel complot.

— Bien au contraire. Je vous connais très bien, Rosalind. Je suis prêt à parier que vous mourez d'envie de participer à cette comédie. Vous avez un tel sens du mélodrame.

Rosalind afficha un air outragé.

— Vraiment, tu as de ces façons de t'adresser à ta tante !

— Alors, voyez les choses sous un autre angle : il est possible qu'un gentleman de vos relations soit un meurtrier.

Rosalind frémit.

— Es-tu sûr qu'il faille chercher un homme ? Le meurtrier pourrait très bien être une femme.

Baxter haussa les épaules.

— Mme Heskett a envoyé un billet à Charlotte, lui disant qu'on essayait de la tuer. Ses soupçons se portaient sur l'un de ses prétendants éconduits.

— Je vois... Il pourrait bien y avoir quelque chose de fascinant dans cette histoire, Baxter.

Amusé, il esquissa un sourire.

— Je savais que vous finiriez par vous en rendre compte. Charlotte et moi allons enquêter sur les prétendants de Mme Heskett. Le dernier en date était lord Lennox.

Rosalind fronça les sourcils.

— Lennox ? Drusilla était très éprise de lui pendant un temps. Elle appréciait sa vigueur.

— Sa vigueur ?

Rosalind sourit malicieusement.

— Drusilla aimait la vigueur chez un gentleman. Elle l'appréciait aussi chez un cocher ou un valet. Pour être franche, Drusilla appréciait tout homme qui pouvait rivaliser avec elle dans un lit.

— Je vois. (Baxter enleva ses lunettes et sortit son mouchoir.) Si c'est l'un de ses amants qui l'a tuée, nous risquons de devoir faire face à une très longue liste de suspects.

— J'en doute. La plupart n'avaient aucune raison de lui vouloir du mal. Je pourrais peut-être vous aider, Baxter. Je la connaissais bien.

— J'ai déjà un service à vous demander.

— Lequel ?

Baxter remit ses lunettes.

— J'apprécierais énormément que vous emmeniez ma fiancée faire les boutiques.

— Les boutiques ?

— Ainsi que sa sœur. Faites-moi adresser les factures.

Une lueur s'alluma dans les yeux de Rosalind.

— Mon Dieu, Baxter, je suis stupéfaite ! Cela te ressemble si peu. Tu sais quoi ? Tu commences à ressembler à ton père.

Il grimaça.

— Merci de me prévenir. Je serai sur mes gardes.

Trois jours plus tard, Charlotte assistait à son premier bal parmi la haute société. Elle était enchantée par tout ce déploiement de luxe et d'élégance.

— Je dois vous dire, monsieur St. Ives, que, quel que soit le résultat de notre entreprise, je garderai une dette éternelle envers votre tante.

Baxter lui lança un bref regard par-dessus sa coupe de champagne.

— Ma tante ?

— Lady Trengloss a transformé ma sœur de façon spectaculaire. Arielle connaît un succès formidable. Ce n'était certes pas le but de cette soirée, mais j'en suis néanmoins ravie. Regardez-la danser. On dirait un diamant de la plus belle eau.

Baxter fronça les sourcils en cherchant Arielle parmi les danseurs. Elle était plus grande que la plupart des autres femmes et elle virevoltait dans les bras d'un jeune homme qui semblait en adoration devant elle.

— On dirait qu'elle s'amuse, en effet.

— Mes parents auraient été si fiers. Lady Trengloss avait raison en affirmant qu'Arielle ne devait porter que du bleu et de l'or. Ces couleurs lui vont à ravir.

Baxter, quant à lui, estimait que la robe en satin jaune canari de Charlotte était une pure merveille. Elle allumait de sombres flammes dans sa chevelure et accentuait le vert de ses yeux. Le décolleté carré révélait ses épaules crémeuses et le doux renflement de ses seins. Un étonnant couvre-chef orné d'une plume jaune était perché sur sa tête.

C'était la première fois qu'il la voyait porter autre chose qu'une robe à manches longues et haut col. À ses yeux, elle était la femme la plus séduisante de la soirée.

Il avala une gorgée de champagne.

— Le bleu et l'or sont très bien, mais je préfère le jaune.

— Le jaune n'irait pas du tout à Arielle.

— Je pensais à votre robe.

— Oh... (Charlotte lui offrit un sourire éclatant.) Merci. Vous êtes très élégant, monsieur St. Ives. Le noir et blanc vous va très bien.

Fallait-il prendre cela comme un compliment ? se demanda-t-il, incertain. Soudain, il se sentit obligé de s'expliquer sur la modestie de sa tenue.

— Comme je vous l'ai dit, j'assiste rarement à ce genre d'événements.

— Oui, je me rappelle vous l'avoir entendu dire.

— Avec une vie mondaine aussi limitée, il serait illogique d'entretenir une immense garde-robe.

— Et puis le noir, c'est si pratique.

— Je me moque de savoir si c'est la dernière mode pour les hommes de porter des foulards.

— Je vous comprends.

— D'ailleurs, c'est complètement idiot de nouer ces foulards aussi haut. On n'arrive même pas à tourner la tête.

— Rien de mieux que la simplicité, approuva Charlotte.

Il s'enfonçait un peu plus chaque seconde... Baxter lança un regard autour de lui, à la recherche de l'inspiration, et fut soulagé d'apercevoir sa tante. Rosalind avait mis le grappin sur Lennox.

— Il est temps de nous mettre au travail, annonça-t-il. Cet homme qui vient vers nous avec Rosalind était le dernier prétendant de Drusilla Heskett.

— Ce gentleman chauve avec de gros favoris est lord Lennox ?

— Oui. Vous ne le connaissez pas ?

— Je ne l'avais jamais vu. En général, il n'est pas nécessaire de rencontrer un homme pour savoir si c'est un débauché ou un joueur invétéré.

— Non, je suppose que non...

Charlotte pinça les lèvres.

— Néanmoins, je l'imaginais plus jeune.

— Pourquoi donc ?

— Sans doute en raison de la description que m'en a faite Mme Heskett.

— Que vous a-t-elle dit ?

— Eh bien, que Lennox était plein de vigueur.

Baxter faillit s'étrangler avec son champagne.

— Je vois. Pourquoi l'a-t-elle repoussé ?

— Elle craignait que sa vigueur ne dure pas.

Il sourit.

— Ce n'est pas un jeune étalon. Lennox a deux filles mariées. Son héritier, qui est aussi le cadet, a vingt et un ans, je crois. Je l'ai vu tout à l'heure au buffet.

— Le fils de Lennox ?

— Oui. Il s'appelle Norris. Il parlait avec Hamilton. Ils sont très bons amis.

— Qui est Hamilton ?

Baxter reposa sa coupe sur un plateau porté par un serveur.

— Le cinquième comte d'Esherton.

— Ah oui, votre frère.

— Mon *demi*-frère.

Charlotte se retourna pour accueillir Rosalind avec un sourire chaleureux.

— Bonsoir, lady Trengloss.

Rosalind rayonnait. Subrepticement, elle adressa un clin d'œil à Baxter. Celui-ci réprima un gémissement. Comme prévu, sa tante s'amusait comme une folle et elle s'entendait déjà à merveille avec les sœurs Arkendale.

Rosalind présenta triomphalement Lennox à Charlotte comme si elle lui offrait un trophée.

— Ma chère, permettez-moi de vous présenter un vieil ami, lord Lennox.

— Milord, murmura Charlotte.

Baxter eut toutes les peines du monde à masquer sa surprise en la voyant effectuer une élégante révérence. Son geste était parfait, gracieux et délicat. Il trahissait une éducation digne des meilleures familles. Cette jeune femme aurait dû évoluer dans un milieu bien plus élevé, se dit-il.

Lennox pencha son crâne luisant sur la main gantée de Charlotte.

— Eh bien, eh bien, c'est un plaisir, ma chère. Permettez-moi de vous dire à quel point vous êtes ravissante. Une vision, en vérité. Aussi lumineuse qu'un soleil de printemps.

— Merci, milord.

Lennox adressa un regard de connivence à Baxter.

— Il était temps que vous vous trouviez une épouse, St. Ives. Un homme de votre âge a des choses plus intéressantes à faire que de s'enfermer dans un laboratoire de chimie, non ?

— Sans doute.

Lennox se pencha vers Baxter et baissa la voix :

— Elles sont très dangereuses, ces substances chimiques. Si j'étais vous, je les éviterais, maintenant que vous êtes sur le point de vous marier. Une explosion risquerait de vous blesser à un endroit vital. Ce serait quand même dommage de vous retrouver fâcheusement mutilé avant votre nuit de noces.

— Je n'oublierai pas votre conseil, promit Baxter, un sourire aux lèvres.

Lennox lui flanqua une solide claque sur l'épaule.

— Parfait, St. Ives ! Vous ne voyez pas d'objection à ce que j'entraîne votre fiancée dans une petite valse ?

En fait, Baxter y voyait un tas d'objections. L'idée de Charlotte dans les bras d'un homme assez vieux pour être son grand-père lui était étonnamment déplaisante. Mais, en voyant la lueur qui éclairait les yeux de Charlotte, il comprit qu'il valait mieux garder son opinion pour lui-même.

— Ma fiancée appréciera sûrement un peu d'exercice. (Il ajusta ses lunettes.) N'est-ce pas, Charlotte ?

— Je serai ravie de danser avec vous, lord Lennox.

Elle posa délicatement la main sur sa manche.

— Parfait.

Il la conduisit galamment jusqu'à la piste de danse.

Baxter les suivit des yeux jusqu'à ce qu'ils soient absorbés par la foule des danseurs.

— Ne fais pas cette tête, Baxter, murmura Rosalind. On pourrait croire que tu vas provoquer ce pauvre Lennox en duel.

— Le jour où je me battrai en duel à cause d'une femme n'est pas près d'arriver.

Sa tante secoua la tête.

— Parfois, tu me désespères. Tu n'as donc pas de passion ? De sensibilité ? D'émotions ? Non, ne te donne pas la peine de répondre...

Rosalind se tourna vers les danseurs et changea de sujet.

— Tu crois vraiment que Lennox aurait pu tuer cette pauvre Drusilla ?

— J'en doute. D'abord, il n'a aucun mobile. Et, à mon avis, il n'a pas le cran pour commettre un meurtre.

Rosalind parut surprise.

— Alors, pourquoi perdons-nous notre temps avec lui ce soir ?

— Je t'ai expliqué que Charlotte est convaincue que le billet de Drusilla accusait l'un de ses prétendants. Lennox en faisait partie. Nous devons procéder de façon logique.

— Si tu le dis. Bah, de toute manière, nous n'avons que Lennox pour le moment. Randeleigh et Esly sont à la campagne. On ne les attend pas avant la fin du mois.

— J'ai demandé à mon administrateur de mener une enquête à leur sujet.

— J'ai du mal à les imaginer en meurtriers.

— Moi aussi, admit Baxter.

Rosalind le considéra d'un air pensif.

— Tu sais, à propos de logique, il semblerait parfaitement raisonnable que tu danses avec ta fiancée.

— Je n'ai pas dansé depuis des années.

— Là n'est pas la question, Baxter, je te faisais simplement... (Elle s'interrompit pour considérer avec froideur quelqu'un qui venait vers eux.) A propos de gens qui pourraient avoir un mobile pour un meurtre, voilà lady Esherton.

Baxter se retourna et aperçut Maryann. Il se souvint soudain de ses trois billets auxquels il n'avait pas répondu.

— Je n'imagine pas qu'elle ait une raison de m'adresser la parole, ajouta Rosalind. Donc, c'est à toi qu'elle en veut. Si tu veux bien m'excuser, je crois avoir reconnu un ami très cher à l'autre bout de la salle.

Elle tourna les talons et s'évanouit dans la foule.

Baxter grimaça. Il se retrouvait seul face à la veuve de son père.

Maryann avait cinquante-deux ans. Elle en avait dix-huit quand elle avait épousé le père de Baxter qui en avait quarante-trois. C'était le second mariage du comte d'Esherton. A son grand désespoir, le premier ne lui avait pas donné d'enfant.

Eblouissante reine de la saison londonienne, Maryann n'avait eu que l'embarras du choix parmi les meilleurs partis. Sur les insistances de ses ambitieux parents, elle avait jeté son dévolu sur le comte. Lui, en contrepartie, avait besoin d'une épouse à la réputation immaculée et issue d'une lignée impeccable. Leur mariage avait été l'événement de l'année. Tout le monde, y compris la fameuse maîtresse du comte, Emma Sultenham — la mère de Baxter —, avait assisté aux festivités.

Avec sa silhouette menue, ses yeux gris et ses cheveux couleur de miel, Maryann était pratiquement l'opposé d'Emma. Baxter se demandait parfois si son père l'avait choisie parce qu'elle n'avait rien de commun avec son époustouflante maîtresse brune aux yeux noirs.

Deux ans après le mariage, Emma, qui avait trente-sept ans et se considérait à l'abri de toute grossesse, donnait naissance au premier fils du comte. Pour le plus grand bonheur d'Esherton. Celui-ci avait organisé une gigantesque fête pour célébrer l'événement. Malheureusement, Baxter était un bâtard et n'hériterait pas du titre.

Dix années avaient encore passé avant que Maryann ne parvienne enfin à donner un héritier à son mari. Baxter était conscient que ces années n'avaient pas été faciles pour elle. Le comte ne s'était jamais donné la peine de masquer son affection pour son fils illégitime et sa passion intense pour Emma...

Maryann arborait, ce soir, une détermination qui n'augurait rien de bon. Comme à chaque fois qu'il la rencontrait, il repensait au serment qui les obligeait à ne pas s'ignorer. Sur son lit de mort, son père les avait liés l'un à l'autre pour de longues années...

La scène était aussi vivace dans son esprit que si elle s'était déroulée la veille. Il se tenait d'un côté du grand lit à baldaquin, Maryann et Hamilton de l'autre.

— Le moment est venu pour moi de dire adieu à mes deux fils que j'aime tant, avait annoncé Arthur, quatrième comte d'Esherton, en saisissant la main de Baxter et celle d'Hamilton. Je suis fier de vous deux. Vous êtes aussi différents que le jour et la nuit, mais vous avez tous les deux mon sang dans vos veines. Tu m'entends, Hamilton ?

— Oui, père.

Hamilton avait regardé Baxter, les yeux emplis de ressentiment.

Le comte s'était tourné vers Baxter.

— Tu es le frère aîné d'Hamilton. Ne l'oublie jamais.

Baxter était possédé par un étrange sentiment d'irréalité. Il lui semblait impossible de croire que cet homme si grand, si vivant, était en train de mourir.

La main tremblante d'Esherton avait brièvement serré la sienne.

— Tu as des responsabilités envers sa mère et lui.

— Je doute qu'ils aient besoin de moi.

— Tu te trompes, murmura Arthur d'une voix

rauque. J'y ai veillé dans mon testament. Tu possèdes la solidité de caractère nécessaire pour gérer notre argent, Baxter. Tu as toujours été digne de confiance. Hamilton est trop jeune pour s'occuper du domaine. Tu devras t'en charger jusqu'à ce qu'il atteigne vingt-cinq ans.

Stupéfaite, Maryann porta la main à sa gorge.

— Milord, qu'avez-vous fait ?

Arthur se tourna vers elle. En dépit de son état, il esquissa un sourire malicieux.

— Vous êtes encore plus jolie maintenant que le jour de nos noces.

— Esherton, s'il vous plaît. Qu'avez-vous fait ?

— Inutile de vous inquiéter, Maryann. J'ai décidé que Baxter veillerait sur la fortune familiale jusqu'à ce que Hamilton soit un petit peu plus âgé.

Maryann et Baxter échangèrent un regard gêné.

— Un tel arrangement est inutile.

— Au contraire. Hamilton possède mon tempérament bouillant. Il lui faut du temps pour apprendre à se contrôler. Difficile de comprendre comment mes deux fils peuvent être aussi différents, mais c'est ainsi.

Une toux violente obligea Esherton à s'interrompre.

Baxter sentait son père glisser peu à peu vers les ténèbres.

— Monsieur...

La toux cessa, laissant Arthur épuisé.

— Je sais ce que je fais. Hamilton aura besoin de tes conseils pendant quelques années encore, Baxter.

— Père, je vous en prie, murmura Hamilton. Je n'ai pas besoin de Baxter pour gérer ma fortune ou pour décider de mes choix. Je suis en âge de veiller sur les terres des Esherton.

— Encore quelques années. (Arthur laissa échapper un gloussement rauque.) Accorde-toi le temps de jeter ta gourme. Qui mieux que ton frère aîné pourra veiller sur toi ?

— Mais il n'est pas vraiment mon frère, insista Hamilton. Ce n'est que mon demi-frère.

— Vous êtes frères, bon sang !

Pendant un instant, le vieux comte retrouva sa force d'autrefois. Il contempla Baxter d'un air sévère.

— Tu me comprends, fils ? Tu es le frère d'Hamilton. Il est de ta responsabilité de veiller sur lui. Je veux ta parole.

Baxter serra la main de son père.

— Je comprends. S'il vous plaît, calmez-vous, monsieur.

— Ta parole, bon sang !

— Vous l'avez, dit calmement Baxter.

Le comte se détendit.

— Fiable et lucide. On peut compter sur lui comme sur le soleil qui se lève chaque matin. (Il ferma les yeux.) Je le savais...

Baxter se secoua pour chasser ces souvenirs, tandis que Maryann s'arrêtait devant lui.

— Bonsoir, Baxter.

— Maryann.

— Vous n'avez pas répondu à mes trois messages.

— J'étais occupé à d'autres affaires, répliqua Baxter avec une politesse glacée. S'il s'agit d'argent, vous savez que j'ai donné ordre aux banquiers d'honorer toute demande raisonnable.

— Il ne s'agit pas d'argent. Si cela ne vous dérange pas, je souhaiterais discuter de cette affaire en privé. Pouvons-nous passer au jardin ?

— Une autre fois, peut-être. Je compte danser la prochaine valse avec ma fiancée.

Maryann fronça les sourcils.

— Ainsi, c'est vrai ? Vous vous êtes fiancé ?

— Oui.

Du coin de l'œil, Baxter aperçut Charlotte qui virevoltait avec... vigueur dans les bras de Lennox.

— Je vois. Je suppose que je devrais vous féliciter.

— Ne vous donnez pas cette peine.

Maryann pinça les lèvres.

— Baxter, s'il vous plaît, je dois vous parler d'Hamilton. Je me fais beaucoup de souci. Vous savez aussi bien que moi que votre père m'a conseillé de me tourner vers vous si j'avais besoin d'aide.

Le regard désespéré de Maryann lui fit comprendre qu'il n'avait pas le choix. Il avait donné sa parole à son père.

Résigné, il inclina la tête.

— Je le sais, madame. Vous avez raison, passons au jardin.

7

— J'ai entendu dire que vous connaissiez bien la pauvre Mme Heskett.

Charlotte était à court de souffle. Il n'était pas facile de soutenir le rythme exigeant de lord Lennox sur la piste de danse, et elle manquait d'entraînement.

— Quelle chose horrible que ce meurtre, reprit-elle. On se demande ce que ce monde est en train de devenir.

— Absolument. C'est vraiment choquant.

Lennox l'entraîna dans une volte qui leur fit traverser la moitié de la piste.

— Vous la connaissiez ? demanda-t-il.

— Nous n'étions pas très proches, mais nous avons eu plusieurs conversations. Elle m'a... parlé de vous, milord.

— Elle me plaisait beaucoup. Je voulais même l'épouser, vous savez. Mais, hélas, elle a décliné mon offre. Je n'arrive pas à croire qu'elle ait été assassinée. C'est effrayant.

— En effet. Vous disiez qu'elle vous plaisait beaucoup ?

— Drusilla ? Seigneur, oui ! J'appréciais immensément sa compagnie. Elle avait de la vigueur, si vous voyez ce que je veux dire.

La jeune femme réprima un sourire :

— Je vois. Elle employait le même mot pour vous, milord.

Lennox parut ravi.

— Vraiment ? Heureux de l'entendre. Elle va me manquer... J'étais invité chez elle cette nuit-là, vous savez.

Charlotte leva vivement les yeux.

— Vous êtes passé chez elle la nuit où elle a été tuée ?

— Non, non. Je devais lui rendre visite. J'ai reçu un message à la dernière minute, m'informant qu'elle était indisposée et ne pouvait me recevoir.

Il les conduisait tout droit vers un couple âgé et la collision s'annonçait formidable.

— Euh, lord Lennox ? Nous devrions peut-être...

— Drusilla avait la tête sur les épaules. (Lennox exécuta une pirouette habile qui leur permit de frôler le vieux couple terrorisé.) Elle comprenait que le mariage ne devait pas empêcher qu'on s'accorde un peu de bon temps.

— Bien sûr, souffla Charlotte, soulagée d'avoir évité l'accident.

Lennox regarda par-dessus l'épaule de la jeune femme.

— Je vois votre fiancé qui se dirige vers les jardins en compagnie de lady Esherton. Le pauvre. Le vieux comte l'a laissé dans un fichu pétrin en lui confiant les cordons de la bourse de la famille.

Charlotte se souvenait d'avoir entendu Baxter dire qu'il gérait aussi les finances de son demi-frère.

— Vous voulez dire que le comte a stipulé dans son testament que M. St. Ives devait gérer sa fortune ?

— Ce n'est un secret pour personne. Esherton a fait de Baxter le tuteur d'Hamilton jusqu'à l'âge de vingt-cinq ans. Et si vous voulez mon avis, il a eu raison. Tout le monde sait que le jeune Hamilton est immature. Il tient de son père. Le vieux comte était un sacré gaillard dans son jeune temps. (Une pause.) En fait, il n'a pas beaucoup changé avec les années. Il est resté un sacré gaillard jusqu'à sa mort.

— Je vois.

— Mais il n'était pas idiot quand il s'agissait d'argent, poursuivit Lennox. Il avait près de trente ans quand il a finalement touché son héritage, et il a très bien su gérer ses affaires. Dans ce domaine, c'est Baxter qui lui ressemble et le vieux le savait. Mais cette situation est très inconfortable pour St. Ives. Cela doit créer du ressentiment de part et d'autre.

— En effet.

Soudain, l'expression de Lennox se troubla.

— Hamilton n'est pas le seul à faire des frasques, ces temps-ci. Mon propre fils, Norris, m'a donné quelques frissons ces dernières semaines. Hamilton et lui sont amis, vous savez.

— Je suppose qu'ils commettent des abus ? Ils galopent trop vite, ils boivent un peu trop et ils risquent leur santé dans des paris idiots...

— J'aimerais bien qu'il en soit ainsi. Pardonnez-moi, mais je n'ai rien contre le fait qu'un jeune gars jette sa gourme très tôt dans la vie. Dieu et le diable savent que j'en ai fait de belles, moi aussi à leur âge. J'ai failli me faire tuer dans un duel à cause d'une danseuse de ballet. J'ai disputé quelques rounds contre un lutteur nommé Keeley le Taureau. J'ai aussi fait un peu de contrebande de cognac français. Ce genre de choses.

— Je vois.

Lennox les propulsa dans un nouveau tourbillon.

— Mais, de nos jours, devenir un homme semble être une affaire bien plus risquée.

— Que voulez-vous dire ?

— Primo, les cercles de jeu sont beaucoup plus dangereux. Un ami de Norris a perdu tous ses biens dans un endroit nommé La Table Verte l'autre nuit. Le jeune Crossmore est rentré chez lui pour se tirer une balle dans la tête.

La jeune femme haussa les sourcils.

— C'est terrible...

— J'ai prévenu Norris qu'il avait intérêt à regarder où il mettait les pieds. Sinon, je l'expédierais pour un long voyage sur le Continent.

— La menace a fait son œuvre ?

— Norris sait que je ne tolérerai aucune sottise. Malheureusement pour le jeune Hamilton, son père n'est plus là pour tirer les rênes.

La musique s'arrêta enfin. Charlotte haletait.

Avec un large sourire, elle exécuta une nouvelle révérence.

— Merci, milord. L'exercice m'a fait du bien.

— C'est bon pour la vigueur, assura-t-il en l'escortant. Désirez-vous un verre de citronnade ou de champagne ?

— Non merci. Je crois que je vais rejoindre lady Trengloss.

— Ah oui, la charmante Rosalind. Une femme délicieuse. (Lennox parut un brin nostalgique.) Sa sœur aussi était délicieuse.

— La mère de M. St. Ives ?

— Oui. Emma est morte il y a quatre ans. Dans leur jeunesse, Rosalind et elle formaient une fameuse paire. On ne s'ennuyait jamais avec elles. Deux véritables diamants. Emma était la plus extravagante des deux. Sa liaison avec Esherton a duré jusqu'au jour de sa mort. Il est difficile de croire que St. Ives soit le rejeton de ces deux-là.

— Pourquoi donc ?

— Le caractère de Baxter est à l'opposé de celui de ses parents. Oh, il possède bien quelques traits d'Esherton. Les yeux, par exemple. Et il a la chevelure noire de sa mère. Mais il n'a pas le sens de l'humour d'Emma, ni son panache, et il ne lui reste plus rien du style des St. Ives.

— Le style des St. Ives ?

— Vous savez ce qu'on dit des St. Ives. Ils font tout avec style. Hamilton fait honneur à cette réputation, mais on dirait que Baxter fait de son mieux pour ressembler à... un vulgaire administrateur !

A nouveau, la jeune femme réprima un sourire.

— Les apparences sont parfois trompeuses, monsieur. Si vous voulez bien m'excuser...

— Bien sûr, bien sûr. Merci pour la danse.

Charlotte tourna les talons et sortit sur l'immense terrasse éclairée par des lanternes colorées. Ici et là, des couples murmuraient et riaient discrètement dans la pénombre. Au-delà, les jardins s'étalaient à l'abri de la nuit.

Baxter n'était en vue nulle part, ni lady Trengloss.

La lune enveloppait les haies et les buissons d'une pellicule d'argent. Baxter n'avait aucun goût pour les mondanités. Il s'était certainement réfugié dans le calme et la solitude des jardins.

Elle descendit les marches de pierre et emprunta une allée qui s'enfonçait dans la nuit. Ses escarpins ne faisaient aucun bruit sur les vieilles briques. L'air était frais. Elle croisa les bras pour se protéger du froid.

Soudain, une voix angoissée de femme la fit s'arrêter. Un couple se tenait de l'autre côté de la haie. Elle s'apprêtait à s'éloigner quand elle reconnut le ton brusque de Baxter.

— Je ne vois pas ce que vous attendez de moi, madame. Hamilton a vingt et un ans.

Il hésita avant d'ajouter sèchement :

— Et il *est* le comte d'Esherton.

— C'est encore un garçon par bien des côtés. Et il ressemble tellement à son père. Vous devez faire quelque chose, Baxter. Depuis la mort d'Arthur, Hamilton est devenu incroyablement obstiné. Je pensais que cela passerait quand il aurait surmonté son chagrin. Mais, ces derniers temps, avec son ami Norris...

— L'héritier de Lennox ?

— Oui. Ils ne fréquentent plus leurs anciens clubs, Hamilton dit qu'ils préfèrent un nouvel endroit qu'ils ont découvert. Un bouge nommé La Table Verte.

— Les jeunes préfèrent toujours fréquenter de

nouveaux clubs, plutôt que ceux de la génération précédente.

— Oui, mais cet endroit n'est rien d'autre qu'une maison de jeu.

— Calmez-vous, Maryann. Hamilton ne peut pas perdre la fortune des Esherton en une nuit de jeu. J'ai le contrôle des fonds pour encore trois années.

— Je dois admettre que c'est une bonne chose. Arthur avait raison. Néanmoins, il existe de nombreux risques pour un jeune homme doté de son caractère.

— Qui sont ?

— Je ne sais pas. C'est bien cela le pire, Baxter. Je ne sais pas au juste quels risques il court. On entend les rumeurs les plus insensées à propos de ce qui se passe dans ces endroits.

— Vous exagérez, Maryann.

— Je n'exagère pas, je suis terrifiée. On parle de dépravations et de débauche parmi nos jeunes aristocrates. Je vous assure que je ne suis pas la seule mère à m'inquiéter. On m'a raconté, par exemple, que certains n'hésitent pas à se bourrer d'opium pour provoquer des états de transe semblables à des rêves.

— Quelques poètes se livrent peut-être à ce genre d'expériences mais cela touche, sans nul doute, un nombre très limité de personnes.

— Qui sait ce qui se passe vraiment dans le nouveau club d'Hamilton ? Mon fils n'est plus lui-même, ces temps-ci. Il ne m'écoute pas. Il faut que vous lui parliez.

La voix de Maryann était désespérée.

— Qu'est-ce qui vous fait croire qu'il m'écoutera ?

— Vous êtes mon seul espoir, Baxter. Votre père vous a confié la charge de veiller sur lui jusqu'à sa maturité. Vous avez entendu comme moi ses instructions sur son lit de mort.

— C'est stupéfiant ! s'exclama Baxter. Même depuis sa tombe, mon père est encore capable de bouleverser nos vies.

— Ne parlez pas de Sa Seigneurie avec un tel manque de respect... Baxter, je compte sur vous. Vous devez arrêter Hamilton avant qu'il ne s'attire de très graves ennuis.

Charlotte entendit ce qui ressemblait à un sanglot étouffé. Il y eut un bruissement de soie, puis le doux froissement d'escarpins sur l'herbe. Elle s'enfonça en hâte dans l'ombre tandis que Maryann émergeait d'une ouverture dans la haie. Charlotte la suivit des yeux.

— Vous en avez assez entendu, ou bien voulez-vous un résumé ?

La jeune femme fit volte-face.

— Monsieur St. Ives...

Elle ne l'avait pas entendu approcher. Dans l'obscurité, sa silhouette semblait plus impressionnante encore.

— Un de ces jours, il faudra bien que vous commenciez à m'appeler par mon prénom, Charlotte.

— Mes excuses, monsieur. Je ne voulais pas me montrer indiscrète.

— Mais vous l'avez été.

— Je n'ai pas pu m'empêcher d'écouter la dernière partie de votre conversation avec lady Esherton.

— Bah, cela n'a guère d'importance. Après tout, nous sommes partenaires, non ?

— Certes. Mais cela ne me donne pas le droit de m'immiscer dans vos affaires privées.

— Le monde entier se régale des affaires de ma famille depuis des années. En avez-vous fini avec ce pauvre Lennox ?

Charlotte soupira.

— Je pense avoir appris tout ce qu'il m'était possible d'apprendre pour ce soir. Il m'a révélé qu'il devait se rendre chez Mme Heskett la nuit de sa mort, mais qu'il a reçu un billet lui disant qu'elle était souffrante et ne pouvait le recevoir.

— Humm. Je doute qu'il aurait raconté cela s'il était coupable.

— Très juste. Je ne le crois pas capable d'un meurtre.

— Je suis d'accord. Si vous êtes satisfaite, nous pourrions partir. (La prenant par le bras, il l'entraîna vers la maison.) J'ai eu ma dose de mondanités pour ce soir.

— Je vous comprends, mais... Arielle s'amuse tellement. Cela me gênerait horriblement de la faire partir si tôt. Il est à peine minuit.

— Exact, et pour cette belle assemblée, la nuit ne fait que commencer... Ne vous inquiétez pas pour votre sœur. J'ai une idée. Nous allons la confier à ma tante qui la tiendra éveillée jusqu'à l'aube.

Charlotte lui lança un coup d'œil.

— Cela n'ennuiera pas lady Trengloss ?

— Pas le moins du monde. Entre l'annonce de nos fiançailles et la présentation d'Arielle à la bonne société, elle va se régaler.

Ils étaient revenus dans la salle de bal.

— Je vais chercher Arielle. Elle doit être encore sur la piste.

Sur la pointe des pieds, Charlotte examinait les danseurs.

— Je la vois, dit Baxter.

— Ah oui, moi aussi.

Charlotte sourit en apercevant Arielle dans les bras d'un charmant cavalier.

— Quel beau jeune homme ! s'exclama-t-elle. Et quel foulard élégant ! Je me demande de qui il peut s'agir.

— Il s'appelle Hamilton, dit froidement Baxter. C'est le comte d'Esherton, mon demi-frère.

Une demi-heure plus tard, le fiacre s'arrêtait devant la demeure des Arkendale. En regardant Charlotte assise face à lui, Baxter se demanda pourquoi diable il avait suggéré de mettre un terme à cette soirée aussi tôt.

Il n'avait, c'est vrai, aucune envie de rester au bal, surtout après la conversation avec Maryann. Mais il avait encore moins envie de quitter Charlotte.

Et maintenant, ils étaient arrivés chez elle. La soirée était terminée.

Il avait gâché les quelques minutes qu'ils avaient passées seuls ensemble dans le fiacre. Plongé dans ses pensées, il n'avait pas ouvert une seule fois la bouche.

Charlotte lança un regard par la fenêtre.

— Il semble que nous soyons arrivés, monsieur St. Ives.

La porte du fiacre s'ouvrit.

Dans un bruissement de satin, la jeune femme rassembla ses jupes et descendit de la cabine. Il la suivit, lui prenant le bras pour l'aider à monter les marches du porche.

« Idiot, se disait-il. Tu as perdu une bonne demi-heure. » Il aurait pu la tenir dans ses bras. Mais il s'était senti trop préoccupé. C'était la faute de Maryann. Lady Esherton avait gâché sa soirée. Comme d'habitude.

Charlotte sortit sa clé de son réticule.

— Accepteriez-vous un verre de cognac, monsieur St. Ives ?

Baxter, obnubilé par ses pensées moroses, crut ne pas avoir bien entendu.

— Un cognac ?

Il lui prit la clé et ouvrit la porte avec des doigts soudain maladroits.

— Je sais qu'il est tard, mais nous avons à discuter.

Elle pénétra dans le hall plongé dans la pénombre et se retourna face à lui :

— Avec toutes ces préparations pour notre entrée en société, je n'ai pas encore eu le temps de vous montrer le petit croquis que j'ai trouvé dans le carnet de Mme Heskett.

« Ah... elle veut parler travail », songea-t-il tristement.

— Quelque chose ne va pas, monsieur St. Ives ?

— Pourquoi dites-vous ça ?

Elle lui adressa un regard d'excuse.

— Je vous assure que vous n'avez aucun souci à vous faire pour votre réputation. Absolument personne, en dehors de votre cocher, ne saura que vous êtes entré chez moi quelques minutes. Mme Witty est en visite chez sa cousine pour la nuit.

— Je vois.

— Et puis, reprit-elle, enjouée, nous sommes censés être fiancés. Donc, monsieur St. Ives, votre vertu ne risque absolument rien avec moi.

Elle était en train de se moquer de lui !

— Je crois qu'un cognac me fera du bien.

Il s'engouffra dans le hall, refermant la porte derrière lui.

A la lueur d'un rayon de lune, il contempla Charlotte qui enlevait sa cape pour la suspendre à un portemanteau.

Puis elle alluma un bougeoir mural. Baxter ne pouvait détacher ses yeux du doux renflement de ses seins qui bougeaient délicatement à chacun de ses gestes. La flamme s'éleva enfin, déversant un halo doré sur sa peau. Des reflets cuivrés dansaient sur sa chevelure. Quand elle se retourna vers lui, ses yeux étaient deux joyaux insondables.

— Si nous passions dans mon bureau, monsieur St. Ives ? Je vous montrerai le dessin de Mme Heskett.

— Je vous suis.

Il lui emboîta le pas, le regard vissé à ses hanches qui ondulaient avec grâce. Dans ses veines coulait du plomb en fusion.

— Le cognac est sur la table près de la fenêtre, annonça Charlotte en allumant une lampe dans la petite pièce.

Sur le seuil, Baxter hésita.

Pénétrer dans ce bureau n'était vraisemblablement pas une bonne idée.

— Bon sang...

Il soupira avant de se décider enfin.

— Vous disiez ? s'enquit Charlotte.

— Rien d'intéressant.

Il commença par allumer le feu dans la cheminée, puis se dirigea vers la table où se trouvait le cognac.

Derrière son bureau, la jeune femme ouvrait l'un des tiroirs du bas.

— J'ai déchiré la page, expliqua-t-elle. Les autres dessins n'ont rien de commun avec celui-ci, et ils sont plutôt... perturbants.

— En effet, fit Baxter en contemplant le postérieur de Charlotte penchée sur son tiroir.

— A chaque fois que j'ai essayé d'en parler avec Arielle, elle n'arrêtait pas de regarder ces hommes nus. Et c'était pareil avec Mme Witty.

— Et vous, Charlotte ? Vous ne les regardiez pas ?

— Je sais fixer mon attention.

Elle se redressa enfin, une feuille de papier à la main.

Baxter se mit en devoir de servir deux verres de cognac.

Puis il se retourna, les verres à la main. Elle était assise derrière son bureau, et il se demanda si elle se rendait compte de la façon dont la lumière de la lampe soulignait la courbe de ses seins.

— Ma conversation avec Lennox m'a un peu déçue, avoua-t-elle, les sourcils froncés. Il semblait plus soucieux des risques encourus ces temps-ci par les jeunes gentlemen que de la mort de Drusilla Heskett.

Baxter posa un verre devant elle.

— Apparemment, Lennox et Maryann ont des soucis communs.

— Les parents s'inquiètent toujours des dangers que doivent affronter leurs enfants.

— Sans doute.

S'il restait ainsi encore une minute à contempler ses épaules nues et sa poitrine gonflée, il ne répondait plus de rien !

Il se força à gagner la fenêtre pour s'abîmer dans la contemplation du jardin. Mais il ne vit que le reflet de Charlotte dans la vitre.

— A propos de lady Esherton, reprit-elle gentiment, qu'allez-vous faire pour votre frère, Hamilton ?

Il se figea.

— C'est bien la dernière chose dont je souhaite parler ce soir.

— Pardonnez-moi. J'ai abordé ce sujet uniquement parce qu'il semblait vous préoccuper pendant notre retour en fiacre.

— Ne vous inquiétez pas de mes problèmes personnels, Charlotte. Je les réglerai tout seul.

— Oui, bien sûr.

Elle hésita puis, comme si elle ne pouvait s'en empêcher, ajouta doucement :

— Ils ont raison, vous savez.

Il observa son reflet tandis qu'elle buvait une gorgée de cognac.

— Qui donc ?

— Lennox et lady Esherton. (Elle reposa très lentement son verre.) La jeune génération doit affronter des dangers inédits.

— Sans vouloir vous offenser, Charlotte, vous n'êtes pas très bien placée pour parler de danger. Puis-je vous rappeler que vous cherchiez un administrateur qui puisse aussi vous servir de garde du corps ?

— Je suis une femme mûre qui sait très bien ce qu'elle fait. Il en va différemment pour une personne plus jeune.

Quelque chose dans sa voix éveilla l'attention de Baxter.

— Avez-vous dû affronter un danger lorsque vous étiez plus jeune ?

Elle ne répondit pas immédiatement.

— La nuit précédant sa mort, mon beau-père avait ramené un monstre à la maison.

Baxter se retourna lentement.

— Un monstre ?

— Winterbourne avait perdu beaucoup d'argent au jeu. (Charlotte contemplait son verre comme si elle y revoyait son passé.) Il entendait dédommager cet homme en lui offrant ma jeune sœur.

— Mon Dieu ! Que s'est-il passé, Charlotte ?

— J'ai utilisé le pistolet de mon père pour les obliger à quitter la maison. (Le verre dans sa main tremblait un peu.) Ils ne sont pas revenus.

Il eut la vision de cette jeune femme affrontant deux hommes avec un pistolet. Un accès de rage et de terreur le saisit.

— Vous êtes très courageuse.

Elle ne parut pas l'avoir entendu.

— Le lendemain matin, on a retrouvé Winterbourne mort. J'ignore ce qui s'est passé quand ils ont quitté la maison, mais je sais que mon beau-père était terrorisé par son compagnon. Je me demande si le monstre ne l'a pas tué.

— Tout homme prêt à sacrifier ainsi une jeune fille mérite la mort.

Elle leva les yeux vers lui.

— N'imaginez pas une seconde que je me sente coupable d'avoir chassé Winterbourne cette nuit-là. Ce n'est pas ce qui me trouble.

— Je crois comprendre, dit doucement Baxter. Ce qui vous trouble, c'est que même après toutes ces années, vous savez que ce monstre est toujours là, quelque part.

— C'est cela. Je ne peux l'oublier. Parfois, j'en rêve. Je me réveille au milieu de la nuit, à l'heure même où je me suis réveillée cette nuit-là. Dans le rêve, je me vois dans le couloir devant la chambre de ma sœur. J'ai le pistolet à la main, mais cette fois, le monstre sait qu'il n'est pas chargé.

— Seigneur ! Le pistolet que vous aviez cette nuit-là n'était pas chargé ?

— Il était rangé dans un coffre depuis des années. Je n'avais ni balle ni poudre. Il faisait très sombre dans le couloir et ni Winterbourne ni le monstre ne savaient que je tenais un pistolet vide. Mais, dans mon rêve, le monstre éclate de rire car il sait. Il sait que je ne peux pas l'arrêter cette fois-ci.

Baxter fit un pas vers elle.

— Charlotte...

— Et je comprends alors que je ne parviendrai pas à protéger ma sœur.

— Ce n'est qu'un rêve, Charlotte. (Baxter

hésita.) Moi aussi, je fais un rêve qui revient tout le temps et qui me réveille au milieu de la nuit.

Elle scruta son visage.

— Les rêves sont parfois étranges et inquiétants.

— Oui. (Baxter posa son verre sur une table.) Parlons d'autre chose.

— Bien sûr. Notre enquête.

— Non, pas notre enquête. Etes-vous heureuse d'avoir dansé ?

— Avec Lennox ? (Elle grimaça.) Je crois que je comprends maintenant pourquoi Drusilla Heskett le comparait à un étalon.

Baxter haussa les sourcils.

Elle gloussa.

— Milord possède, c'est vrai, une grande « vigueur ». Quand la musique s'est enfin arrêtée, c'était comme si je venais de disputer un concours de saut d'obstacles !

Baxter la contempla, l'air pensif.

— Vous ai-je dit combien vous étiez belle ce soir ?

Surprise, elle cligna des paupières.

— Je vous demande pardon ?

— Je disais simplement que j'avais oublié de vous complimenter. Pardonnez-moi.

Elle croisa les mains sur son bureau.

— N'ayez aucune inquiétude, monsieur St. Ives. Nous sommes des associés, pas des amis intimes.

— Il y a encore autre chose que j'ai négligé de faire.

Il contourna le bureau pour venir poser les mains sur ses épaules nues. Sa peau était chaude, et incroyablement douce.

— Quoi donc ?

— Je ne vous ai pas demandé de danser avec moi. (Il la força gentiment à se lever.) Pensez-vous que si nous avions dansé ensemble, vous seriez capable de m'appeler par mon prénom ?

Ses yeux étaient très verts à la lueur de la lampe. Elle sourit en nouant les bras autour de son cou.

— Je ne sais pas. Pourquoi ne me le demandez-vous pas maintenant ? Nous verrons bien.

— Dansez avec moi, Charlotte.

— J'en serai ravie, Baxter.

Voilà ce qu'il avait attendu toute la soirée. Voilà ce dont il avait besoin.

Il se pencha pour s'emparer de sa bouche.

8

Baxter menait une sorte d'expérience. Charlotte le sut dès l'instant où leurs lèvres se touchèrent. Ce baiser était différent de celui qu'ils avaient partagé dans le fiacre l'autre soir. Alors qu'il l'enveloppait dans ses bras, elle sentait qu'il se retenait. Comme s'il voulait observer et contrôler le résultat de cette étreinte. S'imaginait-il pouvoir réguler son propre désir à la manière dont il dosait ses produits chimiques ?

Cette idée eut le don de la mettre en colère. Les bras autour de son cou, elle se pressa contre lui. Elle avait soudain envie de lui montrer que la passion exigeait un total abandon.

— Charlotte... répétez mon prénom.

Sa bouche goûtait, explorait. Ses mains s'enfonçaient dans sa chevelure, enlevant les épingles qui la retenaient.

— Baxter.

Une folle excitation l'envahissait, si intense, si

brûlante, qu'elle ne pouvait croire qu'il ne la ressentait pas lui aussi.

— Encore.

Il glissa les pouces le long de ses mâchoires.

— Baxter...

— Donnez-moi votre bouche.

Elle obéit. Et poussa une petite exclamation de surprise en sentant ses dents s'enfoncer tendrement dans sa lèvre inférieure.

— Je ne vous ferai aucun mal, chuchota-t-il.

— Je le sais.

Elle s'accrocha à lui, et leur baiser devint fougueux.

Il caressait sa chevelure. Les épingles tombaient l'une après l'autre. Soudain, les mains de Baxter descendirent, s'arrêtant brièvement sur ses épaules nues.

— Vous êtes si douce...

Il caressa la courbe de sa gorge, embrassa le creux sous son oreille.

— Tout en vous est si doux, murmura-t-il.

Les paumes posées sur sa poitrine, elle savourait les frémissements de ses muscles à travers le tissu de sa chemise.

— Et tout en vous est si fort.

Baxter enleva ses lunettes.

Elle plongea dans ses yeux et retint son souffle. Sans le voile de ses verres, des flammes brillaient dans son regard comme de l'or en fusion. Ces flammes la fascinaient, l'ensorcelaient.

— Je veux sentir vos seins contre ma peau.

Il baissa doucement les bretelles de sa robe.

Le corsage tomba, la dénudant jusqu'à la taille. Elle frissonna, consciente de la lueur de la lampe qui révélait ses mamelons dressés et douloureux. C'était délicieux, enivrant, inexplicable. Elle s'entendit gémir quand les mains de Baxter se refermèrent sur ses seins.

— Vous êtes belle.

Sa voix était si sourde et rauque qu'elle l'entendit à peine.

Ses pouces taquinèrent le bout de ses seins gonflés. Elle ne respirait plus.

Un désir hallucinant la tenaillait. Elle renversa la tête en arrière.

— Baxter. C'est... incroyable.

— Oui.

Il se pencha pour prendre un mamelon entre ses dents.

— Ô Seigneur !

Les doigts tremblants, elle chercha les boutons de sa chemise.

Il se figea.

— Non.

Elle ignora cette protestation. Ouvrant la chemise, elle glissa les mains sous le tissu.

Elle le toucha avec avidité, savourant la chaleur et la force de son corps. Ses doigts effleurèrent les poils bouclés sur sa poitrine puis elle l'enlaça, étalant ses paumes sur son dos.

Elle sentit alors la peau martyrisée et comprit sa réticence. Baxter était atrocement marqué.

A son tour, elle se figea. Elle le regarda dans les yeux.

— Vous avez été blessé.

— Il y a trois ans. (Son regard était dur, fixe.) C'est guéri depuis longtemps.

— Que s'est-il passé ?

— De l'acide.

— Mon Dieu... Un accident de laboratoire ?

Il eut un sourire amer.

— Si on veut.

— Je suis désolée. Cela est-il encore douloureux ?

— Plus maintenant. Mais les cicatrices sont pénibles à voir. Je vais éteindre la lumière...

Il voulut s'écarter mais elle le retint.

— C'est inutile.

Lentement, elle le débarrassa de sa chemise, dénudant ses épaules et son torse. Elle vit les marques pâles qui barraient son épaule droite et ferma les yeux en songeant à la douleur qu'il avait dû endurer.

— Charlotte...

— Vos cicatrices ne comptent pas pour moi. La seule chose qui compte, c'est que vos blessures soient guéries.

Très doucement, elle toucha une des marques laissées par l'acide sur son épaule. Puis elle se dressa sur la pointe des pieds pour l'embrasser. Baxter frémit.

— Charlotte...

Ses bras l'emprisonnèrent avec une passion féroce.

Pendant un instant, il n'y eut plus rien de détaché ou de distant en lui. Elle sentait le désir qui le dévorait, la sensualité sauvage qui le possédait.

Elle s'abandonna à son étreinte.

Il la souleva et la porta jusqu'au sofa. La pièce tournoya sur son axe, puis elle sentit les coussins sous elle... et ses jupes qui glissaient sur ses cuisses.

Avant qu'elle ne se rende compte de ce qui se passait, Baxter s'allongea sur elle. Il était lourd. Délicieusement lourd. Elle sentit le tissu de ses culottes sur sa peau nue au-dessus des bas. Et la dureté de son sexe pressé contre ses cuisses.

Elle essaya de ravaler sa salive.

Il la fixait droit dans les yeux.

— Je te veux.

Noyée dans son regard, elle se laissa engloutir par le tourbillon qui les emportait tous les deux.

Aucun homme au monde, même doté d'une volonté aussi implacable que Baxter, ne pouvait regarder une femme avec une telle passion, une telle rage, et en même temps rester un observateur détaché.

Nouant les mains dans sa chevelure, elle ne cherchait plus à cacher son émerveillement.

— Je ne savais pas qu'on pouvait éprouver quelque chose d'aussi fort.

Il l'embrassa sauvagement, comme un affamé.

Elle sentit sa main glisser le long de sa jambe, sous ses jupes. Ses doigts s'arrondirent sur sa hanche.

Elle planta les ongles dans les muscles de son dos et de son épaule.

Il grogna, glissa la main vers l'intérieur de sa cuisse pour venir effleurer l'endroit frémissant, humide, entre ses jambes. Il enfonça un doigt en elle, puis s'immobilisa.

Elle frémit.

— Je t'en prie, murmura-t-elle. Ne t'arrête pas.

Il retira très lentement son doigt avant de le renfoncer. En même temps, son pouce s'aventura plus haut, effleurant le bouton de chair délicate.

— Baxter...

Elle ne pensait plus. Elle n'était plus que pures sensations. Elle s'agrippait à lui, exigeant un terme à ce tourment exquis tout en espérant davantage.

Il lécha ses seins. Son doigt la fouillait. Encore et encore, il la tortura ainsi.

Quelque chose se nouait en elle. Elle n'avait jamais connu cela, un besoin aussi intense, aussi exigeant, aussi effroyable. Intuitivement, elle savait que cela ne pouvait continuer indéfiniment. Il devait exister une délivrance. Quelque chose pour la libérer de cette tension toujours croissante...

Elle s'accrochait aux épaules de Baxter.

Il *devait* exister une délivrance.

Sinon, elle allait se briser, se morceler et se perdre à jamais. Cela ne pouvait durer encore.

Soudain, sans le moindre avertissement, une série de spasmes la parcoururent, telle une lame de fond.

— *Baxter !*

Elle entendit son propre cri résonner contre les murs de la pièce, tandis qu'elle avait l'impression de s'envoler d'une falaise incroyablement haute...

Petit à petit, elle reprit contact avec la réalité : les flammes qui crépitaient dans l'âtre, les coussins du sofa sous elle.

Baxter était toujours allongé à son côté. Quand elle rouvrit les yeux, elle vit qu'il la scrutait avec intensité.

— C'était... merveilleux, murmura-t-elle.

Il sourit, lui embrassa un sourcil.

— Oui.

Elle lui toucha la mâchoire.

— Mais tu n'as pas vécu la même chose.

— Pas cette fois. (Il se redressa.) Mais il y aura d'autres fois. En tout cas, je l'espère.

— Baxter, attends. Où vas-tu ?

— Nous avons à parler.

Il se leva pour aller ramasser sa chemise. Les flammes de la cheminée lacéraient d'ombre ses cicatrices.

D'un mouvement fluide, il renfila sa chemise. Sans la boutonner, il marcha jusqu'au bureau pour prendre ses lunettes. Il se posta ensuite devant la cheminée et resta là, fixant les flammes.

Alarmée par son attitude, Charlotte se redressa lentement. Elle se débattit avec son corsage.

— Quelque chose ne va pas ?

— Non, tout va bien. (A l'aide d'un tison, il déplaça les bûches.) Mais je tiens à ce que nous nous mettions d'accord sur certaines choses avant de poursuivre sur cette voie.

Inquiète, elle l'observa. Sa chevelure noire était en bataille, les angles de son visage paraissaient encore plus aigus sous la lueur du feu.

— Comment cela ? s'enquit-elle avec prudence.

— Voulez-vous avoir une liaison avec moi, Charlotte ?

Il avait posé cette question d'un ton absolument neutre, en prenant soin de chasser toute émotion de sa voix.

— Une liaison ?

— Il semblerait que nous soyons attirés l'un vers l'autre.

— Oui, mais...

Elle s'interrompit, ne sachant que dire.

— L'expérience m'a appris que ce genre d'émotions ressemblent fort à une illusion, continua Baxter. C'est réel pendant un temps, puis cela disparaît.

— Je vois. Vous pensez que le feu qui s'est emparé de nous va bientôt s'éteindre.

— D'après mes observations, l'ennui et la monotonie ne tardent pas à transformer en cendres les flammes les plus ardentes.

— Cela a été le sort de vos liaisons passées ?

Il noua les mains derrière son dos.

— Je suis un chimiste, pas un poète.

— Je ne comprends pas.

— Pour parler crûment, les femmes ont tendance à me trouver terne, une fois passés les premiers moments d'attirance physique.

— Les femmes vous trouvent terne ?

C'en était trop. Une vive colère s'empara de Charlotte, chassant sa tristesse.

— Comment osez-vous, monsieur ? N'essayez pas de me duper avec ces balivernes. Si vous répugnez à vous engager dans une relation durable, ayez au moins le courage de le dire. N'espérez pas me faire croire que vous avez l'habitude d'ennuyer vos partenaires !

Il la fixa, stupéfait.

— Je vous assure, c'est la pure vérité.

— Sornettes !

Elle quitta le sofa en secouant ses jupes.

— Vous vous cherchez des excuses, ajouta-t-elle. J'attendais mieux de vous, monsieur.

— Je ne cherche aucune excuse. J'essaie simplement d'être pratique.

Elle se redressa avec fierté.

— Moi, je crois plutôt que vous vous souciez de votre précieuse réputation. Voilà la vérité.

— Ma réputation ne risque rien. Ces fausses fiançailles nous fournissent une couverture parfaite.

Charlotte serra les dents.

— Cette couverture, comme vous l'appelez, ne durera que le temps nécessaire pour trouver le meurtrier de Drusilla Heskett.

— Il n'y a aucune raison pour que cela s'arrête une fois l'enquête terminée.

Il la dévisagea et ajouta :

— Eh bien ? Quelle est votre réponse ? Etes-vous oui ou non intéressée par une liaison avec moi ?

Elle tremblait, mais pas de passion cette fois.

— Vous n'espérez quand même pas une réponse immédiate ! Je vous ferai connaître ma décision plus tard. J'ai besoin de réfléchir.

— Bon sang. (Baxter indiqua le sofa d'une main rageuse.) Après ce qui vient de se passer, vous me dites que vous avez besoin de réfléchir ?

Elle sourit froidement.

— Comme je le dis souvent à mes clientes, il n'est pas sage de prendre une décision importante dans le feu de la passion.

Il serra les mâchoires. Sans un mot, il s'avança vers elle.

Charlotte se prépara au pire. C'était un jeu dangereux de pousser Baxter dans ses retranchements. Pas physiquement, bien sûr. Elle savait qu'il ne lui ferait aucun mal. Mais la situation avait pris un tour imprévisible...

Soudain, l'une des lames du parquet craqua dans le couloir. Elle se pétrifia.

Baxter s'immobilisa lui aussi. Il lança un regard vers la porte avant de se tourner vers la jeune femme.

— Un de vos domestiques ?

Elle fixait la porte fermée du bureau.

— Non. Je vous l'ai dit, ma gouvernante est absente pour la nuit. Et Arielle n'est sûrement pas encore rentrée. Nous aurions entendu la voiture de votre tante.

Des pas résonnèrent dans le couloir. Quelqu'un courait.

Baxter se rua vers la porte.

— Restez ici !

Il se précipita dans le couloir.

Un lourd chandelier en argent dans une main, ses jupes dans l'autre, Charlotte se précipita à sa suite.

L'obscurité était totale. Quelqu'un avait éteint le bougeoir qu'elle avait allumé plus tôt.

Elle entendit des pas vers le fond de la maison. Deux séries de pas. Ceux de Baxter et de l'intrus.

Un courant d'air froid l'accueillit au bout du couloir : la porte était ouverte. L'intrus était déjà sorti et fuyait par le jardin.

Charlotte s'immobilisa sur le palier, essayant de percer les ténèbres. En vain.

— Baxter ? Où êtes-vous ?

Pas de réponse.

Paniquée, elle se mordit la lèvre. Le cambrioleur était sans nul doute armé. Elle n'avait entendu aucune détonation, mais un couteau ne fait pas de bruit. La vision de Baxter blessé la fit frissonner. Elle s'avança dans la nuit.

— Baxter ? Ô mon Dieu, où êtes-vous ?

Il se matérialisa devant elle, émergeant de nulle part.

— Je croyais vous avoir dit de rester à l'intérieur.

— Vous allez bien ?

— Oui. (La prenant par le bras, il la ramena vers la maison.) Mais je n'ai pas réussi à l'attraper. Il a disparu dans la ruelle, derrière le jardin. Il connaissait les lieux. Il a dû les étudier avant de pénétrer chez vous. Il semblait savoir exactement où il allait.

— Je remercie le Ciel que vous ne l'ayez pas rattrapé. Il aurait pu avoir une arme.

— Vous vous inquiétez pour ma santé ? Quelle sollicitude !

— Vos sarcasmes sont déplacés.

Il la poussa dans le couloir.

— Désolé. Mais la soirée a été trop riche en émotions.

Elle choisit d'ignorer cette remarque. Il avait failli affronter un bandit. C'était une excuse suffisante pour être de mauvaise humeur.

— Seigneur, murmura-t-elle quand il referma la porte. Je viens de penser à quelque chose. Nous n'avons entendu aucun bruit. L'intrus devait déjà être ici à notre arrivée.

— Très probablement.

Charlotte frissonna.

— C'est... effrayant. Penser qu'il était là... à écouter, pendant que vous et moi... nous...

Elle ne parvint pas à finir sa phrase. Baxter alluma un bougeoir.

— Je pense qu'il devait se trouver à l'étage quand nous l'avons interrompu. Il a sans nul doute décidé d'attendre que nous soyons très occupés pour fuir.

— Vous croyez qu'il nous a entendus ?

Il haussa une épaule et examina la serrure.

— Peut-être. Mais il avait sûrement plus envie de fuir que de jouer les voyeurs.

— Je me demande s'il a réussi à voler quelque chose...

Elle fronça les sourcils en voyant Baxter qui tripotait toujours la serrure.

— Que faites-vous ?

— J'essaie de comprendre comment il s'est introduit dans la maison. La porte de devant était verrouillée quand nous sommes arrivés, il a dû entrer par ici. (Il se redressa, l'air perplexe.) Mais cette serrure n'a pas été endommagée. Et aucun carreau n'est brisé. Notre homme savait s'y prendre.

— Quelle horreur. C'était donc un professionnel...

Charlotte se passa les mains sur les bras. Elle avait soudain très froid.

— Je vais vérifier s'il a pris quelque chose, ajouta-t-elle. J'espère qu'il n'a pas volé le service à thé de ma mère.

— Je vous accompagne. (Il se dirigea vers

l'escalier.) J'ai juste aperçu une ombre, mais il ne semblait pas porter d'objet encombrant. Avec un peu de chance, tous vos biens sont encore ici.

— Baxter ?

Plongé dans ses pensées, il jeta un regard impatient par-dessus son épaule.

— Qu'y a-t-il ?

Charlotte esquissa un faible sourire.

— Merci. C'était très courageux de votre part de le prendre en chasse.

— N'est-ce pas pour cela que vous m'avez engagé, miss Arkendale ?

L'encens brûlait dans la chambre rouge et noir. Son esprit s'ouvrait au monde spirituel et à ses mystères.

— Lis-moi les cartes, mon amour.

La diseuse de bonne aventure plaça la première carte sur la table.

— Le Griffon d'or.

— Il insiste.

Elle tourna la deuxième carte.

— La Dame aux yeux de cristal.

— Une gêne.

La femme tira une autre carte.

— L'Anneau d'argent. (Elle leva les yeux.) Le Griffon et la Dame ont formé une alliance.

— Elle doit être brisée. J'y veillerai... Et le Phœnix ? demanda-t-il en se penchant en avant.

La cartomancienne hésita. Puis elle retourna une autre carte.

— Le Phœnix triomphera.

— Oui.

Il était satisfait.

Quand la femme frémit de désir, il la fit basculer

sur le tapis. Il connaissait bien les faiblesses du Griffon. Et l'une d'elles était la Dame aux yeux de cristal.

— Un cambrioleur ?

Arielle oublia ses œufs brouillés pour lever un regard stupéfait vers Charlotte.

— Tu dis qu'il y avait un cambrioleur ici hier soir quand tu es rentrée avec M. St. Ives ?

Gênée, Charlotte joua avec sa serviette : il n'était pas nécessaire de raconter à sa sœur *tous* les événements de la soirée.

— M. St. Ives et moi étions dans le bureau pour discuter des résultats de notre enquête au bal, quand nous avons entendu quelqu'un dans le couloir. Tu sais comme le plancher craque, près de la cuisine.

— Que s'est-il passé ? A-t-il pris quelque chose ?

— Non, Dieu merci. M. St. Ives s'est lancé à sa poursuite et l'a fait fuir. L'homme s'est esquivé par le jardin.

Arielle pencha la tête.

— St. Ives l'a pourchassé ?

— Oui. Il est très courageux et extraordinairement agile. Mais l'intrus avait de l'avance et a disparu dans la nuit.

— Extraordinairement agile ? (Cette observation laissa Arielle songeuse.) Ce n'est pas l'idée que je me faisais de M. St. Ives... Oh, mais continue, raconte-moi le reste.

— Il n'y a pas grand-chose d'autre à raconter. M. St. Ives et moi avons visité toute la maison après la fuite du voleur. Nous avons vérifié l'argenterie et le reste, et rien ne manque. Nous l'avons sans doute interrompu avant qu'il n'achève son travail.

— Dieu soit loué ! C'est absolument incroyable.

Cette canaille a dû remarquer que la maison était vide hier soir et il a décidé de profiter de l'occasion.

— Oui, c'est ce qu'il semble.

— Quelle chance que tu n'aies pas été seule !

— Oui.

— Pourquoi ne m'as-tu pas raconté tout cela quand je suis rentrée ce matin ? s'enquit Arielle.

— Comme il ne s'est finalement rien passé de grave, je me suis dit qu'il était inutile de rester éveillée à t'attendre.

En fait, après le départ de Baxter, elle n'avait pu se rendormir, écoutant chaque grincement et craquement de la maison. Puis c'était Baxter qui avait occupé ses pensées. Son humeur avait changé après l'incident. Il n'avait plus parlé d'une éventuelle liaison entre eux.

Elle ne savait pas si elle devait en être soulagée ou dépitée.

— Il était très tard quand lady Trengloss m'a ramenée, admit Arielle. C'est la première fois de ma vie que je reste debout jusqu'à l'aube. Mais milady m'a assuré que pendant la saison mondaine, il est fréquent de se coucher après le lever du soleil.

— Tu t'es bien amusée ?

Un joli rose monta aux joues d'Arielle.

— J'ai passé une soirée fantastique. J'ai découvert un autre monde.

— Un monde que mère aimait beaucoup. Tu te souviens comme elle aimait la saison ?

Le regard d'Arielle se teinta de nostalgie.

— Elle était si belle lorsqu'elle sortait. Et père était si séduisant. Je me souviens comme j'aimais les guetter depuis la fenêtre de ma chambre quand ils partaient en fiacre. J'imaginais qu'ils étaient le prince et la princesse d'un conte de fées.

Un bref silence s'abattit sur la salle à manger. Charlotte repoussa les images du passé et comprit que sa sœur en faisait autant. Il était inutile de rappeler comment s'était terminé le conte de fées...

— Tu as dansé avec le comte d'Esherton, remarqua Charlotte.

Arielle rougit.

— C'est un excellent danseur. Et sa conversation est très intéressante.

— Il est séduisant.

— Oui. C'est un parfait gentleman. J'aurais bien aimé danser toute la nuit avec lui. Mais cela aurait déchaîné les commérages.

— Bien sûr.

— Il est parti pour son club vers trois heures. Je ne l'ai plus revu après.

Le bonheur et l'excitation qu'elle lisait dans les yeux de sa sœur inquiétaient Charlotte. Mais elle ne savait trop que dire. D'ailleurs, devait-elle dire quelque chose ? Sa sœur était une jeune femme sensée, très mûre pour son âge. Il n'y avait sûrement aucun mal à l'encourager à s'amuser un peu.

Mme Witty passa la tête par l'ouverture de la porte.

— Il y a une dame qui souhaite vous voir, miss Charlotte. Elle dit que c'est une affaire urgente.

— Une cliente ? (Charlotte consulta la pendule et fronça les sourcils.) Il n'est que onze heures. Je n'ai pas de rendez-vous avant cet après-midi.

Mme Witty haussa les sourcils.

— Cette cliente-là est plus pressée que les autres. Il semble qu'elle soit dans le besoin immédiat d'un mari, si vous voyez ce que je veux dire.

Charlotte sursauta.

— Elle est enceinte ?

— Comme une brebis au printemps ! répliqua

gaiement Mme Witty. A sa place, je ne perdrais pas mon temps à demander une enquête sur mon prétendant. Je le prendrais avant qu'il ne change d'avis !

— Je peux la recevoir, si tu veux, Charlotte, proposa Arielle.

La gouvernante secoua la tête.

— Elle vous a demandée en personne, miss Charlotte. Elle dit qu'elle ne parlera à personne d'autre.

— Faites-la passer dans le bureau, madame Witty. Dites-lui que j'arrive.

— Oui, miss Charlotte.

— Au fait, madame Witty, reprit vivement la jeune femme, j'ai une faveur à vous demander. Nous savons qu'il n'y avait pas de domestique chez Mme Heskett la nuit où elle a été assassinée, mais une petite conversation avec sa gouvernante nous serait utile. Elle pourrait nous renseigner sur les projets de sa maîtresse cette nuit-là. Pensez-vous pouvoir la retrouver ?

Mme Witty opina.

— Je m'en occupe.

— Je serai ici, si tu as besoin de moi, annonça Arielle en se resservant une copieuse assiette d'œufs et de bacon. Je dois prendre des forces pour ce soir. Lady Trengloss prétend que la saison réclame beaucoup de vigueur de la part d'une dame.

— Lady Trengloss est sans nul doute une autorité en matière de « vigueur ».

Charlotte sortit. Dans le couloir, elle s'inspecta devant un miroir pour vérifier son apparence.

La femme qui l'attendait dans son bureau avait sensiblement le même âge qu'elle. Elle était assez jolie, avec des cheveux châtain clair et des traits doux.

Elle était aussi enceinte. Une pelisse bleue comprimait son ventre rond.

Elle leva des yeux rougis par des larmes récentes.

— Miss Arkendale ?

Charlotte lui offrit un sourire rassurant en fermant la porte derrière elle.

— Oui. J'ai bien peur que ma gouvernante n'ait oublié de me dire votre nom...

— Elle n'a pas oublié. Je ne le lui ai pas donné. (La femme se tamponna les yeux avec un mouchoir.) Je m'appelle Juliana Post. Et je suis ici parce que j'ai entendu dire que vous vous étiez fiancée avec M. St. Ives. Est-ce vrai ?

Charlotte s'immobilisa brusquement.

— Mais oui. Pourquoi ?

Juliana se mit à sangloter dans son mouchoir.

— Parce que j'ai été sa maîtresse. C'est son bébé que je porte. Son bâtard. Baxter a fait de moi une femme perdue, miss Arkendale. Je pensais que vous aimeriez savoir quelle sorte d'homme il est.

Abasourdie, Charlotte fixait la tête baissée de la jeune femme.

— Au nom du Ciel, que dites-vous ?

— Il m'a promis le mariage, miss Arkendale. Il a juré que nous allions nous marier. Voilà comment il m'a convaincue de céder à ses avances. Mais quand il a appris que j'étais enceinte, il m'a abandonnée. Je n'ai pas de famille, je ne sais pas ce que je vais devenir.

— S'il s'agit d'une tentative pour obtenir de l'argent...

— Non, non, ce n'est pas cela.

Eperdue, Juliana se rua vers la porte.

— Miss Post, attendez ! J'ai des questions...

— Je ne supporte pas d'en parler.

Juliana s'arrêta près de la porte et tourna des yeux amers vers Charlotte.

— Je suis venue aujourd'hui car je pensais qu'il était de mon devoir de vous prévenir, ajouta-t-elle. St. Ives est un bâtard. Pas seulement par sa naissance, mais aussi par son caractère. Je suis déshonorée à jamais, miss Arkendale. Mais il n'est pas trop tard pour vous sauver. Prenez garde ou vous finirez comme moi.

9

La porte d'entrée claqua derrière Juliana Post. Charlotte se précipita dans le couloir pour regarder par la fenêtre. Elle vit Juliana sauter dans une voiture de louage, avec une agilité surprenante pour une femme enceinte.

D'un geste vif, Charlotte attrapa un bonnet à large rebord et la cape en laine de Mme Witty suspendus au portemanteau.

Celle-ci émergea de la cuisine, s'essuyant les mains à son tablier. Elle fronçait les sourcils.

— Que se passe-t-il ?

Charlotte ouvrit la porte.

— Je vais suivre cette femme qui vient de partir. Je veux savoir où elle va.

— C'est de la folie ! Elle est en voiture. Vous ne la rattraperez jamais à pied !

— La circulation est très lente dans le quartier. Je devrais y arriver.

Charlotte partait déjà à toutes jambes.

— Et si elle va à l'autre bout de la ville ? protesta Mme Witty.

La jeune femme ne l'écoutait plus. Des regards

amusés ou désapprobateurs se posèrent sur elle tandis qu'elle courait sur le trottoir. Elle les ignora. Elle avait déjà la réputation d'être une originale, dans le quartier.

A cette heure de la journée, les chariots des marchands encombraient la chaussée. La voiture de louage tournait au bout de la rue. Mieux valait couper par le parc.

Elle se rua dans le square. Son bonnet à la main, elle émergea à bout de souffle de l'autre côté.

Mme Witty avait raison. A ce rythme, elle ne tiendrait pas longtemps. La voiture de miss Post continuait à s'éloigner inexorablement.

Désespérée, elle regarda autour d'elle. Un chariot de fleurs conduit par un gamin de quinze ans à peine se trouvait à une centaine de mètres. Elle se remit à courir en agitant les bras pour attirer l'attention du garçon.

Il la considéra avec curiosité lorsqu'elle arriva à sa hauteur.

— Vous voulez des fleurs, m'dame ?

— Non, mais je suis prête à payer si tu suis cette voiture pour moi.

Le garçon fronça les sourcils.

— Mon père voudrait pas que je fasse une chose pareille, m'dame.

Rassemblant ses jupes, elle grimpa à son côté.

— Crois-moi, cela en vaudra la peine. Si tu m'aides, je t'achète toutes tes fleurs.

— Ben...

— Réfléchis. Tu seras libre pour le restant de la journée, et quand tu rentreras chez toi, ton père sera heureux d'apprendre que tu as tout vendu.

Le garçon semblait encore dubitatif.

— Vous voulez vraiment toutes mes fleurs ?

— Jusqu'à la dernière. (Charlotte lui offrit un sourire radieux.) J'adore les fleurs.

Il n'hésita pas une seconde de plus.

— Mon père dit toujours que les riches sont bizarres...

Il fit claquer vigoureusement les rênes. Surpris, le petit poney se lança dans un trot affolé. Charlotte faillit tomber de son siège.

Un quart d'heure plus tard, ils s'engageaient dans une ruelle d'un quartier modeste. La voiture de Juliana s'arrêta devant une petite maison.

— Ça ira, dit Charlotte. Inutile de m'attendre. Je rentrerai par mes propres moyens.

— Et mes fleurs ?

Charlotte sauta à terre.

— Je vais te donner mon adresse. Apporte tes fleurs là-bas et dis à ma gouvernante que je veux qu'elle les achète toutes.

— Bon, d'accord. (Le garçon la dévisagea.) Vous êtes sûre que vous voulez pas que j'attende ?

— Non. Je trouverai un fiacre.

Elle lui donna son adresse, puis ajouta :

— C'est très gentil à toi de te faire du souci pour moi, mais je me débrouillerai toute seule.

— Si vous l'dites.

Le garçon claqua de la langue pour faire repartir son poney.

Charlotte attendit qu'ils eussent disparu pour se diriger vers la maison où était entrée Juliana.

Arrivée en haut des marches, elle actionna le heurtoir. Après un silence, des pas lourds retentirent. Une robuste gouvernante lui ouvrit.

— Oui, m'dame ?

— Je vous prie d'informer votre maîtresse de ma visite, annonça fermement Charlotte.

— Vous avez rendez-vous ? s'enquit la femme avec méfiance.

Curieuse question, se dit Charlotte. On utilisait

le mot « rendez-vous » pour des visites professionnelles.

— Oui. J'ai rendez-vous.

— C'est un peu tôt, grommela la gouvernante en ouvrant la porte en grand. Miss Post ne reçoit en général que l'après-midi.

Charlotte entra vivement avant que la femme ne change d'avis.

— C'est une affaire urgente.

L'autre ne fit aucun commentaire.

— Puis-je savoir votre nom ?

Charlotte utilisa le premier qui lui vint à l'esprit.

— Mme Witty.

— Bien. Par ici, s'il vous plaît. Je vais informer miss Post, madame Witty.

— Merci.

Tout en suivant la femme, Charlotte examinait la maison. Les boiseries luisaient d'un cirage récent. Les dalles du sol étaient propres et polies. Une armoire de chêne et d'ébène était joliment ornée de cuivre. Juliana Post ne semblait pas riche, mais elle n'était certainement pas dans le dénuement.

La gouvernante ouvrit une porte.

— Entrez, je vous prie. Je vais chercher miss Post.

Charlotte pénétra dans la pièce et s'immobilisa, stupéfaite.

Elle se trouvait dans un salon exotique décoré à l'orientale. Ici, tout était noir et rouge. Une forte odeur d'encens flottait dans l'air.

Il était près de midi, mais il aurait aussi bien pu être minuit. De lourds rideaux de velours pourpre voilaient les fenêtres, créant une atmosphère étrange. La seule lumière provenait de deux grands candélabres en forme de fleur de lotus.

Il n'y avait pas de chaises, mais quelques coussins rouges ornés de franges noires parsemaient l'épais tapis. Un divan écarlate était placé près de la cheminée.

Au centre de la pièce trônait un petit guéridon d'ébène sur lequel était disposé un jeu de cartes.

— Madame Witty ? s'enquit Juliana Post depuis la porte. J'ai peur de ne pas me souvenir de notre rendez-vous.

Charlotte enleva son bonnet et se retourna lentement.

Juliana s'était déjà changée. Elle portait à présent une robe à fleurs brodée de perles.

— Je n'avais pas rendez-vous, dit Charlotte.

Juliana se raidit.

— C'est vous ! Que... que faites-vous ici ? Comment m'avez-vous trouvée ?

— Ce n'était pas difficile. (Charlotte examina sa silhouette amincie en souriant.) Je présume que vous n'avez plus peur d'être déshonorée à jamais ?

Juliana rougit.

— Il vaudrait mieux que vous partiez, miss Arkendale.

— Pas avant d'avoir entendu vos explications.

— Je n'ai aucune explication à vous donner.

Charlotte resta un long moment silencieuse. Puis elle gagna le petit guéridon.

— Ce ne sont pas des cartes à jouer, n'est-ce pas ?

— Non.

Charlotte ramassa le jeu pour l'examiner.

— Vous lisez l'avenir dans les cartes, miss Post ?

Gênée, Juliana l'observait.

— Je conseille de jeunes dames sur leurs problèmes de cœur et de mariage.

— Contre paiement.

Juliana eut un sourire froid.

— Naturellement.

Charlotte examina la pièce autour d'elle.

— Je dois vous féliciter. Vous avez su créer une atmosphère des plus intrigantes pour pratiquer votre profession.

— Merci.

— Il semblerait que vos affaires soient prospères.

— Je me débrouille.

— Vous faites ce métier depuis longtemps ?

— Depuis que mon cher tuteur a dilapidé le dernier sou de mon héritage. (Une lueur amère passa dans ses yeux.) J'avais dix-huit ans. Une fois l'argent disparu, le cher homme ne voyait plus l'intérêt de me garder à la maison.

— Il semble avoir été fabriqué dans le même moule par mon beau-père. Vous savez, miss Post, nous avons quelque chose en commun.

— J'en doute fort.

— Ma profession offre certaines ressemblances avec la vôtre, et je l'ai exercée pour des raisons similaires aux vôtres. (Un petit sourire.) Au moins, vous et moi sommes parvenues à échapper au sort habituel qui attend les jeunes femmes dans notre situation. Nous ne sommes pas devenues gouvernantes... ou prostituées.

— S'il vous plaît, partez, murmura Juliana. Vous n'auriez pas dû venir.

— Ce n'est pas facile pour une femme de faire son chemin dans ce monde, n'est-ce pas ?

Juliana posa les mains sur ses hanches.

— Vous ne parviendrez pas à me faire parler. Je ne vous dirai rien.

— Je suis prête à payer pour obtenir des renseignements.

Juliana ricana.

— Aucune somme d'argent ne pourrait me persuader de répondre à vos questions.

— Etes-vous certaine de devoir tant de loyauté à une personne qui vous a embauchée pour jouer un rôle aussi méprisable ?

— J'ai passé un marché. Et j'ai rempli ma part. Ce qui se passe ensuite ne me regarde pas. J'insiste pour que vous partiez sur-le-champ.

Charlotte eut une soudaine intuition.

— Vous avez peur.

— C'est ridicule.

— De qui avez-vous peur ? Je peux peut-être vous aider.

— M'aider ? (Juliana la dévisagea, incrédule.) Vous n'avez aucune idée de ce dont vous parlez.

— Vous savez, miss Post, dans d'autres circonstances, je crois que nous aurions pu être amies.

— Au nom du Ciel, qu'est-ce qui vous fait dire une chose pareille ?

— Il me semble que c'est évident, répliqua calmement Charlotte. Je pense que nous avons beaucoup de points communs. Par exemple, nous rendons l'une et l'autre des services appréciables à nos clientes.

Juliana hésita.

— Quelle est précisément la nature de votre profession ?

— Vous voulez dire que vous n'en savez pas tant que cela sur mon compte ?

— Je ne sais rien de vous, sinon votre adresse et le fait que vous êtes fiancée à Baxter St. Ives. J'ai été embauchée pour jouer un rôle et je l'ai joué. Point final.

— Je vois. Eh bien, disons que ma carrière ressemble un peu à la vôtre.

— Que faites-vous ? demanda Juliana, visiblement intriguée.

— J'assure un service très discret. Pour des dames qui reçoivent des demandes en mariage. Je fais des enquêtes sur le passé des hommes qui souhaitent les épouser.

— Des enquêtes ? Je ne comprends pas.

— Je vérifie si ces prétendants ne sont pas des débauchés, des joueurs invétérés ou des chasseurs de fortune. En résumé, miss Post, je tente d'éviter à mes clientes d'épouser des hommes comme votre tuteur ou mon beau-père.

— C'est stupéfiant. Vous faites ces enquêtes vous-même ?

— J'ai quelques assistants.

Malgré elle, Juliana semblait fascinée.

— Mais comment obtenez-vous ces renseignements ?

— Ce ne sont pas les sources qui manquent : les domestiques d'une maison, les employés des cercles de jeu ou des maisons de plaisir. Personne ne fait jamais attention aux employés.

— C'est très vrai. (Juliana secoua la tête.) Des enquêtes sur le passé de ces hommes. Quelle idée extraordinaire !

En dépit de la situation, Charlotte ne put retenir un sourire de fierté.

— Venant d'une personne qui sait à quel point il est difficile pour une femme de survivre, c'est un grand compliment.

— Cela semble aussi extrêmement dangereux.

— Jusqu'à présent, je n'ai pas rencontré de graves difficultés.

« Jusqu'à présent », se répéta Charlotte en silence.

Juliana paraissait incertaine. Elle jeta un regard par-dessus son épaule comme si elle s'attendait à voir quelqu'un se matérialiser derrière elle. S'approchant de Charlotte, elle baissa la voix.

— Vous dites que, dans d'autres circonstances, nous aurions pu être amies ?

— Oui.

— Alors, laissez-moi vous donner un conseil. J'ignore ce qui se passe entre Baxter St. Ives et vous, et ce que vous projetez. Mais vous feriez bien de briser tous les liens qui vous unissent à lui.

Charlotte se figea.

— Que voulez-vous dire ?

— Je ne puis en dire plus. (Juliana indiqua la porte.) Partez. Tout de suite. Et ne revenez pas.

Elle ne prenait plus la peine de masquer sa terreur, constata Charlotte avec stupéfaction.

— Très bien. (Elle se dirigea lentement vers la porte.) Mais si vous changez d'avis et si vous désirez mon aide, envoyez-moi un message. Vous connaissez mon adresse.

Elle posa la main sur le loquet.

— Miss Arkendale ?

Charlotte se retourna.

— Oui ?

— Vous n'avez pas cru à ma petite comédie ce matin, n'est-ce pas ? Pas même une seconde.

— Non, pas même une seconde.

— Puis-je vous demander pourquoi ? Suis-je si mauvaise comédienne ?

— Vous étiez très convaincante, répliqua gentiment Charlotte. Mais je connais bien M. St. Ives. Il n'aurait jamais abandonné son enfant.

Juliana grimaça.

— Etant donné votre profession, vous êtes étonnamment naïve. Permettez-moi un autre conseil, miss Arkendale. Ne vous fiez jamais à un homme qui vous inspire de la passion. De tels hommes sont dangereux.

— J'en suis parfaitement consciente. Bonne journée, miss Post.

Baxter s'interrogeait sur l'impulsion idiote qui l'avait poussé à requérir la visite de son demi-frère, ce matin. Quoi qu'il en soit, il était certain d'une chose : c'était une erreur.

— Eh bien, Baxter, tu voulais me voir, me voilà.

Hamilton faisait les cent pas dans le laboratoire. Ce qui n'était pas chose aisée. Il était obligé de contourner les paillasses, la pompe à air et les différents appareillages qui jonchaient le sol.

Comme à son habitude, le jeune Esherton était sur son trente et un. Son pantalon couleur peau de daim, son gilet crème et rose, son foulard noué d'une façon extravagante et sa courte veste étaient à la dernière mode.

Baxter l'observa. Ses vêtements lui allaient à merveille, comme toujours. Hamilton les portait avec une aisance naturelle, nonchalante. Il était grand, mince et gracieux dans ses gestes. Ses gants étaient parfaitement ajustés à ses longs doigts. Ses bottes luisaient.

Autrefois, leur père possédait la même élégance insouciante, la même capacité à suivre la mode sans paraître guindé.

Baxter était parfaitement conscient de constituer l'unique exception au fameux style des St. Ives.

— Merci d'être venu aussi rapidement.

Hamilton lui lança un bref regard perçant.

— Alors ne perdons pas notre temps. As-tu enfin décidé de lâcher les cordons de la bourse ?

Baxter s'appuya sur l'une des tables de travail.

— Es-tu à court d'argent ? J'ai peine à le croire en voyant le cabriolet flambant neuf garé devant la maison.

— Bon sang, là n'est pas la question et tu le

sais ! Je suis le comte d'Esherton et j'ai droit à mon héritage. C'était l'intention de père.

— En temps voulu.

Hamilton plissa les yeux.

— Tu es ravi de me priver de ma fortune, hein ?

— Pas particulièrement. En vérité, si tu tiens à le savoir, c'est un fardeau qui me pèse.

— N'espère pas que je vais te croire. Nous savons tous les deux que le contrôle de mon héritage assouvit ton besoin de vengeance. Profites-en, tant que tu peux. J'ai déjà le titre. Dans quelques années, j'aurai la fortune.

— Crois-le ou pas, je compte vivre très agréablement sans ton titre ou ta fortune. Mais là n'est pas le problème pour le moment. Je ne t'ai pas fait venir pour discuter de ta situation financière.

— J'aurais dû me douter que tu n'avais pas changé d'avis. (Hamilton se dirigea vers la porte.) Mieux vaut que je parte, nous n'avons rien à nous dire.

— Ta mère se fait du souci pour toi.

Hamilton s'immobilisa.

— Ma mère t'a parlé de moi ?

— Oui. Hier soir, au bal...

— Pourquoi a-t-elle fait une chose pareille ? C'est insensé ! explosa Hamilton. Inimaginable ! Elle te supporte à peine. La simple évocation de ton nom la rend malade !

— J'en suis conscient. Le fait qu'elle soit venue me trouver prouve à quel point elle est angoissée.

Hamilton le contempla avec méfiance.

— Qu'est-ce qui l'inquiète ?

— Le choix de tes amusements.

— C'est parfaitement ridicule. Elle s'imagine que je suis encore au berceau. Mais je suis un homme, maintenant. Il est normal que je fréquente mon club.

— A propos de ce club, dit lentement Baxter. Comment s'appelle-t-il ?

— Qu'est-ce que cela peut te faire ?

— Simple curiosité.

Hamilton hésita, puis haussa les épaules.

— Il s'appelle La Table Verte. Mais si tu envisages de t'inscrire, je te suggère d'y réfléchir à deux fois. Je ne pense pas qu'il convienne à un homme aussi vieux et sinistre que toi.

— Ne t'inquiète pas. Je fréquente à peine mon propre club. Je n'ai aucune envie de poser ma candidature ailleurs.

— Tant mieux. Je ne nous imagine pas fréquentant le même club tous les deux. Ce serait gênant.

— Sans aucun doute.

Hamilton le considéra d'un air soupçonneux.

— Tu n'as aucune curiosité pour les événements de nature métaphysique.

— Absolument aucune.

— Je ne te vois pas discuter des dernières œuvres des poètes romantiques.

— Ce n'est pas l'un de mes sujets de conversation favoris.

— Et tu n'éprouves sûrement aucun intérêt pour la philosophie du surnaturel.

— La philosophie du surnaturel ? J'ignorais même son existence. Non, je n'éprouve aucun intérêt pour ce genre de « philosophie ». C'est cela qui te plaît tant à La Table Verte ?

— Pour l'essentiel.

— J'avais cru comprendre qu'il s'agissait d'un cercle de jeu, pas d'un salon philosophique.

— Mes amis et moi avons créé un club dans le club. La direction de l'établissement met à notre disposition des salons privés.

— Je vois. Je crois que je préfère m'en tenir à mon laboratoire.

— Oui, cela vaut mieux. Tu ne t'amuserais pas là-bas. (Hamilton contempla un assortiment de tubes à essai rangés sur un établi.) Père passait beaucoup de temps ici.

— Il s'intéressait à la science. Mes expériences l'intriguaient.

— Il disait toujours que tu étais très brillant. Un jour, il t'a même traité de héros à cause d'une mission que tu avais accomplie pendant la guerre.

Ce qualificatif surprit Baxter.

— Il exagérait.

— Bien sûr. Tu n'as rien d'un héros.

— Exact. L'héroïsme requiert beaucoup d'énergie et des émotions fortes. C'est beaucoup trop épuisant pour un caractère comme le mien.

Hamilton hésita.

— Quand j'avais quatorze ans, père m'a fait étudier ce livre que tu as écrit sous un pseudonyme : *Conversations sur la chimie*.

— Il a dû t'ennuyer à mourir.

— En fait, oui. Mais j'ai utilisé une de tes formules pour fabriquer un acide léger. Par mégarde, je l'ai renversé sur le livre. (Hamilton gloussa.) Ça l'a complètement détruit.

— Je vois... Hamilton, je suis conscient que nous avons peu de choses en commun, mais au moins, nous partageons un intérêt : ton héritage.

Une lueur alarmée passa dans le regard d'Hamilton.

— Alors là, Baxter, si tu envisages de me voler ma fortune...

— Inutile de monter sur tes grands chevaux, je n'ai aucune intention de te voler.

Baxter gagna la fenêtre.

— Mais une idée m'est venue, ajouta-t-il. Comme cet argent que je gère sera le tien un jour, cela pourrait t'intéresser d'apprendre à t'en servir.

— Explique-toi.

Baxter se retourna pour le dévisager.

— Je pourrais te montrer comment discuter avec les banquiers et les avoués, comment investir tes revenus, comment employer les gens dont tu auras besoin pour gérer tes domaines. Ce genre de choses...

— Je ne veux rien de toi, sinon l'argent qui me revient de droit. Je ne suis pas un enfant, je n'ai pas besoin d'un tuteur. Il n'y a rien que je puisse apprendre de toi. Rien. C'est compris ?

— Oui.

Furieux, Hamilton se tourna à nouveau vers la porte.

— Je m'en vais. J'ai perdu assez de temps pour aujourd'hui...

La porte s'ouvrit à l'instant où il l'atteignait. Lambert s'encadra sur le palier.

— Une visiteuse quelque peu impétueuse, monsieur...

— Baxter !

Charlotte se rua dans le laboratoire, sans attendre que Lambert ait fini de l'annoncer.

— Il faut que je vous raconte ce qui vient de se passer. C'est tout à fait...

Elle s'interrompit, confuse, en évitant de justesse de renverser Hamilton.

— Oh ! Je vous demande pardon, monsieur, je ne vous avais pas vu.

— Je ne pense pas que mon demi-frère vous ait été présenté hier soir, annonça Baxter. Nous sommes partis très tôt. Permettez-moi de vous présenter le comte d'Esherton. Hamilton, voici ma fiancée, miss Charlotte Arkendale.

Charlotte sourit chaleureusement au jeune homme et plongea dans une élégante révérence.

— Milord.

— Miss Arkendale.

La mauvaise humeur d'Hamilton s'évanouit à l'instant où il prit sa main. Un enthousiasme évident brillait dans ses yeux.

— Lady Trengloss m'a présenté votre ravissante sœur, ajouta-t-il. J'ai eu le grand honneur de danser avec elle. C'est une demoiselle absolument charmante.

— Nous sommes d'accord sur ce point, milord, plaisanta la jeune femme.

Baxter s'éclaircit la gorge.

— Tu ne m'as pas félicité pour mes fiançailles, Hamilton.

Embarrassé, celui-ci se mordit la lèvre.

— Pardonnez-moi. Mes félicitations à tous les deux... Si vous voulez bien m'excuser, je dois partir.

— Bien sûr, fit Charlotte.

Elle attendit d'être seule avec Baxter avant de lui adresser un éclatant sourire.

— Ainsi, vous avez décidé de prendre votre frère en main ? (Elle enleva son bonnet.) Lady Esherton en sera grandement soulagée, j'en suis certaine.

— Ça m'étonnerait. Hamilton ne veut aucun conseil de moi.

Il consulta sa montre, les sourcils froncés.

— Où étiez-vous passée, Charlotte ? J'ai envoyé un message chez vous il y a une heure et demie. Votre sœur m'a fait répondre que vous étiez sortie.

— C'est une longue histoire.

Pivotant sur elle-même, elle examina le laboratoire avec un grand intérêt.

— Ainsi, voilà votre tanière...

— Oui.

Il la suivit des yeux tandis qu'elle s'approchait de la fenêtre.

— Qu'y a-t-il dans ces trois pots ?

— Des petits pois. Je mène une expérience pour fertiliser le sol dans lequel ils poussent.

— Les graines n'ont pas germé ?

— Non. Il se peut qu'elles ne germent jamais. Il en va ainsi de beaucoup d'expériences... Que vouliez-vous me raconter ?

Elle se retourna vers lui, à nouveau tout excitée.

— C'est une histoire absolument stupéfiante. Ce matin, j'ai reçu la visite d'une dame qui se disait enceinte de vous.

— *Quoi ?*

— Calmez-vous, Baxter. Le plus intéressant est encore à venir...

10

Baxter était atterré par le récit qu'il venait d'entendre.

— Vous avez suivi cette femme jusque chez elle ? Vous êtes entrée dans sa maison ? Ce n'est pas possible. Comment avez-vous pu commettre une telle folie !

— C'était la seule chose à faire, compte tenu des circonstances, répliqua Charlotte d'une voix apaisante, conciliante. Je devais découvrir ce que signifiait l'intervention de miss Post.

— Bon sang !

Baxter essaya de se contenir, sachant qu'il ne réagissait pas de façon rationnelle. Mais il en était incapable.

— Comment avez-vous osé prendre un tel risque ? rugit-il.

Charlotte parut sidérée par sa réaction.

— Il n'y avait aucun risque. Je lui ai simplement parlé.

— Vous auriez dû me consulter. Je suis censé être votre partenaire. Et votre garde du corps !

« Et votre amant, ajouta une petite voix en lui. Je ne veux pas vous perdre... »

— Mais je n'en avais pas le temps, monsieur. Je devais suivre la voiture de miss Post.

— Incroyable ! Vous l'avez poursuivie dans un chariot conduit par un étranger qui aurait pu être la pire canaille de Londres.

— C'était un tout jeune garçon, et je vois mal une canaille conduisant un chariot de fleurs.

— Vous vous êtes ruée chez cette femme qui venait de vous raconter le mensonge le plus effarant. N'avez-vous donc aucun bon sens ?

Baxter fronça les sourcils en manquant renverser sa balance en cuivre. Bon sang, il était en train de perdre son sang-froid !

Cette constatation ne l'apaisa aucunement. Il avait envie de s'emparer du premier objet qui lui tomberait sous la main pour le fracasser contre le mur. C'était bien le signe que l'émotion s'était emparée de lui et avait pris le pas sur sa raison.

Charlotte possédait-elle donc un tel pouvoir sur lui ? Cette idée lui fit froid dans le dos.

— Je n'apprécie pas vos critiques, monsieur St. Ives. (La jeune femme commençait à s'énerver, elle aussi.) Je suis une adulte, après tout. Je conduis mes affaires avec succès depuis des années. Je ne suis pas idiote.

— Je n'ai pas dit que vous étiez idiote.

— Je suis ravie de vous l'entendre dire, rétorqua-t-elle sèchement. J'aimerais vous faire remarquer que les événements de cette matinée sont arrivés parce que miss Post avait eu connaissance de nos fiançailles.

Il s'immobilisa.
— Quel rapport ?
Elle le fixa droit dans les yeux.
— C'était votre idée d'annoncer ces fiançailles. Je ne vois donc pas pourquoi vous me reprocheriez ce qui est arrivé. Pour être franche, tout cela est entièrement de votre faute.
Baxter s'exhorta à la patience.
— Auriez-vous oublié que ces fiançailles étaient un stratagème destiné à nous permettre d'enquêter sur un meurtre ?
Elle considéra son bonnet d'un air pensif.
— Et la ruse s'est avérée excellente...
Devant son expression de surprise, elle enchaîna :
— Réfléchissez. Grâce à votre stratagème, comme vous l'appelez, nous venons d'obtenir notre premier indice.
— Quel indice ?
Les yeux de Charlotte brillaient d'excitation.
— Miss Post a admis que quelqu'un l'avait employée pour venir me jouer cette comédie. Elle a refusé de me révéler l'identité de cette personne, mais il est évident que son but était de détruire ma confiance en vous.
— A l'évidence.
— Quelqu'un s'est donné beaucoup de mal pour briser nos soi-disant fiançailles, poursuivit Charlotte. Nous devons nous demander pourquoi.
Baxter se passa la main dans les cheveux.
— Bon sang !
— Il semblerait que quelqu'un ne veuille pas nous voir ensemble.
— Calmez-vous, Charlotte. Je doute que l'intervention de miss Post ait quoi que ce soit à voir avec notre enquête.
— Que voulez-vous dire ?

Il soupira.

— Je pense simplement que vous avez été victime d'une mauvaise plaisanterie.

Elle ouvrit des yeux ronds.

— Qui pourrait organiser une telle plaisanterie ?

— La première personne qui me vient à l'esprit est mon cher demi-frère.

— Hamilton ? C'est ridicule.

— Il y a quelques jours encore, j'aurais été d'accord avec vous. Il n'y a pas une grande affection entre nous mais, jusqu'à aujourd'hui, je ne m'étais pas rendu compte à quel point il pouvait... m'envier, acheva-t-il, encore incertain de ses propres conclusions.

— Vous envier ?

Baxter se souvenait de la délectation avec laquelle Hamilton avait raconté comment il avait détruit son exemplaire des *Conversations sur la chimie*.

— Je sais que cela peut paraître insensé, mais j'ai eu l'impression tout à l'heure qu'il nourrissait une forte rancœur à mon égard.

— Pour quelle raison ?

— Je n'en suis pas absolument certain, admit Baxter. Sa mère l'a sans doute influencé. Maryann m'a toujours détesté pour des raisons évidentes. Mais je crois que l'inimitié d'Hamilton a aussi d'autres sources.

— Lesquelles ?

— Son animosité provient peut-être du fait que mon père et moi passions beaucoup de temps ensemble, à travailler sur des expériences de chimie. (Baxter grimaça.) Mon père lui a raconté ma petite aventure pendant la guerre. Et il l'a même forcé à lire un livre que j'avais écrit. Hamilton en a été blessé.

— Je vois. S'il a le sentiment que votre père vous admirait et vous préférait, je comprends qu'il soit jaloux de vous.

— Mais Hamilton possède le titre et les biens. Que peut-il vouloir de plus ? Ce n'est pas de ma faute s'il ne partageait pas l'intérêt de père pour la science.

— Non, ce n'est pas de votre faute, mais c'est une raison suffisante pour provoquer la jalousie d'un jeune garçon. (Charlotte fronça les sourcils.) Néanmoins, je ne vois pas lord Esherton engager une femme pour ruiner nos fiançailles.

— Vous le connaissez à peine.

— C'est vrai, mais j'ai une bonne intuition. Et puis, Arielle s'est prise d'affection pour lui et, même si elle est très jeune, elle se trompe rarement sur les hommes. Elle aussi possède une excellente intuition.

— L'intuition, répéta Baxter, sans se donner la peine de masquer son ironie. Permettez-moi de vous dire, miss Arkendale, que l'intuition est un pauvre guide. Elle est basée sur l'émotion, pas sur la science. On ne peut s'y fier.

— Parfois, on n'a rien d'autre, dit-elle gentiment.

Il secoua la tête.

— Je ne veux pas en discuter. Quoi qu'il en soit, vous n'auriez jamais dû affronter seule cette femme. Vous n'aviez aucune idée de ce qui vous attendait dans cette maison.

— Vraiment, monsieur St. Ives ? se moqua-t-elle, provocante.

— Oui, vraiment. (Il marcha sur elle.) Vous ne commettrez plus d'actes aussi téméraires tant que nous serons engagés dans cette affaire, est-ce clair ?

— Dois-je vous rappeler que je n'accepte d'ordres de personne, pas plus de vous que de quiconque ?

Il s'immobilisa.

— Voilà qui nous laisse devant un petit problème, non ?

Elle posa son bonnet sur un établi d'un geste très lent et étudié.

— Il n'y aura aucun problème tant que vous jouerez votre rôle.

— Vous voulez dire tant que je resterai à ma place, c'est cela ?

— Je ne le formulerais pas ainsi.

— Et cela vaut sacrément mieux pour vous. Je ne suis pas votre serviteur, miss Arkendale.

— Je n'ai pas dit que vous l'étiez. Mais si cela peut clarifier la situation, je suis prête à vous dédommager pour vos services.

— Vous osez me parler de salaire ? Après ce qui s'est passé entre nous hier soir ?

Elle rougit et lança un regard inquiet vers la porte fermée.

— Il est inutile d'élever la voix, monsieur. Je vous entends parfaitement.

— Je n'élève pas la voix. Elever la voix est le signe qu'on ne parvient pas à se maîtriser.

Elle scruta son visage en silence.

— Bon sang, Charlotte, je refuse d'être traité comme votre employé ! (Il s'avança encore, la coinçant pratiquement contre un établi.) La nuit dernière, je vous ai posé une question. Vous m'avez fait attendre assez longtemps.

Elle fronça les sourcils.

— Mais nous discutions de miss Post.

— Au diable miss Post. Je m'occuperai de cette affaire plus tard. Maintenant, donnez-moi ma réponse. Acceptez-vous d'avoir une liaison avec moi ?

Elle le fixa, le regard aussi brillant que l'éclat de la fameuse pierre philosophale. Un silence angoissant s'abattit sur le laboratoire.

Il n'aurait pu choisir pire moment, se disait Baxter, au désespoir. Il ne fallait pas posséder la sensibilité d'un poète pour comprendre qu'il était idiot d'évoquer ce sujet au beau milieu d'une querelle !

Charlotte brisa le silence en s'éclaircissant délicatement la gorge.

— Nous parlions de notre association, monsieur St. Ives. Nos problèmes personnels n'ont rien à voir là-dedans.

Baxter se mordit la lèvre. S'il lui restait une once d'intelligence, il ferait mieux de battre en retraite. Mais il ne pouvait plus reculer. Soudain, plus rien d'autre n'avait d'importance.

— Il me faut une réponse, Charlotte. Je crois que je deviendrai fou si vous ne me la donnez pas.

Le regard de la jeune femme s'emplit de mystère, d'insondables promesses. Mais sa voix resta neutre.

— Je vous assure, St. Ives, vous êtes l'homme le plus agaçant qu'il m'ait été donné de rencontrer. Je n'entrevois que de futures complications entre nous, mais... oui, j'aurai une liaison avec vous. Maintenant, si vous le voulez bien, pouvons-nous reprendre nos affaires ?

Pendant un instant, un insupportable instant, Baxter fut incapable de réagir. Elle avait accepté. Il se sentait secoué comme si son laboratoire venait d'exploser.

Elle lui effleura la joue.

— Baxter ? Etes-vous malade ?

— Sûrement. (Il encadra le visage de Charlotte de ses paumes.) Si je le suis, une chose est certaine. Vous êtes la seule qui puissiez me guérir.

Elle se dressa sur la pointe des pieds pour nouer les bras autour de son cou.

— Oh, Baxter... Vous êtes l'homme le plus stupéfiant, le plus affolant qui puisse exister.

Elle l'embrassa avec une telle sauvagerie que leurs dents se heurtèrent. Baxter trébucha. Il se rattrapa, la rattrapa, et lui rendit ardemment son baiser.

Sans remords, il chassa toute idée de contrôle et de maîtrise de soi pour s'abandonner à la faim qui le rongeait.

Il écrasa ses lèvres sous les siennes, cherchant la chaleur humide, exquise, de sa bouche. Penché sur elle, il la repoussa jusqu'à ce qu'elle heurte l'établi.

Charlotte ne tenta pas de se dégager. Au contraire, ses doigts fouillèrent la chevelure de Baxter.

Ivre de désir, il baisa ses joues, ses yeux, ses oreilles, sa gorge.

Il se débarrassa de ses lunettes d'un geste impatient, avant de glisser une jambe entre celles de Charlotte. Elle poussa un gémissement et s'accrocha à lui quand elle se retrouva chevauchant sa cuisse.

— Je sens ta chaleur à travers le tissu, marmonna-t-il, abasourdi. Il est déjà mouillé.

Elle gémit et enfouit son visage dans sa chemise.

— Vous m'embarrassez, monsieur.

Il sourit tendrement.

— Ce n'était pas mon intention. Si tu veux, j'étudierai certains de ces satanés poètes romantiques pour apprendre un langage plus raffiné.

Elle ouvrait sa chemise avec des mains tremblantes.

— Ne te donne pas cette peine, dit-elle, le tutoyant à son tour. Tu te débrouilles très bien comme cela.

Elle parcourut des doigts sa poitrine nue. Baxter ferma les yeux et retint son souffle.

Charlotte lécha l'un de ses mamelons. Elle murmura quelque chose contre sa peau. Les mots étaient inintelligibles, mais leur sens évident. Il comprit alors, avec un sentiment de triomphe et de gratitude immenses, qu'elle aussi avait envie de lui, aussi fort que lui.

Il aurait voulu prendre son temps pour savourer cette première union. Mais il était incapable de ralentir l'élan qui les emportait. La force combinée de leurs désirs était irrésistible.

Plus tard, ils auraient l'occasion de faire l'amour pendant des heures, se promit-il. Aujourd'hui, c'était trop essentiel, trop élémentaire.

Saisissant à pleines mains la mousseline de sa jupe, il la remonta jusqu'à la taille. Baissant lentement le genou, il glissa les mains derrière ses fesses nues et rondes pour la déposer doucement sur le rebord de l'établi.

Tandis qu'il se débattait avec ses jupons vaporeux, une flasque de céramique se renversa, avant de s'écraser à terre. Il l'ignora.

— Baxter ?

Charlotte semblait désorientée, confuse.

— Tiens-toi à moi, ma chérie. (Il lui saisit les jambes pour les enrouler autour de sa taille.) C'est tout ce que tu as à faire. Je m'occupe du reste.

Vivement, il ouvrit ses culottes et se guida vers elle.

— Seigneur, Baxter...

Elle agrippa ses épaules.

La sensation de ses doigts plantés dans ses cicatrices déclencha en lui une onde de choc aussi terrible que la veille. Mais cette fois, il ne lutta pas contre cette sensation délicieuse.

— Dis-moi que tu me veux, dit-il dans le creux de sa gorge. Je veux t'entendre le dire.

— Je te veux, fit-elle d'une voix troublée.

Il effleura sa féminité. Elle se frotta contre lui, les chairs gonflées. Il sentait le petit bouton dressé contre la pulpe de son pouce. Il le caressa délicatement.

— Fais-moi l'amour, Baxter. Je t'en prie.

Alors il la pénétra, s'exhortant à aller aussi doucement que possible parce qu'il savait, après ses explorations de la veille, qu'elle était étroite. Cela faisait sans nul doute très longtemps qu'elle n'avait pas eu d'amant, peut-être même plus longtemps que lui.

Mais sa volonté l'avait déserté. Le désir était trop violent, trop merveilleux. Il fut incapable de se retenir. Comme si sa vie était en jeu, il plongea en avant.

Charlotte hurla. Son corps tout entier se raidit. Ses ongles se plantèrent dans les cicatrices.

Soudain, Baxter comprit. Elle n'avait jamais eu d'amant.

— Bon sang !

Malgré sa connaissance des hommes, malgré l'assurance qu'elle affichait, elle était vierge !

Il s'immobilisa aussitôt, mais il était déjà profondément enfoncé en elle.

— Pourquoi ne m'as-tu rien dit ?

— Tu ne me l'as pas demandé.

Elle lui embrassa la gorge. Puis elle sourit.

— Ça ne fait rien, ajouta-t-elle. Je voulais que cela arrive.

Il attendit un moment avant de bouger très prudemment. Il se retira un peu, conscient de la douleur et du plaisir qu'il provoquait.

Elle prit une inspiration frémissante.

Passant la main entre eux, il trouva le repli de

chair caché sous sa douce toison et se mit à la caresser pour l'aider à se détendre.

— Oui. (Elle l'embrassa frénétiquement.) Oui, oui...

A son tour, elle baissa la main et, hésitante, elle l'emprisonna dans sa paume. Un torrent de feu parcourut les veines de Baxter.

La caressant toujours avec douceur, il s'enfonça à nouveau en elle.

Elle soupira et tordit les hanches.

— Au nom du Ciel, ne bouge pas, grogna-t-il.

Elle ne parut pas l'entendre et se cambra avec rage. Baxter ferma les yeux. Ses mains tremblaient tandis qu'il essayait de l'empêcher de bouger. Mais il était trop près de l'explosion à présent.

Charlotte l'embrassa à nouveau. Il était perdu.

— La prochaine fois... s'entendit-il promettre dans un murmure rauque.

Il se mit à bouger plus rapidement en elle.

— La prochaine fois...

Mais il n'eut pas à la faire attendre jusque-là. Elle poussa un cri, un hurlement de délice et de passion.

Puis elle fondit dans ses bras.

Baxter entendit vaguement du verre se briser. Une autre fiole avait éclaté par terre. Quelque chose de lourd et de métallique tomba à son tour.

Ignorant le chaos autour de lui, il s'abandonna au tourbillon de l'extase.

Charlotte flottait dans un monde de pures sensations. Elle atterrit en douceur, pour découvrir qu'elle était assise sur un établi du laboratoire.

Baxter n'était plus en elle mais il se tenait toujours entre ses jambes. Il l'observait avec une expression intense, indéchiffrable.

— Tu aurais dû me dire que tu n'avais jamais eu d'amant.

Sa voix dépourvue de toute émotion la surprit.

— C'était mon affaire, dit-elle. Je ne vois pas en quoi cela te concernait. Je ne suis pas une gamine mais une femme mûre.

— Sans le moindre doute. (Son expression se durcit.) Mais c'est le genre de surprise que je n'apprécie pas.

Elle était au bord des larmes. Au prix d'un violent effort sur elle-même, elle les repoussa. Elle refusait de pleurer simplement parce qu'il avait retrouvé sa brusquerie habituelle.

Ce n'était pas ainsi que cela aurait dû se passer après une expérience aussi enivrante, pensait-elle. Il aurait dû y avoir une grande tendresse entre eux. Pendant quelques instants au moins, ils auraient pu profiter de la merveilleuse intimité qui les unissait...

Mon Dieu, elle était en train de tomber amoureuse de cet homme, et il la regardait comme si elle avait commis un acte impardonnable ! Leur passion ne signifiait-elle donc rien pour lui ?

— Baxter, tu attaches trop d'importance à cela.

Il serra les dents.

— Peut-être. Après tout, tu en avais autant envie que moi.

— En effet.

Une gêne effroyable s'empara soudain de Charlotte. Une odeur troublante lui chatouillait les narines, l'odeur de leur amour.

Elle gigota pour se libérer, tripota ses jupes pour les rabattre tandis qu'il remontait enfin ses culottes.

Il eut fini avant elle. Comme elle sautait à terre, il lui tendit la main pour l'aider.

— Pourquoi ? demanda Baxter.

Elle le dévisagea.

— Je te demande pardon ?

Ses yeux lançaient des éclairs.

— Pourquoi m'as-tu choisi pour être ton premier amant ?

Maudit soit-il ! Furieuse, elle afficha un sourire de dédain.

— Eh bien, monsieur, j'avais envie de tenter l'expérience. Mais rassurez-vous : vous avez été à la hauteur.

11

Il n'avait été qu'une expérience pour elle. Une *expérience* !

A la rage initiale de Baxter se mêlait à présent une frustration atroce.

Il raccompagna Charlotte chez elle en affectant un détachement qu'il était loin d'éprouver. Assise en face de lui dans la voiture, le dos bien droit, elle ne croisa pas son regard une seule fois pendant le trajet et ne prononça pas un seul mot.

Son silence lui convenait parfaitement, pensa-t-il. Il n'avait aucune envie de parler.

Mme Witty ouvrit la porte avant même qu'ils aient gravi les marches du porche.

— Il était temps que vous rentriez, miss Charlotte ! Miss Arielle et moi, on commençait à se faire du souci. On se demandait même s'il ne fallait pas prévenir M. St. Ives...

Elle s'interrompit en apercevant Baxter derrière la jeune femme. Son visage s'éclaira.

— Oh, je vois que vous l'avez trouvée, monsieur ! Eh bien, voilà qui est fort heureux.

— Tout dépend de quel point de vue on se place.

Baxter ignora le regard de travers que lui jeta Charlotte et s'engagea dans le hall d'entrée.

Un spectacle incroyable l'arrêta net.

— Qu'est-ce que c'est que ça ? Vous avez décidé de vous reconvertir dans le commerce des fleurs ?

Tous les vases étaient remplis de bouquets. Des pots de pétunias garnissaient l'escalier. Des tulipes encadraient les miroirs. Des roses, des orchidées et des lys étaient amassés contre les murs.

Soudain, Baxter explosa.

— Qui diable s'imagine avoir le droit de vous envoyer toutes ces satanées fleurs, Charlotte ?

La jeune femme dénoua le ruban de son bonnet.

— Moi-même. J'ai passé un marché avec le garçon qui conduisait le chariot. Il n'a accepté de suivre miss Post qu'à la condition que je lui achète toute sa cargaison.

— Ah oui, le gamin au chariot...

Un peu rassuré que ce ne soit pas un admirateur, Baxter adressa un regard noir à Mme Witty.

— Avez-vous été sa complice dans cette entreprise insensée ?

La gouvernante lui prit son chapeau.

— Ne me regardez pas ainsi, monsieur. Je suis innocente comme l'enfant qui vient de naître. J'ai même tenté de la dissuader, mais qui écoute une gouvernante ? A part ça, toutes ces fleurs ne proviennent pas du chariot. Beaucoup viennent des admirateurs de miss Arielle.

— Bien sûr ! s'exclama Charlotte, ravie. Arielle était la cible de tous les regards, hier soir. Tous les gentlemen étaient à ses pieds.

La voix d'Arielle retentit en haut de l'escalier :

— Charlotte ! Tu es revenue ! Je commençais à m'inquiéter. Mme Witty m'a dit que tu t'étais lancée à la poursuite d'une femme qui prétendait avoir été séduite par M. St. Ives... Oh, monsieur St. Ives ! (Les ayant rejoints, Arielle s'empourpra.) Je ne vous avais pas vu, monsieur.

— Ne vous troublez pas, répliqua-t-il en croisant les bras. J'ai l'habitude d'être ignoré.

— Ne fais pas attention à lui, intervint Charlotte. M. St. Ives est grognon. Conduisez-le dans mon bureau, madame Witty. Je descends dans une minute. J'ai besoin de me rafraîchir. J'ai eu une matinée... difficile.

— Difficile, répéta Baxter en la suivant des yeux tandis qu'elle se dirigeait vers l'escalier. Oui, en effet. Il est difficile d'observer les résultats d'une expérience dans un laboratoire, n'est-ce pas, miss Arkendale ?

Elle s'immobilisa au pied des marches pour le toiser froidement.

— Si vous le dites, monsieur St. Ives.

— N'oubliez pas que le résultat de certaines expériences n'est pas visible immédiatement. Parfois, il faut attendre jusqu'à neuf mois.

A sa grande satisfaction, elle sursauta, choquée. Elle avait parfaitement saisi le sous-entendu. Content de lui, il la planta là et passa dans le bureau.

Un immense vase de roses dominait les autres bouquets. Le tout dégageait un parfum qu'il trouva indécent.

Neuf mois. Ses propres mots le frappèrent soudain comme un coup de massue. Et si Charlotte était enceinte ? Mon Dieu...

Il avait besoin d'un cognac.

Un hurlement à l'étage résonna au moment où il reposait la flasque.

— Il a disparu. Ce bâtard l'a emporté !

Surpris, Baxter retourna dans le couloir. Arielle

et Mme Witty levaient des yeux ronds vers l'étage. Charlotte était penchée par-dessus la rampe.

— Qu'y a-t-il ? demanda Arielle. Que s'est-il passé ?

— Quelque chose ne va pas ? s'enquit Mme Witty.

Charlotte leva les bras au ciel.

— Je viens de vous le dire. Il l'a pris ! Mon Dieu...

— Calmez-vous, Charlotte, intervint Baxter. Et dites-nous précisément qui a pris quoi.

— Ce coquin que nous avons surpris hier soir. Je croyais qu'il n'avait rien volé, mais je me trompais. Je n'avais pensé qu'à vérifier les objets qui intéressent d'ordinaire un voleur : les bijoux, l'argenterie... Je n'ai pas pensé au carnet de croquis de Drusilla Heskett. Je l'avais rangé dans un tiroir de la garde-robe.

Un frisson glacé parcourut le dos de Baxter.

— Il a disparu ?

— Oui. Ce n'était pas un cambrioleur ordinaire, Baxter. Il recherchait ce carnet. Et il l'a trouvé. (Elle pointa un index accusateur vers lui.) Je vous avais bien dit qu'il contenait un indice important !

L'air absent, Baxter rajusta ses lunettes.

— Quand vous aurez fini de vous rafraîchir, redescendez ici immédiatement. Soyez gentille de ne pas traîner.

Cette fois, c'en était trop pour la jeune femme, qui laissa exploser sa fureur.

— Que le diable vous emporte, St. Ives ! Ne me donnez pas d'ordres chez moi. Et je ne traîne jamais. C'est moi qui ai suivi miss Post ce matin. Quand j'ai voulu vous raconter l'incident, vous avez créé... une diversion dans votre laboratoire. Si quelqu'un a traîné aujourd'hui, monsieur, c'est vous !

Baxter referma la porte du bureau et se dirigea tout droit vers le cognac. Une diversion !

Un quart d'heure plus tard, lavée, changée et se sentant nettement mieux, Charlotte pénétra dans le bureau, Arielle et Mme Witty sur les talons. Baxter était assis devant la cheminée. Après un coup d'œil vers les trois femmes, il reposa son verre. La bouteille était à moitié vide.

— Il était temps, marmonna-t-il en se levant.

Charlotte l'ignora.

— Fort heureusement, j'ai eu l'idée de déchirer la page du dessin.

Ouvrant un tiroir de son bureau, elle en sortit la feuille de papier.

— Ce doit être un indice, expliqua-t-elle. Par rapport aux autres croquis, il est bizarre.

— Il y avait quelques autres bizarreries dans ce livre, dit Arielle, enjouée. Certaines étaient même très intéressantes...

Charlotte lui lança un regard noir.

— Voilà précisément pourquoi j'ai déchiré cette page.

Mme Witty contemplait le dessin.

— Je ne vois pas ce que ça peut représenter. Un triangle dans un cercle avec trois vers de terre qui se tortillent et... qu'est-ce que c'est que ce machin au milieu ? Un dragon ?

Charlotte pinça les lèvres.

— Une sorte de créature ailée, je crois. Difficile d'en être sûre. Mme Heskett n'avait de talent que pour dessiner certaines parties de l'anatomie masculine.

— Laissez-moi voir cela, demanda Baxter.

Il ramassa la feuille de papier pour l'examiner. Machinalement, Mme Witty et Arielle s'étaient écartées pour lui laisser la place, ce qui fit sourire Charlotte. La plupart des gens n'étaient peut-être pas conscients de l'autorité qui émanait de lui, mais ils y répondaient de façon instinctive.

— Ce dessin a quelque chose de familier.

— Que voulez-vous dire ? s'enquit-elle, étonnée. Vous l'avez déjà vu quelque part ?

— Peut-être. Il y a bien longtemps. (Il leva les yeux pour croiser son regard.) Je dois faire des recherches dans ma bibliothèque.

— Vous avez vu quelque chose de similaire dans un de vos livres ? s'exclama Arielle, tout excitée.

— Je n'en suis pas certain mais, si mon impression est juste, c'est très ancien.

— Ancien, répéta pensivement Charlotte. Mais pourquoi Mme Heskett aurait-elle copié un dessin ancien, et pourquoi quelqu'un voulait-il le voler ?

— Vous croyez que celui qui a volé le carnet voulait ce dessin ? dit Baxter.

— C'est plus que probable. Ce dessin était le seul qui n'avait rien de commun avec les autres.

— Humm. (Baxter replia la feuille de papier.) Je vais voir cela. Et je vais essayer de régler un autre détail.

— Vous faites allusion à la visite de miss Post, devina Charlotte. Que comptez-vous faire ?

— M'assurer qu'il n'existe aucun lien entre le meurtre de Drusilla Heskett et elle. Et vérifier si mon demi-frère se trouve derrière cette comédie.

Choquée, Arielle en resta un instant bouche bée.

— Vous n'êtes pas sérieux ! Lord Esherton n'a pas pu demander à miss Post de raconter cette extravagante histoire !

— Il pense qu'Hamilton s'est livré à une plaisanterie de mauvais goût, expliqua vivement Charlotte. J'ai dit à M. St. Ives que c'était hautement improbable.

— Improbable ? C'est impossible, décréta Arielle. Milord est un gentleman. Il ne recourrait jamais à d'aussi vils stratagèmes.

Baxter haussa les sourcils.

— Je constate qu'Hamilton a laissé une excellente impression dans cette maison.

Arielle montra le vase de roses.

— Il a envoyé ces fleurs magnifiques ce matin. Comme vous le voyez, il possède un goût des plus raffinés. Il n'est pas du genre à faire une mauvaise plaisanterie.

Baxter considéra les roses avec dédain.

— Il n'est pas nécessaire de posséder une sensibilité extraordinaire ou un noble caractère pour comprendre qu'il est approprié d'envoyer des fleurs à une dame le lendemain d'un bal.

— Intéressante observation, fit sèchement Charlotte. On pourrait certainement attendre d'un gentleman — même d'un personnage peu au fait des usages en société — qu'il envoie des fleurs à une dame après une soirée mémorable. (Elle observa une pause délibérée.) Ou même après une *matinée* mémorable.

Elle aurait juré que Baxter rougissait.

Bien fait ! Elle lui offrit un sourire hautain.

Arielle, quant à elle, était toujours choquée.

— Monsieur St. Ives, vous ne croyez tout de même pas que votre propre frère ait pu conspirer avec miss Post ?

Il haussa les épaules.

— Comme je l'ai dit, j'entends faire la lumière sur cette affaire.

— Je souhaite être présente quand vous parlerez à votre frère, annonça Charlotte.

— Il n'en est pas question.

Elle esquissa un autre sourire hautain.

— Laissez-moi vous expliquer, monsieur St. Ives. Un marché est un marché. Si vous refusez ma présence quand vous interrogerez lord Esherton, je serai forcée de conclure que vous souhaitez poursuivre seul cette enquête. Notre association sera terminée.

— Du chantage, maintenant, miss Arkendale ? L'étendue de vos talents ne cesse de me stupéfier.

Le coup porta. Elle tenta vaillamment de cacher sa douleur sous un regard glacial.

— Dans mon métier, monsieur St. Ives, j'ai dû apprendre à me servir de tous les outils disponibles.

— Je vois. (Il inclina la tête et se dirigea vers la porte.) Eh bien, j'espère que vous avez apprécié cet outil que vous avez trouvé dans mon laboratoire, il y a moins d'une heure.

Pendant un instant, Charlotte se demanda si elle avait bien entendu. Puis elle s'empara du premier objet lourd à portée de la main.

Arielle poussa un petit cri.

— Non, pas mes roses !

Mais il était trop tard. Le vase volait déjà à travers la pièce. Il s'écrasa contre le battant de la porte que Baxter avait fermée derrière lui.

Une demi-heure après minuit, installé au fond d'un fiacre, Baxter surveillait l'entrée de La Table Verte.

Un léger brouillard flottait dans la rue. Des attelages arrivaient, déposant des gentlemen tapageurs à divers stades d'ébriété. Il vit soudain Hamilton, Norris et quelques autres individus hilares émerger d'un véhicule. Ils bondirent vers l'entrée de l'établissement.

— C'était bien votre frère ? demanda Charlotte.

— Oui. Il a réussi à m'éviter tout l'après-midi et toute la soirée mais cette fois-ci, je le tiens. (Baxter laissa retomber le rideau de la fenêtre et s'enfonça dans le siège.) Cette maison était autrefois un lupanar très célèbre qu'on appelait Le Cloître.

— J'ai entendu parler du Cloître, fit Charlotte d'une voix réprobatrice. Certains messieurs sur lesquels j'ai enquêté fréquentaient cet endroit. Vous connaissez ce lieu ?

— De réputation uniquement, je vous assure, répliqua Baxter, amusé.

— Je vois. (Charlotte s'éclaircit la voix.) Cela doit bien faire deux ans que je n'ai plus entendu parler du Cloître.

— Il a été fermé. A l'évidence, il y a eu un changement de direction.

— Si vous voulez mon avis, un cercle de jeu vaut nettement mieux qu'un lupanar.

Baxter sourit.

Il ne savait toujours pas pourquoi il avait finalement accepté qu'elle l'accompagne ce soir. En dehors du chantage, elle avait un réel talent pour obtenir ce qu'elle désirait. Elle possédait un formidable caractère, et elle n'était pas du genre à éclater en sanglots pour mendier une faveur.

— Qu'allez-vous faire ? s'enquit-elle.

— Entrer dans ce bouge et ramener Hamilton dans cette voiture, où nous pourrons avoir une conversation discrète. (Il saisit la poignée de la portière.) J'imagine qu'il est inutile de vous demander de partir ?

— Epargnez votre souffle, monsieur. C'est moi que miss Post est venue voir. Si Hamilton est responsable de cette mascarade — ce dont je doute —, j'aurai quelques questions à lui poser.

— C'est bien ce que je craignais.

Baxter s'extirpa de la voiture, puis ajouta :

— J'ai moi aussi une question à vous poser au sujet de la visite de miss Post.

— Laquelle ?

— Pourquoi n'avez-vous pas cru à son histoire ?

Charlotte eut un petit gloussement.

— Ne soyez pas ridicule, Baxter ! Vous n'abandonneriez jamais une pauvre femme enceinte de vos œuvres. Un acte aussi lamentable ne vous correspond pas du tout. Celui qui m'a envoyé miss Post vous connaissait mal.

Baxter regarda son nez droit et ferme, à peine visible sous la capuche de son manteau.

— Je crois plutôt, dit-il avec douceur, que celui qui a embauché miss Post *vous* connaissait mal, Charlotte.

Il ferma la portière sans attendre sa réponse.

Il observa la rue tout en marchant vers l'entrée du club. Elle était en sécurité : le cocher la protégerait en cas de problème.

Il se surprit à sourire. La plupart des femmes auraient cru Juliana Post. Après tout, c'était une histoire tellement banale. Les femmes seules étaient souvent la proie de séducteurs qui les abandonnaient ensuite sans le moindre scrupule.

Pour une raison qu'il ne tenait pas à examiner, il était profondément soulagé que Charlotte ait cru en lui...

Un fiacre s'arrêta devant le club à l'instant où il arrivait. Des rires et quelques plaisanteries déplorables fusèrent. La porte de la voiture s'ouvrit violemment. Cinq jeunes dandys complètement ivres se répandirent sur le trottoir. L'un d'eux perdit l'équilibre et atterrit sur son postérieur, à la grande joie des autres.

S'enfonçant dans l'ombre, Baxter attendit qu'ils aient payé le cocher. Quand ils gravirent les marches en titubant, il se joignit à eux et entra à leur suite. Personne ne le remarqua.

La Table Verte était bondée. Dans cette foule, on ne lui accorderait pas la moindre attention. La salle était plongée dans une semi-obscurité, uniquement éclairée par les flammes d'une immense cheminée. Il était encore tôt, selon les usages de l'endroit, mais les hommes qui s'entassaient autour des tables de jeu étaient déjà copieusement ivres.

Dissimulé à l'abri d'une statue de marbre représentant une opulente femme nue, Baxter chercha son frère.

En vain. Il n'aperçut ni Hamilton ni Norris parmi les joueurs.

Soudain, un mouvement dans l'escalier situé au bout de la salle lui fit lever la tête. Plusieurs jeunes hommes, dont Hamilton et Norris, montaient vers les étages supérieurs.

Baxter se rappela alors ce que lui avait dit son frère : la direction de l'établissement leur fournissait des salons privés. Il traversa la foule et s'engagea dans l'escalier.

Bizarrement, rares étaient ceux qui montaient, et il ne tarda pas à en découvrir la raison. Au sommet des marches veillait un homme. Lourdement charpenté, les traits durs, c'était à l'évidence un gardien posté là pour assurer une certaine discrétion aux membres privilégiés du club.

Une étrange appréhension s'empara de Baxter. La cadence infernale des tables de jeu du rez-de-chaussée avait de quoi inquiéter. Dans ce genre d'endroit, un jeune homme insouciant pouvait se ruiner en une nuit. Et ce qui se passait au-dessus devait être encore plus déplaisant.

Dans quel pétrin Hamilton s'était-il fourré ?

Etouffant un soupir résigné, il redescendit les

marches. Inutile de créer un esclandre avec le gardien. Il devait trouver un autre moyen.

Il quitta les lieux en suivant un groupe de clients éméchés. Une fois dehors, il longea le club jusqu'à une ruelle qui conduisait à l'arrière de La Table Verte.

L'établissement comportait trois étages. Les fenêtres du dernier étage étaient noires mais, au deuxième, une faible lueur s'échappait de l'une d'entre elles.

Des années plus tôt, Le Cloître avait été fameux, se souvint Baxter en s'engageant dans les ombres du jardin. C'était le genre d'endroit qui offrait des activités exotiques, et souvent illicites. Le genre d'endroit où l'on utilisait des entrées clandestines, des escaliers dérobés, sans parler des trous dans les murs pour se livrer au voyeurisme !

C'était le genre d'endroit qui avait attiré son père.

Baxter ne tarda pas à trouver une petite porte de service. Elle n'était pas verrouillée. Il pénétra dans ce qui semblait être un office. Une volée de marches étroites et hautes menait aux étages supérieurs.

Il s'y engagea avec prudence. Au deuxième étage, il fut arrêté par une porte close. N'ayant pas pensé à emporter son passe-partout, il dut résoudre ce problème avec l'une des branches de la monture de ses lunettes.

Quelques instants plus tard, il pénétrait dans un couloir obscur.

Il s'apprêtait à inspecter les lieux quand il perçut un frottement derrière lui.

Quelqu'un gravissait à pas de loup l'escalier qu'il venait d'emprunter.

Il se cacha dans l'encoignure d'une porte. Une silhouette sombre apparut.

D'un bond, il se retrouva derrière son poursuivant, lui tordant le bras derrière le dos et l'étranglant de l'autre.

— Pas un mot. Pas un bruit, prévint-il calmement.

La silhouette prise au piège se pétrifia et hocha vivement la tête. Soudain, Baxter surprit une odeur familière, féminine, parfumée. Parfaitement unique et reconnaissable...

— Bon sang, Charlotte ! Que faites-vous ici ?

12

— Je vous ai vu quitter le club, mais vous n'êtes pas revenu à la voiture. Je ne savais plus que penser.

Charlotte était essoufflée, après avoir grimpé les marches.

Baxter semblait en colère. *Très* en colère. Il y avait une dureté dans sa voix qu'elle n'avait encore jamais entendue.

— Je vous ai dit d'attendre dans la voiture.

Charlotte s'efforça de respirer profondément avant de répondre.

— J'étais inquiète. Je ne savais pas ce qui se passait. Vous auriez pu avoir besoin de mon aide.

— Si j'avais eu besoin d'aide, je l'aurais demandée.

— Vraiment, Baxter, il est inutile de vous emporter ainsi. Nous sommes partenaires dans cette affaire.

— Comment pourrais-je l'oublier ? Vous ne cessez de me le rappeler.

Il la lâcha enfin et la poussa vers la porte.

— Repartons par où nous sommes venus. Vite.

— Mais... pourquoi êtes-vous venu ici ?

— Pour trouver Hamilton. Mais cela peut attendre. La priorité maintenant est de vous sortir d'ici.

— Il n'y a aucune raison de ne pas poursuivre le plan que vous aviez en tête.

— Au contraire, il y a toutes les raisons.

Un éclat de rire étouffé leur parvint de la dernière pièce du couloir. Baxter s'immobilisa.

Le couloir était plongé dans la pénombre, mais on y voyait assez pour distinguer plusieurs portes. Sous la dernière, filtrait un rai de lumière.

— Hamilton est là-bas ? demanda Charlotte à voix basse.

— Je pense que c'est là que se rencontrent les membres de son club.

Elle fronça les sourcils, intriguée.

— Vous comptiez l'espionner ?

— Disons simplement que j'étais curieux.

Il la dépassa pour rouvrir la porte de l'escalier.

Soudain, ils entendirent des pas lourds heurter les marches de bois. Charlotte sursauta. Quelqu'un montait vers eux.

Baxter referma la porte aussi vite qu'il l'avait ouverte.

La saisissant par le bras, il l'entraîna dans le couloir. Il ignora les trois premières portes, choisissant une des dernières. A son grand soulagement, celle-ci s'ouvrit lorsqu'il actionna le loquet.

Il la poussa dans une petite chambre. Elle fronça le nez devant l'odeur de renfermé. A l'évidence, cette pièce n'avait pas été aérée depuis fort longtemps. Il y régnait une totale obscurité.

Une nouvelle bordée de rires étouffés leur parvint. Baxter bougea et Charlotte devina qu'il avait collé son oreille au battant. Il écoutait les pas de la personne qui se trouvait à présent dans le couloir.

Avec précaution, la jeune femme longea une des parois de la pièce. Ses doigts heurtèrent un loquet : il y avait une autre porte, qui devait donner dans la pièce adjacente. La pièce qui les séparait de celle utilisée par Hamilton et ses amis.

Dans le couloir, des lames de parquet craquèrent. Sans doute s'agissait-il d'un serviteur venu apporter du vin à Hamilton et ses amis. Baxter et elle étaient pris au piège ici jusqu'à ce qu'il reparte.

Elle effleura le bras de son compagnon.

— Qu'y a-t-il ? murmura-t-il.

— Une autre porte. Elle donne dans la pièce voisine. Vous pourriez peut-être entendre ce qu'ils disent.

— Je dois vous faire sortir de cet endroit.

— On ne peut rien faire tant que le domestique n'est pas reparti. Puisque nous sommes ici, autant en profiter.

Elle le sentit hésiter. Lui prenant la main, elle la posa sur le loquet. Il finit par ouvrir la porte avec d'infinies précautions.

La chambre voisine sentait tout autant le renfermé. Une fenêtre partiellement voilée laissait filtrer une faible lueur, juste assez pour qu'elle distingue l'intérieur : un lit défoncé, une penderie dans un état lamentable et une table de toilette posée sur un tapis élimé. Un tableau pendait de guingois au mur.

Baxter posa un doigt sur les lèvres de Charlotte. Cet avertissement était inutile : elle savait qu'il ne fallait pas faire le moindre bruit. Un seul mur les séparait d'Hamilton et de ses amis.

Il y eut un autre éclat de rire qui s'éteignit rapidement. Des voix, moins tapageuses à présent, s'élevèrent de l'autre côté de la paroi.

Perplexe, la jeune femme observa Baxter qui

ouvrait la porte de la penderie. Il en examina l'intérieur, comme s'il cherchait quelque chose.

Visiblement déçu, il referma doucement le battant avant de se diriger vers le tableau. Après un rapide examen, il le décrocha du mur.

Un petit cercle de lumière apparut. Charlotte fixa avec stupéfaction le trou dans le mur : il permettait de voir ce qui se passait dans la pièce où Hamilton et ses amis étaient rassemblés. Il ne faudrait pas oublier, se dit-elle, de demander à Baxter comment il avait su que ce trou se trouvait là.

Déjà, il avait collé un œil à l'ouverture. Elle le rejoignit et perçut une odeur étrange qui lui rappela l'encens de Juliana. Mais celle-ci était plus intense, plus forte.

Les voix étaient distinctes à présent, mais elles semblaient lourdes, comme si les hommes étaient au bord du sommeil.

— Disparais, bonhomme, dit quelqu'un au serviteur.

La porte s'ouvrit et se referma. A nouveau, des pas résonnèrent dans le couloir.

— Il est temps de convoquer notre magicien, annonça une voix. Voyons quelle démonstration de ses pouvoirs métaphysiques il nous a préparée ce soir.

— Un test, proféra un autre. Il nous a promis un test. Que le grand magicien nous montre ses pouvoirs !

— Excellente idée, gloussa un troisième. Voyons s'il est vraiment si fort. Qu'il mette Norris en transe. Tu es volontaire, Norris ?

— Pourquoi pas ? (Malgré sa voix alanguie, Norris semblait désireux de participer à l'expérience.) Appelons ce satané sorcier.

Il y eut des raclements, comme si on déplaçait des meubles. Baxter s'écarta pour respirer une bouffée d'air. Charlotte vit la lumière qui sortait du trou se transformer en faible lueur. Quelqu'un avait baissé l'intensité de la lampe. Puis les membres du club entamèrent une étrange mélopée, au rythme cadencé et répétitif.

Plomb et argent, électrum et or,
Marches vers l'antique pouvoir,
Quand les lois d'émeraude se révèlent,
Le mercure, le soufre et le sel se mêlent.
La connaissance pure existe aux yeux de tous
Mais rares sont ceux qui trouvent la clé...

Les hommes répétèrent l'hymne plusieurs fois. Leurs voix s'épaississaient. Quelqu'un gloussa bêtement.

Charlotte tira la manche de Baxter. Il ne broncha pas. Alors elle le poussa un peu et, à regret, il lui abandonna le trou.

Elle inspira profondément avant de se dresser sur la pointe des pieds pour regarder. La pièce était plongée dans la pénombre et voilée de lourdes vapeurs d'encens. Une grande armoire était posée contre le mur qui lui faisait face. Elle reconnut Hamilton et Norris. Tous les membres du club étaient allongés sur de vastes coussins turcs disposés autour d'un brasier, et tenaient une coupe de vin à la main.

Ce que désirent les fils d'Hermès
Est révélé aux travailleurs du feu...

Les mots devenaient inintelligibles à présent. L'encens qui filtrait à travers le trou irritait les yeux de Charlotte. Elle détourna la tête pour respirer un peu d'air frais.

— Le magicien, annonça un homme avec un

petit ricanement. Il daigne apparaître devant nous.

Charlotte plaqua à nouveau son œil face au trou. Elle eut la surprise de découvrir un nouveau venu dans la pièce. La porte n'avait pas été ouverte, pourtant, elle en était tout à fait certaine. C'était comme s'il venait de se matérialiser, surgissant de nulle part.

Le magicien s'avança parmi les hommes avachis. Une longue robe noire le couvrait de la tête aux pieds. Une capuche tombait sur son visage. Et quand il se tourna vers le brasier, le menton dressé, Charlotte s'aperçut qu'il portait une sorte de cagoule de soie noire et luisante qui lui recouvrait entièrement le visage, y compris les yeux.

« Ce n'est qu'un jeu pour gentlemen fortunés, pensa-t-elle. Un divertissement qu'Hamilton et ses amis se sont inventé. » Mais elle ne put s'empêcher de frissonner.

— Voyons la force de ton pouvoir, dit Norris d'un air bravache qui sonnait faux.

La silhouette masquée leva la main. Un objet tomba de ses doigts, étincelant. C'était une sorte de pendentif que les membres du club fixaient, fascinés.

L'encens devenait insupportable. Charlotte essaya de mieux voir le pendentif, mais c'était impossible à cette distance. Les larmes lui piquaient les yeux.

Elle sursauta quand la main de Baxter se posa sur son épaule. Sans un mot, elle recula.

Baxter prit sa place et elle posa l'oreille contre le mur.

— Mettez-le en transe et faites-lui accomplir quelque chose, dit un homme.

— Faites que Norris se mette à glousser comme

une poule demain soir au milieu de la soirée chez les Clapham !

— Faites-le se déshabiller en plein milieu du prochain bal masqué !

— Persuadez-le de danser avec la fille de lady Buelton !

Il y eut un grognement de dégoût.

— Il n'existe aucune puissance, dans ce monde ou dans un autre, qui pourrait me forcer à danser avec la fille Buelton, déclara Norris.

De faibles rires accueillirent cette réplique. Puis le silence se fit dans la chambre.

Charlotte se pressa contre le mur, en vain. Elle poussa à nouveau Baxter, qui hésita avant de lui laisser la place.

La pénombre s'était encore accrue dans la chambre. Quelqu'un avait éteint la lampe. Seules les braises du foyer diffusaient une lueur rougeâtre, fantomatique.

Le magicien alluma une chandelle qu'il plaça devant Norris.

Puis il se mit à bouger, les pans noirs de sa robe flottant autour de lui comme des ailes sinistres. Le pendentif dans sa main oscillait, réfléchissant la lumière de la chandelle.

Les membres du club se remirent à psalmodier, cette fois sur un rythme plus lourd.

Plomb et argent, électrum et or,
Marches vers l'antique pouvoir...

Charlotte crut entendre le magicien parler, mais sa voix était trop sourde, couverte par le chant. Un frisson la saisit.

Il fallait qu'elle se rapproche. Elle voulait voir le pendentif. Elle avait *besoin* de le voir. Rien n'avait jamais été aussi important.

Baxter la saisit par la taille et l'arracha à son poste d'observation. Elle se débattit. La bâillonnant d'une main, il l'entraîna en arrière. Elle se débattit plus farouchement encore. La paume de Baxter se raidit sur sa bouche, il l'emprisonna contre lui pour l'empêcher de bouger.

Furieuse, elle tenta de le mordre. Il resserra son étreinte. Soudain, la jeune femme se rendit compte qu'elle avait des vertiges. Du mieux qu'elle put, elle essaya de reprendre son souffle. Bientôt, son esprit s'éclaircit. Elle se détendit contre Baxter.

Que diable s'était-il passé ? se demanda-t-elle, affolée par son étrange conduite. La bâillonnant toujours, son compagnon l'entraîna vers la porte de communication. Il avait raison, il était temps de partir. Mieux valait s'esquiver pendant que les membres du club et leur magicien étaient absorbés par leur rite infernal.

Elle pressa légèrement la main de Baxter pour lui faire comprendre qu'elle était prête à l'accompagner. Il hésita à peine avant de la libérer. Elle ne prononça pas un mot.

Ils passèrent dans la première pièce où ils s'étaient réfugiés puis, sans s'attarder davantage, dans le couloir.

Baxter ouvrit la porte donnant sur l'escalier et vérifia que la voie était libre.

— Il n'y a personne. Je passe le premier. Faisons vite.

Elle ne discuta pas et lui emboîta le pas. Fort heureusement, l'office était vide lui aussi.

Quelques secondes plus tard, ils se retrouvaient dehors. Le brouillard s'était épaissi pendant leur petite expédition. Il transformait les becs de gaz en halos suspendus.

Des rires et des cris s'élevaient, en provenance de La Table Verte.

Charlotte resserra les pans de sa capuche autour de son visage, tandis que Baxter se dirigeait vers le fiacre.

Quelques secondes plus tard, ils étaient à l'abri de la cabine. Poussant un soupir, la jeune femme se laissa tomber sur la banquette tandis que le véhicule s'ébranlait déjà.

— Qu'est-ce qui s'est passé ? demanda-t-elle.

— Je crois qu'Hamilton et ses amis assistent à une démonstration de mesmérisme.

Charlotte le scruta longuement. Ses traits étaient indéchiffrables. Il était plongé dans ses réflexions. « Plongé » était bien le mot, se dit-elle. Cet homme possédait une intelligence profonde, insondable.

— Vous voulez parler de ce que l'on nomme le magnétisme animal ?

— Oui. Dont les soi-disant effets doivent être décuplés par cette drogue qui brûlait avec l'encens.

— Bien sûr. L'encens. (Elle fronça les sourcils.) Je crois bien en avoir un peu trop respiré. C'était très bizarre, mais j'ai soudain éprouvé le violent désir de regarder encore et encore le pendentif du magicien. C'était comme s'il *fallait* que je le regarde.

— Je sais, dit sèchement Baxter. J'ai dû vous brusquer un peu.

Elle rougit.

— Rassurez-vous, l'effet n'était que temporaire. Je suis redevenue tout à fait normale.

— « Normale » n'est pas un terme que j'emploierais à votre sujet.

Ne sachant que penser de cette remarque, elle l'ignora.

— A propos du mesmérisme, j'ai lu des comptes rendus du travail du Dr Mesmer, et j'ai étudié les descriptions de ceux qui prétendent obtenir des résultats médicaux grâce à ses techniques. J'ai toujours pensé que ces gens étaient des charlatans.

— Moi aussi, mais les poètes les soutiennent. Tout comme Lambert, mon majordome. Il fait traiter ses rhumatismes par un certain Dr Flatt.

— Mais ce que nous avons vu ce soir n'a rien à voir avec de la médecine.

— Non. Certains, à la suite d'un nommé De Mainauduc, utilisent le mesmérisme comme un moyen d'investigation des mondes occultes.

— Des mondes occultes ?

— L'alchimie, par exemple.

— Oui, leur hymne, murmura Charlotte. Il y avait des références à l'alchimie. Le mercure, le soufre, le sel.

— C'est exact. Pour les anciens alchimistes, le mercure, le soufre et le sel sont à la base de toute chose. Selon eux, si on parvient à séparer l'essence surnaturelle de ces substances de la forme matérielle sous laquelle on les trouve, il devient possible entre autres choses de transformer le plomb en or.

Quelque chose dans sa voix intrigua la jeune femme.

— Entre autres choses ? Qu'y a-t-il de plus désirable que transformer le plomb en or ?

— Pour un véritable alchimiste, le secret de la transmutation n'est rien d'autre que le signe qu'il est sur la bonne voie.

— La bonne voie ? Vers quoi ?

— Les alchimistes cherchent la Pierre philosophale, qui offre la connaissance fondamentale de l'univers et un pouvoir illimité sur la nature.

Un frisson parcourut le dos de Charlotte. Tout

comme elle avait frémi en observant le magicien quelques instants plus tôt. Elle dévisageait Baxter, fascinée comme souvent par le feu qui brûlait dans ses yeux.

— Qu'y a-t-il, Charlotte ? Vous avez une étrange expression.

Elle cligna des paupières et évita son regard.

— Ce n'est rien. Je pensais aux autres paroles de leur incantation. Que signifie « les travailleurs du feu », par exemple ?

— C'est une ancienne métaphore pour désigner les alchimistes. Parce qu'ils utilisaient le feu dans leurs expériences.

— Et que vient faire Hermès là-dedans ?

— Hermès Trismégiste. Beaucoup croient qu'il est à l'origine des lois de l'alchimie, qui sont censées avoir été écrites sur une tablette d'émeraude.

— La Table Verte, murmura-t-elle.

Baxter acquiesça d'un air lugubre.

— Oui. Il semblerait qu'Hamilton et ses amis aient fondé un club voué au mesmérisme et à l'alchimie. Quelques rituels grand-guignolesques, une herbe euphorisante pour créer une ambiance adéquate, et le tour est joué. Bien sûr, il a fallu qu'ils se trouvent ce magicien de pacotille.

— C'est peut-être lui qui les a trouvés, suggéra Charlotte.

— Peut-être. Vous n'avez pas idée du nombre de charlatans qui font fortune en exerçant leurs talents dans la haute société. Ce qui est finalement assez normal. Tous ces beaux messieurs et ces belles dames s'ennuient à périr. Ils recherchent des divertissements de plus en plus exotiques.

La jeune femme haussa les épaules.

— Ce genre de divertissement n'est pas à prendre très au sérieux. Hamilton semble s'offrir un plaisir bien inoffensif. Au moins, il ne risque pas de se briser le cou en conduisant son cabriolet à toute allure en plein milieu de la nuit, il n'ingurgite pas les mixtures les plus variées dans le simple but de se donner des sensations. La Table Verte n'est pas un établissement très recommandable, mais il y en a de bien pires.

Baxter ne répondit pas.

Il semblait peu convaincu.

— Qu'est-ce qui vous dérange, Baxter ?

— Certaines coïncidences étranges.

— Que voulez-vous dire ?

— Le petit dessin de Drusilla Heskett.

— Eh bien ?

— Je crois savoir pourquoi il me semblait familier. Je l'ai sans doute vu dans l'un des vieux livres d'alchimie de ma bibliothèque.

Elle le fixa avec des yeux ronds.

— Vous pensez qu'il a un rapport avec l'alchimie ?

— Je ne puis le dire avec certitude. Je ne l'ai pas encore retrouvé. Cela risque de me prendre un peu de temps. Je n'ai pas ouvert un livre d'alchimie depuis des années.

— Seigneur ! Cela signifie qu'il existerait un lien entre La Table Verte et le meurtre de Drusilla Heskett !

— Ce n'est qu'une possibilité, souligna Baxter. Une faible possibilité. Mais nous ne pouvons l'ignorer.

— Pourquoi faible ? N'oubliez pas que Mme Heskett avait une liaison avec lord Lennox dont le fils, Norris, est membre du club. C'est même lui qui était au centre de l'expérience, ce soir.

— Oui, mais c'est lord Lennox et non son fils qui était l'amant de Drusilla. (Baxter eut un petit sourire.) Je pense pouvoir affirmer sans le moindre doute que Lennox n'a rien à voir avec La Table Verte.

Ce n'est pas du tout son genre. D'ailleurs, tous les membres du club sont de la génération d'Hamilton.

— Peut-être, mais il est possible que cette pauvre Drusilla soit tombée sur une information quelconque à propos d'un membre du club. (Charlotte fronça les sourcils.) Je dois dire que je ne vois pas de quel genre d'information il pourrait s'agir.

— Voilà la grande inconnue. Qu'aurait-elle bien pu apprendre qui lui ait coûté la vie ? Les membres du club s'occupent de mesmérisme. Ce n'est pas illégal.

— Je n'aime pas cela, Baxter.

— Moi non plus.

— S'il y a un meurtrier à La Table Verte, votre frère pourrait être en danger.

Il croisa à nouveau son regard.

— Procédons par étapes. D'abord, je vais vérifier mes soupçons à propos du dessin. Ensuite, il faudra découvrir le nom du propriétaire de La Table Verte. Il doit savoir quelque chose.

Baxter avait immédiatement trouvé dans quelle direction orienter leur enquête. Charlotte le considéra avec une sincère admiration.

— Monsieur, vous vous révélez un administrateur extrêmement utile. Je suis fière de vous.

13

Le petit livre était ancien, l'un des plus anciens de la bibliothèque de Baxter. Il n'avait pas eu l'occasion de l'examiner depuis fort longtemps. C'était l'un des quelques textes sur l'alchimie qu'il avait acquis au cours des années, sans trop savoir pourquoi.

L'alchimie appartenait au passé. C'était le côté obscur de la chimie, un ramassis de spéculations métaphysiques et d'expérimentations hasardeuses.

Mais il y avait quelque chose dans l'alchimie, un sentiment de profond secret, qui l'avait toujours attiré. Surtout dans sa jeunesse. Cette quête incessante, obsessionnelle, de la Pierre philosophale, cette recherche des lois fondamentales de la nature le fascinaient.

Et il s'était mis à collectionner les vieux grimoires comme celui-ci.

La reliure de cuir était craquelée, mais les pages épaisses étaient dans un état remarquable. S'il n'avait été si épuisé par cette nuit sans sommeil, la page de titre l'aurait amusé. Suivant la tradition des alchimistes, l'auteur s'était attribué un pseudonyme flamboyant : Aristote Auguste le Grand.

Presque aussi fascinant que Basil Valentine, pensa Baxter, le nom qu'il avait utilisé pour ses *Conversations sur la chimie*. Il n'avait que vingt ans quand il avait écrit ce livre, tout frais émoulu d'Oxford.

Basil Valentine avait été un alchimiste légendaire, un homme mystérieux dont on disait qu'il avait découvert de grands secrets. A l'époque, ce nom lui avait semblé plus excitant et romantique que Baxter St. Ives...

Etalant le petit volume sur son bureau d'ébène, il contempla le titre : *La Véritable Histoire des secrets du feu*. Il se mit à tourner les pages.

Il trouva le dessin au milieu du livre : un triangle inscrit dans un cercle. A la différence du croquis de Drusilla Heskett, celui-ci était plus compréhensible. Les « vers de terre » étaient en fait des animaux mythologiques. Les points étaient des symboles alchimiques.

Ce dessin présentait le mélange habituel de métaphores et de symboles obscurs qui plaisaient tant aux « travailleurs du feu ». Il était censé représenter une clé alchimique, la description d'une expérience secrète qui, conduite convenablement, mènerait à la découverte de la Pierre philosophale.

Il n'y avait plus aucun doute : cet indice était lié à La Table Verte. Mais les questions demeuraient. Pourquoi Drusilla avait-elle recopié ce dessin ? Pourquoi quelqu'un avait-il voulu le dérober chez Charlotte, et pourquoi Drusilla était-elle morte ?

Baxter referma le volume et jeta un coup d'œil à l'horloge. Six heures et demie du matin. Après avoir raccompagné la jeune femme, il avait été incapable de dormir.

Avec lassitude, il enleva ses lunettes et se frotta le nez. L'appréhension le rongeait. Il sentait le danger planer autour de Charlotte. Il fallait agir, et surtout la protéger. Mais d'abord, il fallait dormir un peu.

On frappa à la porte.

Le visage anxieux de Lambert apparut. Comme à son habitude, il avait dû souffrir d'insomnie. Il avait une mine atroce.

— Oui, Lambert ?

— Je vous demande pardon, monsieur. Je voulais simplement vous annoncer que la nouvelle gouvernante nous a quittés hier soir.

— Quoi ? Bon sang, mais pourquoi ? Il n'y a pas eu d'explosions. Je n'ai même pas eu le temps de faire la moindre expérience depuis son engagement.

— Entre autres choses, Mme Pearson a été bouleversée par... hum... l'incident qui a eu lieu dans le laboratoire hier.

— L'incident ? Quel incident ? Je n'ai rien fait hier dans le...

Baxter s'interrompit en se rappelant très précisément ce qu'il avait fait dans son laboratoire la veille. Il devint violet.

— Monsieur, la dame a hurlé, expliqua Lambert avec dignité.

— Je ne faisais que lui démontrer l'efficacité de mon nouveau chalumeau. Ma fiancée se passionne pour la chimie. Elle s'est montrée trop enthousiaste en voyant la flamme qui en sortait.

— Bien sûr, monsieur. Ce doit être très enthousiasmant de découvrir un nouveau... hum... chalumeau.

— Euh... oui. Eh bien, Lambert, puisque vous êtes debout, profitez-en pour nous trouver une nouvelle gouvernante.

— Oui, monsieur. Dois-je préparer des œufs et du café ?

— Ce ne sera pas nécessaire. (Baxter se massa le cou.) Je vais essayer de dormir un peu.

— Très bien, monsieur.

— Ah, encore une chose...

Baxter passa derrière son bureau. Sortant son papier à lettres, il écrivit rapidement un mot.

— S'il vous plaît, faites porter ceci chez lord Esherton le plus vite possible.

— Bien sûr, monsieur. A propos de message, avez-vous vu celui que j'ai laissé pour vous sur le guéridon de l'entrée ? Il est arrivé hier soir.

— Non.

— Il provient de votre tante, je crois.

Lambert sortit et revint avec un plateau d'argent. Baxter déplia le message.

Cher Baxter,

As-tu appris quelque chose au sujet de notre enquête ? Je suis impatiente de t'entendre.

Sincèrement,

Lady T.

P.-S. *Lady G. pose déjà des questions sur la date du mariage. J'ai réussi à éviter le sujet pour l'instant, mais cela ne pourra pas durer. Tu sais comme elle adore propager les ragots. Nous devrions peut-être annoncer une date lointaine ? Noël prochain ?*

Comme s'il n'avait pas assez de problèmes, pensa Baxter.

— Je vous demande pardon, monsieur. Je m'occuperai, bien évidemment, de trouver une nouvelle gouvernante et de faire envoyer ce message. Mais c'est le jour de mon rendez-vous avec le Dr Flatt. Si vous le permettez, je tiens beaucoup à l'honorer. Mes articulations sont assez douloureuses, ce matin.

— Bien sûr, bien sûr. Ne manquez pas votre rendez-vous. (Une idée vint à Baxter.) Le Dr Flatt utilise-t-il de l'encens, dans sa thérapie ?

— Non, monsieur. Il utilise le pouvoir du regard et certains mouvements des mains pour concentrer le magnétisme animal. Cela fait des merveilles.

— Je vois. (Baxter ne put réprimer un bâillement.) Merci pour tout, Lambert. Je ne sais pas ce que je ferais sans vous.

— J'essaie de faire mon travail, monsieur.

Lentement, le majordome se retira en grimaçant de douleur.

Par la porte ouverte, Baxter lança un coup d'œil vers l'escalier. Sa chambre à coucher lui parut soudain très loin. Le sofa était bien plus proche et plus pratique.

Il ferma la porte de la bibliothèque puis s'étendit sur les coussins.

Pendant un instant, il contempla le plafond. Par-dessus tout, il fallait protéger Charlotte... songea-t-il avant de plonger dans le sommeil.

Les ailes noires de son manteau volaient autour du monstre. Elle était soulagée de ne pas voir son visage dans les ombres du couloir. Une part d'elle ne voulait pas en savoir davantage sur cette créature.

Mais son intelligence la prévenait qu'il valait mieux être capable d'identifier le danger, de lui donner un nom et un visage. Elle pointa son pistolet.

— Quittez cette maison tout de suite, murmura-t-elle.

Le rire du monstre résonna dans les ténèbres. Il savait que le pistolet n'était pas chargé.

— Ne crois-tu pas à la destinée, mon petit ange vengeur ?...

La porte de la chambre s'ouvrit violemment.

— Charlotte ! Charlotte, réveille-toi.

La jeune femme ouvrit les yeux. Pieds nus, vêtue d'une robe de chambre qu'elle avait enfilée à la hâte, sa sœur la dévisageait.

— Arielle ?

— Tu as hurlé. Ce devait être un rêve. Un cauchemar. Tu vas bien ?

— Oui.

Charlotte s'assit dans son lit. Son cœur battait encore à se rompre. Elle était en nage.

— Oui, je vais bien, ajouta-t-elle. C'était un mauvais rêve. Rien de plus.

Arielle alluma la bougie sur la table de nuit. La flamme éclaira son visage inquiet.

— Etait-ce l'un de tes vieux rêves ? Comme ceux que tu as faits après la mort de Winterbourne ?

— Oui. C'était ce rêve-là. Je croyais qu'il ne reviendrait plus.

Arielle s'assit sur le rebord du lit.

— Qu'as-tu fait précisément avec M. St. Ives cette nuit ? Tu es rentrée si tard. Où êtes-vous allés ?

— C'est une longue histoire. Baxter a retrouvé Hamilton à son club, mais il n'est pas parvenu à lui parler.

— Je vois.

Charlotte hésita.

— Hamilton t'a-t-il jamais parlé du mesmérisme ?

Surprise, Arielle haussa ses fins sourcils.

— Tu veux dire du magnétisme animal ? Il y a fait allusion quand nous sommes sortis sur la terrasse pendant le bal chez les Clyde. Je crois que le sujet le passionne. Il pense que les scientifiques modernes ont tort de mépriser ce domaine...

— Les scientifiques comme son frère ?

— Oui, soupira Arielle. Il semble mépriser l'intérêt de M. St. Ives pour la chimie.

— Je vois.

Charlotte repoussa la couverture et se leva. Elle s'immobilisa devant la fenêtre.

— Cette nuit, nous avons découvert qu'Hamilton et ses amis pratiquent le mesmérisme à leur club.

— Et alors ? Des tas de gens forment des clubs ou des sociétés du même genre.

— Oui, je sais.

Du bout des doigts, Charlotte effleura la vitre froide. Elle ne savait pas comment expliquer l'étrange peur et la fascination encore plus étrange qui s'étaient emparées d'elle à La Table Verte.

— Mais je crains que le club d'Hamilton ne soit pas tout à fait comme les autres, ajouta-t-elle en se tournant vers sa sœur.

— Charlotte, tu m'inquiètes.

— Je suis inquiète, moi aussi. (C'était un soulagement de l'avouer à haute voix.) Baxter et moi pensons qu'il existe peut-être un lien entre La Table Verte et la mort de Drusilla Heskett.

Arielle se dressa.

— Tu sous-entends qu'Hamilton serait mêlé au meurtre de Mme Heskett ? Je ne peux le croire.

— Je ne sous-entends rien de la sorte. Mais il y a peut-être quelqu'un d'autre dans ce club qui n'a pas la conscience tranquille.

— Tous les membres sont des amis d'Hamilton. Aucun d'entre eux ne peut être mêlé à un meurtre.

— Les connaît-il tous aussi bien que cela ? Ils étaient assez nombreux, tu sais. J'en ai compté plus d'une demi-douzaine.

Arielle se mordit la lèvre inférieure.

— Je pourrais me renseigner. Cela vous aiderait-il si je l'interrogeais sur ses amis ?

Charlotte hésita.

— Non. Laissons St. Ives s'en occuper. Ils sont frères, après tout.

— Oui, mais je crains qu'il n'y ait pas énormément d'affection entre eux.

— Baxter assumera ses obligations envers Hamilton.

Arielle l'étudia attentivement.

— Quand j'ai dit tout à l'heure que la situation m'inquiétait, je ne faisais pas simplement allusion au meurtre de Mme Heskett.

— Que veux-tu dire ?

— Il y a autre chose qui me trouble autant, si ce n'est plus.

— De quoi diable veux-tu parler ?

— Es-tu en train de tomber amoureuse de M. St. Ives ?

La question lui coupa le souffle. De longues secondes passèrent.

— Charlotte ?

— Oui, répondit-elle doucement.

— C'est bien ce que je craignais, murmura Arielle. C'est toi qui avais raison, après tout, quand tu disais qu'il était dangereux.

Le temps paraissait suspendu. Baxter voyait la fiole d'acide voler vers lui à travers la pénombre. Il essaya de l'éviter mais c'était impossible. Tout ce qu'il pouvait faire, c'était se retourner et se protéger les yeux.

La fiole lui heurta l'épaule. L'acide dévora très vite le coton de sa chemise. Puis il brûla sa peau comme les flammes de l'enfer.

Il parvint à atteindre la fenêtre. En bas, la mer l'attendait. Il plongea dans les ténèbres.

Des explosions ravagèrent le laboratoire. Il entendit la voix de Morgan :

— Tu crois à la destinée, St. Ives ?

Puis le silence des profondeurs se referma sur lui...

Baxter se réveilla brusquement, le pouls affolé. Il sentit l'humidité dans son dos et, pendant un moment horrifiant, crut que c'était l'acide.

Il se leva d'un bond, essayant d'arracher sa chemise. Enfin, il se rendit compte qu'il s'agissait de sa propre sueur. Il s'effondra à nouveau sur les coussins.

La tête dans les mains, il essaya de respirer plusieurs fois profondément. Cela faisait très longtemps qu'il n'avait plus fait ce rêve. Il croyait en être débarrassé à jamais.

Un coup violent retentit. Ce n'était pas l'explosion de son cauchemar, mais le bruit d'un poing qui s'abattait sur la porte d'entrée.

Il se leva lentement, lissa sa chevelure et sa chemise.

— Ouvrez cette porte !

Hamilton.

Se souvenant que Lambert était absent pour la matinée, Baxter alla ouvrir lui-même.

Hamilton se tenait sur le porche, les mâchoires rigides, les yeux comme deux fentes. Il leva une main élégamment gantée pour montrer une feuille de papier froissée.

— Quelle est la signification de ce scandaleux message ?

— Je voulais attirer ton attention.

— Comment oses-tu me menacer de me couper les vivres si je ne te rends pas visite ?

Hamilton pénétra dans le hall en frappant sa botte d'un coup de cravache. Il jeta son haut-de-forme sur une table.

— Tu n'as pas le droit de toucher à mon argent, ajouta-t-il. Père t'a demandé de gérer mon héritage jusqu'à mes vingt-cinq ans. Pas de le voler.

Ils entrèrent dans la bibliothèque.

— Calme-toi. Je n'ai aucunement l'intention de te priver de ta fortune. J'ai simplement besoin d'informations que toi seul peux me donner. Et il me les faut très vite. Assieds-toi. Plus vite nous en aurons fini, plus vite tu pourras vaquer à tes occupations.

Hamilton lui jeta un regard suspicieux, mais se laissa tomber dans un fauteuil.

— Eh bien ? Que veux-tu savoir ?

— D'abord, je dois te montrer quelque chose. (Il ouvrit son livre à la page du dessin de la clé alchimique.) As-tu déjà vu ceci ou quelque chose qui y ressemble ?

Hamilton jeta un regard impatient au dessin avant d'écarquiller les yeux.

— Où as-tu trouvé ça ?

— Ainsi, tu le reconnais. Tu l'as vu à ton club, j'imagine ?

Hamilton serra le poing autour de sa cravache.

— Que sais-tu de mon club ?

— Que vous y menez des expériences sur le magnétisme animal. Ou le mesmérisme, comme l'appellent certains. Que vous utilisez des références à l'alchimie et un encens drogué pour planter le décor, si l'on peut dire.

Ulcéré, Hamilton bondit de son siège.

— Comment as-tu découvert tout cela ?

Baxter haussa les épaules.

— J'ai mes sources.

— Tu n'as pas le droit de m'espionner. Ce que je fais à mon club ne te regarde pas.

— Au risque de te surprendre, je suis d'accord avec toi.

— Alors, pourquoi avons-nous cette conversation ?

— Parce qu'un dessin très semblable à celui que je viens de te montrer a été retrouvé chez Drusilla Heskett.

Hamilton parut déconcerté.

— Tu parles de cette Mme Heskett qui a été assassinée ?

— Oui. Je vais être franc, Hamilton. Il est possible qu'un lien existe entre ton club et la mort de cette femme.

— Comment oses-tu proférer une telle accusation ?

— Je n'accuse rien ni personne. Je dis simplement qu'il y a peut-être un lien. C'est tout.

Hamilton se dirigea vers la porte.

— Cette comédie a assez duré. Je ne tolérerai

aucune interférence de ta part dans mes affaires. Je ne possède peut-être pas la fortune qui me revient de droit, mais je suis le comte d'Esherton, bon sang ! Je n'ai pas à me plier aux caprices d'un bâtard !

Baxter ne broncha pas. Avec le talent qu'il avait mis une vie entière à perfectionner, il réprima la plus infime réaction.

— Il y a un autre petit problème, Votre Grâce.

Cette politesse glacée fit rougir Hamilton.

— Je n'ai pas l'intention de répondre à tes questions.

— C'est une question très simple, précisa doucement Baxter. Tu connais Juliana Post ?

Hamilton fronça les sourcils.

— Post ? Je ne connais personne de ce nom. (Il pointa sa cravache vers Baxter.) Je te préviens, St. Ives, ne te mêle plus de mes affaires. Est-ce clair ?

— Je te comprends parfaitement. Comme père te comprenait. Il a toujours dit qu'il y avait beaucoup de lui en toi.

Surpris, Hamilton plissa la bouche. Il ne s'était pas attendu à cette réplique. Il parut sur le point d'ajouter quelque chose, mais fit volte-face et repartit vers la sortie.

Baxter se souvint de ce qu'avait dit Charlotte la veille : « S'il y a un meurtrier à La Table Verte, votre frère pourrait être en danger. »

Une autre voix, celle de son père cette fois-ci, lui répondit en écho dans sa tête : « Tu veilleras sur ton frère. Il aura besoin d'être conseillé pendant un temps. Ce garçon est mon portrait craché à son âge. Téméraire, le sang chaud. Veille à ce qu'il ne se brise pas le cou, Baxter... »

— Hamilton !

Celui-ci se retourna, excédé.

— Quoi encore ?

Baxter hésita, choisissant ses mots avec soin.

— Tu as raison de dire que je n'ai aucun droit d'interférer dans tes affaires. Mais pour le salut de ta mère et du titre que père t'a légué, je suis certain que tu sauras faire preuve de prudence. Il serait fort dommage que tu te fasses tuer avant d'avoir donné naissance à un héritier.

— Je ne cours aucun danger à La Table Verte. Tu cherches simplement à m'affoler. Pour me mettre mal à l'aise avec mes amis. C'est méprisable de ta part.

— C'est ce que tu penses ?

— Tu n'espères quand même pas me faire croire que tu t'inquiètes sincèrement pour moi !

— Pourquoi pas ? fit Baxter avec un sourire sans joie. Et puis, tu sais très bien que je ne tirerais aucun profit de ta disparition. Si tu te fais tuer, le titre ne me reviendra pas : il ira à notre très lointain cousin du Northumberland.

— Mais tu pourrais trouver un moyen de faire main basse sur l'argent.

Hamilton se rua dans le hall et s'empara de son chapeau.

— Où diable est ton majordome ? grogna-t-il. Il t'a abandonné, lui aussi ? Je ne comprends pas pourquoi tu es incapable de garder tes domestiques... (Il s'interrompit brutalement en ouvrant la porte.) Je vous demande pardon, miss Arkendale.

— Lord Esherton, murmura Charlotte.

Baxter fronça les sourcils au son de sa voix. Il sortit dans le couloir, à temps pour la voir exécuter une de ses ravissantes révérences.

Elle portait une pelisse vert et blanc, et une robe blanche brodée d'un ruban de velours vert. De petites boucles recouvraient ses oreilles.

Il la rejoignit et vit alors la voiture de louage garée devant la maison.

— Que faites-vous ici à cette heure, Charlotte ? Et pourquoi êtes-vous venue seule ? Vous auriez dû vous faire accompagner par votre gouvernante ou par votre sœur. Je ne veux plus que vous vous promeniez toute seule.

Hamilton leva les yeux au ciel.

— Toujours aussi accueillant, St. Ives ! Tu pourrais au moins saluer ta fiancée.

Baxter serra les dents. Son frère n'avait pas tout à fait tort.

Lui adressant un sourire sarcastique, Hamilton s'inclina sur la main gantée de Charlotte.

— Je dois avouer qu'à votre place, miss Arkendale, je reconsidérerais ces fiançailles. Les manières déplorables de Baxter ne s'amélioreront sûrement pas après le mariage, vous savez.

Charlotte sourit.

— Je tiendrai compte de votre conseil, lord Esherton. Je ne vous interromps pas, j'espère ?

Hamilton jeta un regard noir à son frère.

— Pas du tout. Notre discussion est terminée.

— Déjà ? Vous a-t-il interrogé à propos de Juliana Post ?

— Qui diable est donc cette femme ? Je n'en ai jamais entendu parler.

— J'en étais certaine, déclara Charlotte avec satisfaction. Mais Baxter tenait à en avoir le cœur net.

— Je vois. Mon cher demi-frère semble prendre un réel plaisir à se mêler de mes affaires, ces derniers temps. On aurait pu espérer que son prochain mariage retiendrait davantage son attention. Bonne journée à vous, miss Arkendale.

Et, sur ces mots, il s'éclipsa.

Charlotte se planta devant Baxter.

— Je vous avais dit que je souhaitais être présente quand vous lui parleriez de miss Post. Maintenant, voyez le résultat. Vous n'avez sûrement fait preuve d'aucun tact. Il est furieux.

— Le tact n'est pas mon point fort, c'est vrai.

— En tout cas, vous avez votre réponse. Je vous avais dit qu'il ne pouvait être complice de miss Post.

— Vous l'aviez dit.

— Ce qui signifie qu'elle a fort probablement été engagée par le meurtrier. Cet individu cherche à briser notre association parce qu'il sait qu'ensemble, nous représentons une menace pour lui.

— Je ne vois pas comment il saurait une chose pareille. Pour l'instant, nous n'avons fait que fouiller la maison de Mme Heskett et nous fiancer... Bon sang, Charlotte, pourquoi êtes-vous venue seule ?

Elle fronça les sourcils.

— C'est vraiment la raison de votre colère ?

— Oui. (Il se mit à nettoyer ses lunettes avec son mouchoir.) Oui, je suis en colère après vous. Et plus encore maintenant que je sais qu'Hamilton n'est pas responsable de la visite de miss Post.

— Mais, Baxter, c'est le milieu de la journée. Il n'y a aucun danger.

— Bon sang, il s'agit d'un meurtre !

Il remit ses lunettes en se disant qu'il venait encore de perdre son sang-froid. Etait-il malade ?

— Vous pourriez au moins faire preuve de bon sens, ajouta-t-il.

— Inutile de vous emporter ainsi. Et dois-je vous rappeler, monsieur, que vous n'avez pas d'ordres à me donner ?

Baxter fit un effort visible pour se contenir.

— Très bien, miss Arkendale. Mais si votre sauvegarde vous importe si peu, vous pourriez au moins avoir quelques considérations pour ma tranquillité d'esprit.

Elle écarquilla les yeux, stupéfaite par cet aveu. Etait-elle précieuse pour lui ?

— Ce ne sont pas les sujets d'inquiétude qui me manquent, reprit-il, sur la défensive. Ma tante n'arrête pas de me demander des réponses que je ne possède pas. Maryann attend de moi que je veille sur mon satané demi-frère qui refuse de m'écouter. Je n'ai pas eu le temps de démarrer la moindre expérience de chimie depuis le début de cette affaire, et je viens de perdre ma quatrième gouvernante en cinq mois !

Déçue, elle se mordit la lèvre.

— Je comprends, Baxter. Votre vie a été bouleversée, ces derniers temps. Mais n'ayez crainte. Tout rentrera bientôt dans l'ordre et vous pourrez retrouver votre routine. Dès que nous en aurons fini, vous n'aurez plus jamais besoin de me voir.

— Oui, j'en suis conscient.

Un terrible silence s'abattit sur eux.

Tournant les talons, il la précéda dans la bibliothèque.

— Puisque vous êtes ici, je dois vous dire que je compte changer d'approche dans notre enquête. Plutôt que de nous intéresser aux prétendants de Drusilla Heskett, nous devrions plutôt étudier les activités des membres du club d'Hamilton.

— Je suis tout à fait d'accord avec vous.

— Le fils de Lennox, le jeune Norris, est peut-être mêlé à ce meurtre.

— En effet. Mais j'imagine mal Norris en meurtrier.

— Moi aussi, admit Baxter. Mais il faut bien commencer par quelque chose. J'aimerais jeter un œil dans les affaires de Norris.

— Cela ne devrait pas être trop difficile. Arielle m'a dit qu'il y aura un bal masqué chez les Lennox dans deux jours.

14

Satisfaite, Charlotte suivait des yeux Arielle, habillée en sirène, tandis que le dernier en date d'une longue liste de cavaliers l'escortait jusqu'à la piste de danse.

— N'est-elle pas éblouissante ? Elle n'a pas manqué une seule danse depuis notre arrivée.

Baxter grimaça en contemplant la salle éclairée par des lanternes colorées qui avaient remplacé les chandeliers pour la soirée.

— Je la distingue à peine, maugréa-t-il. Surtout avec cet éclairage. Je dois garder mes lunettes dans la poche de cette satanée cape.

— Oh, j'avais oublié. Mais avouez que porter vos lunettes avec votre masque serait un peu ridicule.

Il avait choisi ce costume de domino — une longue cape noire avec une capuche et un loup sur le visage — dans l'espoir de passer inaperçu, et il ne s'était pas trompé : au moins vingt autres invités avaient eu la même idée.

Quant à la jeune femme, obéissant à une folle impulsion, elle avait voulu devenir Diane chasseresse. Comme elle l'avait expliqué à Arielle, c'était un costume approprié pour quelqu'un qui traquait un meurtrier.

— Je déteste les bals costumés, grommela Baxter. Des adultes qui se déguisent, c'est complètement ridicule.

— Néanmoins, ce bal peut nous être très utile.

— Peut-être. Je compte sur vous pour me prévenir quand Arielle dansera avec Norris.

— Elle m'a dit qu'il aurait la prochaine danse.

Ils avaient élaboré leur plan quelques heures plus tôt, et c'était Arielle qui avait suggéré une diversion : elle occuperait Norris le temps nécessaire à Baxter pour fouiller sa chambre.

Baxter reposa brusquement sa coupe de champagne.

— Nous avons donc quelques minutes devant nous. Autant les passer sur la piste.

Charlotte sursauta.

— M'inviteriez-vous à danser, Baxter ?

— Pourquoi pas ? Nous sommes censés être fiancés, non ? Et les fiancés dansent parfois ensemble. J'espère que cet arc et ces flèches ridicules ne vous gêneront pas trop.

— Ils font partie de mon costume.

Elle haussa les sourcils derrière son masque en plumes et ajouta :

— Je ne savais pas que vous dansiez.

Il lui prit la main sans attendre son acceptation formelle.

— Je ne l'ai pas fait depuis un petit moment... hum... quelques années, en fait. Mais c'est comme monter à cheval. Une fois qu'on a appris, on n'oublie pas.

Elle dissimula un sourire.

— Espérons que c'est le cas, car en dehors de ce galop effréné avec Lennox l'autre jour, je manque d'entraînement.

Il la prit dans ses bras en bordure de la piste.

— Nous ne tenterons rien d'extravagant, d'accord ?

Elle gloussa.

— Nous allons ressembler à deux vieilles barques qui se traînent sur un lac au milieu de splendides voiliers.

— Ne soyez pas ridicule. Vous êtes la barque la plus gracieuse de la soirée.

Ce maladroit compliment aurait dû l'amuser. Il la bouleversa.

— Merci, monsieur. C'est la chose la plus charmante qu'on m'ait dite depuis longtemps.

Sans ajouter un mot, il resserra son étreinte et l'entraîna dans la mêlée.

Comme Charlotte s'y attendait, il évoluait avec force et maîtrise, mais il y avait une sensualité dans ses gestes qui lui rappela la façon dont il faisait l'amour. Elle s'abandonna à la magie de l'instant. Ils risquaient de ne pas en vivre beaucoup de semblables...

Les lanternes créaient des reflets multicolores sur les costumes des danseurs. La piste était transformée en une contrée féerique, où dieux et déesses de la Grèce antique côtoyaient corsaires et chevaliers, reines et elfes. Et sur cette piste qui brillait comme la surface d'un lac, Diane chasseresse tourbillonnait dans les bras d'un alchimiste.

Quand la musique s'arrêta enfin, Charlotte éprouva une inexplicable envie de pleurer. Sa liaison avec Baxter risquait de ne pas durer plus longtemps que cette danse parfaite, pensa-t-elle.

— Charlotte ? (Il s'était immobilisé pour la dévisager.) Bon sang, qu'y a-t-il ? Je vous ai marché sur les pieds ?

Elle parvint à sourire.

— Non, bien sûr que non. Je trouve que nous nous sommes merveilleusement débrouillés, monsieur. Nous n'avons pas sombré, parmi ces superbes voiliers.

Il lui pressa la main.

— Non. Nous sommes restés à flot.

— Baxter, Norris vient de rejoindre Arielle. Vous feriez bien d'y aller.

Il la conduisit rapidement à l'écart sur la terrasse.

— Attendez-moi ici. Je ne serai pas long.

— Soyez prudent.

En un clin d'œil, il se fondit dans la pénombre qui régnait sur la terrasse.

Un serveur en livrée passa avec un plateau. Charlotte se servit un verre de citronnade puis observa Arielle et son nouveau partenaire. Norris était habillé en patricien romain. Sa toge lui allait à merveille, mais il ne semblait pas faire preuve de son enthousiasme habituel.

Les minutes passèrent. Charlotte s'impatientait. Elle aurait dû accompagner Baxter, songea-t-elle.

En silence, elle se mit à compter les secondes, tout en écoutant la musique. Son malaise s'accrut.

Une brise soudaine agita les plis de sa jupe émeraude. Surprise, elle se retourna pour découvrir une silhouette en domino noir debout sur la terrasse. Dans l'obscurité, elle la discernait à peine. La capuche était baissée sur le visage masqué. Les plis de la cape étaient fermés, dissimulant les mains.

— Baxter, murmura-t-elle.

Elle aurait dû être soulagée de le voir : il avait accompli sa besogne avec célérité et discrétion. Pourtant, sans comprendre pourquoi, un frisson glacé lui parcourut l'échine. Ce devait être la fraîcheur de la nuit. Elle n'était plus qu'à quelques pas de lui lorsqu'elle se rendit compte de son erreur. Ce n'était pas Baxter.

L'homme masqué était trop grand, trop mince, trop élégant. Il ne possédait pas les épaules puissantes de Baxter, ni son aura de force tranquille.

— Je vous demande pardon, monsieur. Je vous ai pris pour quelqu'un d'autre.

Il ne dit rien. Sous le masque, des lèvres pleines, sensuelles, esquissèrent un sourire. La cape s'ouvrit pour révéler une rose rouge tenue par une main gantée de noir. Toujours silencieux, il la lui tendit.

Charlotte eut un geste de recul. Elle considéra la rose, puis le visage masqué.

— Je crains que vous ne vous trompiez à votre tour, monsieur.

— Non. Je ne me trompe pas.

La voix était très étrange, rauque et étouffée, comme brisée. Charlotte frissonna. Il y avait quelque chose dans cette voix cassée qui réveillait d'anciennes terreurs. Impossible, se dit-elle. Elle n'avait jamais entendu pareille voix. Personne ne pouvait oublier un timbre aussi peu naturel.

Elle essaya de dominer son dégoût. Le malheureux souffrait sans doute d'une affection des cordes vocales, ou d'une difformité du larynx.

— Je ne crois pas que nous ayons été présentés, répondit-elle en se forçant à sourire. Je vous prie de m'excuser. On m'attend à l'intérieur.

Elle tourna les talons.

— Après tout ce temps, croyez-vous enfin à la destinée ?

Charlotte trébucha.

« Non, c'est impossible, songea-t-elle. Ce n'est pas le monstre. La voix n'est pas la même... »

Jamais elle n'oublierait cette autre voix. Aussi douce et mielleuse qu'une nuit d'été, elle n'avait rien de comparable avec ce chuchotement pénible.

Refusant de se laisser gouverner par sa folle imagination, elle pivota lentement pour affronter l'inconnu.

— Je vous demande pardon ? Qu'avez-vous dit ?

— Ce n'est pas important. (Il tendit à nouveau la rose.) Prenez-la. Elle est pour vous.

— Je n'en veux pas.

— Vous devez prendre cette rose. Elle vous est destinée, à vous et à nulle autre.

Cette voix brisée avait quelque chose d'étrangement attirant, d'ensorcelant.

— Allons. Prenez la rose.

Les lumières et la musique semblaient très lointaines à présent. Elle était seule dans la nuit avec cet homme.

— Nous ne nous connaissons pas. Pourquoi voulez-vous me donner une fleur ?

Il s'approcha.

— Prenez-la et vous verrez.

Elle hésita, mais elle savait qu'elle ne pouvait plus fuir. Le danger ne disparaît pas quand on lui tourne le dos. Il fallait qu'elle sache.

Malgré elle, elle avança très lentement la main. Elle vit alors qu'un bout de papier était piqué sur une des épines.

Elle s'empara de la fleur. L'inconnu s'inclina avec élégance avant de se fondre dans la nuit.

Charlotte retourna très vite à l'intérieur de la maison. S'arrêtant sous une lanterne, elle lut le message.

Votre alchimiste d'amant cherche la Pierre de la vengeance. La volonté de détruire son frère l'obsède. Il utilisera tous les moyens qu'il jugera utiles pour changer son passé. Il est même prêt à utiliser votre affection. Mais il n'accomplira jamais son but. Jamais il ne transformera le bâtard qu'il est en or de la vraie noblesse.

Le bâtard a autrefois trahi la confiance d'un ami.

Il n'hésitera pas à trahir à nouveau. Prenez garde avant qu'il ne soit trop tard. Ne devenez pas sa victime.

Baxter enleva ses lunettes, les enfouit dans la poche de sa cape et renoua son loup. Il se glissa rapidement dans le couloir et referma la porte de la chambre de Norris.

Il ignorait s'il devait être déçu ou soulagé par le résultat de sa fouille. Il n'avait rien trouvé.

Plissant les yeux à cause de sa myopie, il redescendit l'escalier. La danse s'achevait. Il soupira, anxieux de retrouver Charlotte.

Préférant éviter de traverser la salle de bal, il sortit sur un balcon. Il passa par le jardin pour rejoindre la terrasse où il avait laissé la jeune femme.

Une silhouette familière et floue se dessina devant lui.

— Charlotte ?

— Baxter, c'est bien vous ?

— Qui diable voulez-vous que ce soit ?

— Peu importe. C'est une longue histoire. Il vient de se passer quelque chose d'important. Hamilton vous cherche partout.

— Hamilton ? Que veut-il ?

Il fronça les sourcils tandis qu'elle approchait. Il discerna enfin nettement ses traits inquiets.

— Baxter ? C'est toi ? (La voix d'Hamilton s'éleva depuis l'entrée de la terrasse.) Je te cherchais. Je dois te parler immédiatement.

— Eh bien, je suis là. Qu'y a-t-il ?

— C'est une affaire... personnelle. (Il se tourna, gêné, vers Charlotte.) Je vous demande pardon, miss Arkendale.

— Tu peux parler devant Charlotte, protesta Baxter.

— C'est inutile, intervint la jeune femme. J'attendrai à l'intérieur que vous ayez terminé.

Baxter en avait assez de plisser les paupières. Arrachant son masque, il rechaussa ses lunettes. Charlotte s'éloignait déjà. Il vit luire son petit arc doré. Il vit aussi qu'elle avait une rose à la main.

Il fronça les sourcils.

— Baxter, c'est important, reprit Hamilton en se postant devant lui.

A regret, il contempla son frère. Toujours aussi élégant, il n'était cependant pas déguisé.

— Que se passe-t-il ?

Visiblement anxieux, Hamilton déglutit.

— L'autre jour, tu m'as conseillé d'être prudent. Tu m'as prévenu qu'il pouvait y avoir du danger à fréquenter La Table Verte.

Cette fois, Baxter lui accorda toute son attention.

— Il s'est passé quelque chose ?

— Pas pour moi. Mais je suis très inquiet pour Norris. Nous nous sommes livrés à une expérience de mesmérisme, l'autre soir.

— Oui, je sais. Norris en était le sujet.

Hamilton parut déconcerté.

— Comment diable le sais-tu ?

— Peu importe. Et alors ? Norris va-t-il se déshabiller pendant le bal ? Je doute que cela plaise à Lennox, mais ce ne serait pas un désastre.

— J'ignore comment tu as pu apprendre autant de détails sur notre expérience, mais là n'est pas l'important. Pour tout te dire, à la fin, notre magicien...

— Magicien ?

Hamilton eut un geste d'impatience.

— La personne que nous employons pour conduire nos expériences. Nous l'appelons notre magicien. C'était très amusant... jusqu'ici. En fin de compte, le magicien n'a pas ordonné à Norris de se déshabiller pendant le bal. C'est bien pire que cela.

— Je t'écoute.

— Il a persuadé Norris de provoquer Anthony Tiles en duel.

— Norris a défié Tiles ? Je ne le crois pas !

— C'est la vérité, chuchota Hamilton. Tiles a été mêlé à trois duels ces deux dernières années. Il a un caractère impossible. Et c'est un tireur émérite. Il a toujours fait couler le sang.

— Oui, je sais.

— L'un de ses adversaires est mort de ses blessures. Un autre a pris la balle dans l'épaule et ne peut plus utiliser son bras gauche. Et le troisième a tout simplement disparu.

— Je connais la réputation de Tiles.

— On dit qu'il s'entraîne tous les jours chez Manton. C'est une terrible gâchette. Aucun homme sain d'esprit n'irait le provoquer.

— Précisément. Que Norris le fasse n'a aucun sens.

— C'est pourtant ce qu'il a fait. Cela ne lui ressemble pas, Baxter. Norris est le plus doux des hommes. Il se met très rarement en colère. C'est mon meilleur ami, et je crains qu'il n'ait signé son arrêt de mort.

— Ordonne à ton magicien de défaire ce qu'il a fait.

Hamilton était au désespoir.

— Je ne parviens pas à le trouver. Aucun d'entre nous ne sait où il habite ni comment le contacter.

Intrigué, Baxter fronça les sourcils.

— Comment l'avez-vous rencontré la première fois ?

— C'est lui qui nous a contactés. Il nous a proposé de nous montrer des techniques permettant de communiquer avec les forces surnaturelles. Cela avait l'air intéressant et amusant. Mais maintenant, quelque chose a mal tourné.

— Pour le moins.

— Norris va risquer sa vie à l'aube.

— Dis-lui de présenter ses excuses à Tiles. Je pense qu'il les acceptera.

— J'ai déjà essayé, mais Norris ne veut pas en entendre parler. Il n'est plus lui-même, Baxter. Il y a encore quelques minutes, il dansait avec miss Arielle comme si de rien n'était. Pourtant, à l'aube, il affrontera Tiles. C'est de la démence.

Baxter contemplait les lumières du bal.

— Baxter ? Tu as entendu ce que j'ai dit ? Norris va risquer sa vie à l'aube. Nous devons l'en empêcher !

— Qui a-t-il choisi comme témoins ?

— Il a dit qu'étant son meilleur ami, je devais être le premier témoin. Il m'a laissé libre de choisir l'autre.

— Et qui as-tu choisi comme second ?

— Bon sang, Baxter, je ne veux pas de ce duel ! Je n'ai choisi personne. Je suis venu directement te trouver. Il faut que tu m'aides.

— Bien, si tu n'as encore choisi personne, cela simplifie les choses, annonça calmement Baxter. Je t'assisterai.

Son frère parut horrifié.

— Mais je veux empêcher ce duel !

— Cela ne sera peut-être pas possible. Votre magicien semble disposer d'un réel pouvoir.

— Qu'allons-nous faire ? Je ne laisserai pas Norris se faire tuer.

Baxter hocha la tête en signe d'apaisement.

— Il y a peut-être un moyen.

— Qu'allez-vous faire ? demanda Charlotte, terrifiée.

Après la soirée, elle avait invité Baxter à discuter dans son bureau, et il venait de lui raconter sa conversation avec Hamilton.

Il haussa les épaules.

— J'ai un plan qui, je l'espère, permettra d'éviter un bain de sang.

— Et sinon ?

— Quelqu'un risque de se faire tuer.

Charlotte serra les poings très fort.

— Votre plan fonctionnera.

— Merci de votre confiance. Hamilton est beaucoup plus sceptique que vous.

— Qu'allez-vous faire précisément ?

Il eut un sourire désabusé.

— Oh, rien de très audacieux ou de très excitant. Je compte utiliser mes connaissances en chimie.

— Alors, je suis certaine que ce sera à la fois audacieux et excitant. (Une pause.) Ce devrait être intéressant à voir.

— Pas question que vous assistiez à ce duel. J'aurai bien assez de soucis comme cela.

— Oui, c'est probable. Quelle sorte d'homme est ce Tiles ?

Baxter avala son cognac.

— C'est un bâtard.

Ce fut au tour de Charlotte de sourire.

— De naissance ou de caractère ?

— Les deux. Anthony est né du mauvais côté de la barrière, comme ils disent. Son père, le vicomte Coltrane, a eu une liaison avec la gouvernante de la famille. Le vicomte n'a eu aucun fils légitime.

Un vague neveu a hérité du titre et des terres. Cette situation ronge Tony depuis des années.

— Vous paraissez bien le connaître.

— Nous étions plus ou moins amis à Oxford.

— Alors, vous pourriez peut-être le convaincre de renoncer ?

— Tony possède une notion très stricte de l'honneur. Il ne tolérera aucune intervention de ma part.

— Je vois.

— Il passe son temps dans les cercles de jeu et autres maisons peu recommandables à chercher les ennuis. Ennuis qu'il rencontre avec une fréquence stupéfiante. Il a au moins une dizaine de duels à son actif. Peut-être plus.

— Pas étonnant qu'Hamilton soit terrifié pour son ami, murmura Charlotte, angoissée. (Un silence.) Cet Anthony Tiles a des points communs avec vous.

Baxter fixa les flammes dans la cheminée.

— Nous sommes bâtards tous les deux, si c'est ce que vous voulez dire.

— Oui, mais il a choisi de vivre comme un bâtard. Vous, au contraire, êtes devenu un vrai gentleman.

Il leva vivement les yeux. Les flammes dansaient sur les verres de ses lunettes.

— Que diable voulez-vous dire ?

— Anthony Tiles s'est laissé pervertir par les circonstances de sa naissance. Il court droit à sa perte. Dieu merci, vous avez choisi une autre route.

Sans répondre, il haussa les épaules.

— Votre père savait que vous étiez devenu un homme d'une grande intégrité, continua-t-elle. Il vous a confié la fortune de la famille et la sauvegarde de son fils cadet. Il devait être excessivement fier de vous.

En silence, il l'observa longuement avant de gagner le divan où il se laissa tomber. Il se passa une main lasse dans les cheveux.

— Quand cette histoire de duel sera réglée, je compte retrouver ce maudit charlatan qui se dit magicien. Je n'aime pas beaucoup ses expériences.

— Baxter, vous serez prudent, n'est-ce pas ? s'inquiéta Charlotte.

— Ce n'est pas moi qui vais affronter Tiles un pistolet à la main.

— Je vous connais. Si quelque chose tourne mal, vous ne vous contenterez pas de regarder le meilleur ami d'Hamilton se faire abattre de sang-froid. (Elle le fixa droit dans les yeux.) Promettez-moi de ne rien faire qui pourrait inciter Anthony Tiles à se retourner contre vous.

Un air amusé passa fugacement sur les traits de Baxter.

— Ne vous inquiétez pas. Cela fait longtemps que j'ai décidé de ne pas me faire tuer dans une affaire aussi stupide qu'un duel.

— Je suis soulagée de l'entendre. (Elle sourit malgré son angoisse.) Pauvre Baxter ! Tout ce que vous demandez, c'est qu'on vous laisse tranquille dans votre laboratoire, et vous voilà forcé de régler les problèmes de tout le monde.

Il haussa les sourcils.

— Il y a problème et problème.

— Que voulez-vous dire ?

Il posa son cognac et se leva. Gentiment, il vint la soulever de sa chaise.

— Certains problèmes sont bien plus fascinants que d'autres.

— Suis-je un problème pour vous, monsieur St. Ives ?

— Oui.

Il se pencha pour écraser sa bouche sous la sienne.

15

Le désir déferla en lui comme une lame de fond. La main sur sa nuque, il embrassa d'abord ses lèvres, puis sa gorge.

Aurait-elle donc toujours cet effet sur lui ? se demandait-il. Il commençait à s'habituer à cette passion qui dévorait sa vie, mais il ne la comprenait pas plus qu'au début. C'était une chose aussi étrange, aussi mystérieuse que la quête des alchimistes pour la Pierre.

Charlotte s'accrochait aux revers de sa veste.

— Baxter... Avons-nous le temps ?

Il se perdit un instant dans le vert bouleversant de ses yeux.

— Pas autant que je le souhaiterais. Bon sang, nous n'avons jamais le temps.

— C'est juste.

Elle lui frôla le menton du bout des lèvres.

— Et il y a toujours le risque que quelqu'un entre ici. Nous n'avons jamais de lit à disposition.

— Baxter...

— Comment peut-on espérer mener une liaison si on ne dispose même pas d'une chambre à coucher ?

Le visage pressé contre sa chemise, elle émit soudain de petits sons étouffés. Ses épaules frémissaient.

Alarmé, il la serra contre lui.

— Charlotte, ne pleurez pas. Je trouverai un moyen.

— J'en suis certaine.

Elle tremblait de tout son corps entre ses bras. Il comprit soudain qu'elle riait.

Il lui souleva le visage. Ses yeux verts brillaient de malice.

— Ravi de voir que je vous amuse, grogna-t-il.

— Amuser n'est pas le mot. Fasciner serait plus juste... ou plutôt exciter...

Se dressant sur la pointe des pieds, elle noua les bras autour de son cou et l'embrassa. Follement.

La vague brûlante du désir déferla à nouveau en lui.

— Comment se fait-il que je ne sois jamais rassasié de toi ? murmura-t-il contre ses lèvres.

Charlotte ne répondit pas. Elle était trop occupée à dénouer son foulard et à lui enlever sa veste. L'instant suivant, il était nu jusqu'à la taille.

Elle effleura les cicatrices avant de presser les lèvres sur son épaule. Baxter ferma les yeux, frissonnant de plaisir. Puis, rouvrant les paupières, il baissa les bretelles de son corsage. Il dévoila son buste pour admirer ses seins dorés par la lueur des flammes.

— Quand tu me regardes comme ça, tu me donnes l'impression d'être très belle, chuchota-t-elle.

Avec dévotion, il passa les pouces sur ses mamelons.

— Tu *es* belle.

— Et vous, monsieur, répondit-elle d'une voix douce et rauque, vous êtes tout à fait merveilleux.

De la langue, il taquina l'extrémité d'un sein. Elle planta ses ongles dans ses épaules, renversant la tête en arrière. Il la saisit par la taille pour la serrer contre lui.

Il ne pouvait attendre davantage. La soulevant

dans ses bras, il l'installa sur le divan. Il s'écarta d'elle, le temps nécessaire pour dégrafer ses culottes, avant de s'agenouiller pour remonter ses jupes jusqu'à la taille.

Lentement, il lui écarta les cuisses. Elle lâcha un petit cri étranglé en se rendant compte de sa position. Un peu tardivement, elle essaya de refermer les jambes.

— Non, murmura-t-il. S'il te plaît. Je veux te voir.

Il posa la main sur la chair rose et tendre de sa féminité. Elle frémit de tout son être.

— Baxter...

Incapable d'en dire plus, elle gémit doucement.

Il se pencha pour respirer le délicieux parfum de son corps. Puis il écarta les doux replis de chair. Il embrassa son intimité avec une exquise langueur.

— Baxter... Mon Dieu, que fais-tu ?

Il ignora cette question et les protestations haletantes qui suivirent. Il utilisa sa langue pour exciter le petit bourgeon qui s'offrait à ses caresses.

Elle ravala un cri et le griffa à nouveau. Il se redressa rapidement. Enivré par le goût de son corps, il plongea en elle.

Elle l'accueillit avec bonheur, l'attirant si profondément qu'il crut devenir une partie d'elle. L'alchimie de cette union était parfaite.

Dans l'instant qui suivit, le plaisir les consuma tel un feu purificateur.

L'encens montait du brasier.

Il inhala lentement, profondément. Il était prêt.

— Lis-moi les cartes, mon amour, chuchota-t-il.

La diseuse de bonne aventure retourna trois cartes. Elle les étudia longuement.

— Le Griffon d'or se rapproche du Phœnix, dit-elle enfin.
— Voilà qui devient de plus en plus fascinant.
— Et dangereux, prévint la femme.
— Exact. Mais le danger ne fait qu'ajouter du piment à l'affaire.
— Le lien entre le Griffon et la Dame aux yeux de cristal se renforce.
— Nous devons en conclure qu'il tient vraiment à elle, après tout.
Il était satisfait.

Charlotte s'étira langoureusement tout en caressant la poitrine de son amant.
— Baxter ? Il se fait tard.
— Je sais.
A regret, il se détacha d'elle et consulta l'horloge.
— Plus qu'une heure avant l'aube. Il faut que je parte. Hamilton doit être inquiet.
Après un dernier baiser, il se leva et entreprit de se rhabiller. Charlotte se débattit avec ce qui restait de sa robe.
— Et ce pauvre Norris ? C'est lui qui devrait être inquiet, non ?
— Je ne l'ai pas encore vu, fit Baxter en remettant ses lunettes. Hamilton dit qu'il prend tout cela avec un calme stupéfiant.
— Crois-tu qu'il soit dans une sorte de transe ?
Le visage sombre, Baxter acquiesça.
— Maudit magicien ! Il aura beaucoup de réponses à me donner.
Il saisit son manteau et se retourna pour lui dire adieu. La vue de Charlotte délicieusement échevelée lui fit regretter de devoir partir si vite.
— Je t'enverrai un message dès que cette histoire sera terminée, promit-il.

— Sois prudent, Baxter. Je n'aime pas cela. Il s'est passé une chose étrange cette nuit, dont je n'ai pas encore eu le temps de te parler.

— Je repasserai cet après-midi. (Baxter s'interrompit en apercevant une rose sur le bureau.) C'est la fleur que tu portais tout à l'heure ? Qui te l'a donnée ?

— C'est une longue histoire. Cela peut attendre cet après-midi.

Il vit le trouble dans ses yeux et considéra à nouveau la fleur. Soudain, il aperçut une feuille de papier pliée.

— Qu'est-ce que c'est ? Un message ?

Elle se mordit la lèvre.

— Je t'assure, il n'y a aucune raison d'être jaloux...

— Je ne suis pas jaloux. C'est une émotion que je trouve inutile et ridicule.

Cette remarque la laissa pensive.

— Moi, je le suis, tu sais.

— Tu es quoi ? demanda-t-il en dépliant le mot.

— Jalouse. Je détesterais qu'une femme t'envoie des fleurs ou des billets.

Il leva les yeux, surpris.

— Je doute qu'une femme ait jamais envie de m'envoyer une fleur.

— Ne joue pas ta tête là-dessus, St. Ives ! Je suis stupéfaite qu'il ne me faille pas repousser les concurrentes à coups de bâton. C'est parce que tu restes à l'écart de la société et que personne ne te connaît très bien.

Baxter sentit ses joues s'empourprer. « Bon sang, songea-t-il, voilà qu'elle me fait rougir ! Il n'y a donc aucune limite au pouvoir qu'elle a sur moi ? »

— Ne t'inquiète pas. Tu n'as aucune concurrente.

— Tant mieux.

Il lut enfin le mot qu'il tenait en main. Incrédule, il dut le relire une deuxième fois.

— Bon sang !

— Ce n'est pas important pour l'instant, Baxter. Tu dois d'abord t'occuper de ce duel. Nous parlerons de cela ensuite.

Il chiffonna le bout de papier dans son poing.

— Qui t'a donné ça ?

— Je ne sais pas. Il portait un domino noir. J'ai d'abord cru que c'était toi. Mais sa voix... (Elle hésita.) Sa voix était bizarre. Comme... cassée. (Elle jeta un œil à la pendule.) Tu dois partir. Nous en parlerons plus tard.

— C'est la seconde fois qu'on essaie de te dresser contre moi.

Elle lui ouvrit la porte du bureau.

— Dépêche-toi, Hamilton doit t'attendre. Il compte sur toi pour sauver la vie de son ami.

Elle avait raison. Le moment était mal choisi. Chaque chose en son temps, se rappela-t-il.

Il sortit et la regarda une dernière fois : elle semblait angoissée.

— Va te coucher. Je reviendrai cet après-midi. Nous discuterons de ce billet.

L'aube se leva sur une brume vaporeuse qui léchait Brent's Field de volutes grisâtres. Atmosphère adéquate pour une affaire aussi sinistre et stupide, pensa Baxter.

Debout près d'Hamilton, il observait la scène tandis qu'un jeune homme comptait les pas.

— Un, deux, trois...

Pistolets pointés vers le ciel, Norris et Tiles s'éloignaient l'un de l'autre. L'un paraissait absent, l'autre féroce.

— ... huit, neuf, dix...

— Tu es sûr que cela va marcher ? demanda Hamilton à voix basse.

— C'est la vingtième fois que tu me poses cette question. Et pour la vingtième fois, je te répète que ça *devrait* marcher.

— Mais si...

— Du calme, ordonna doucement Baxter. Il est trop tard pour changer de plan.

Son frère avait des raisons de s'inquiéter. Norris n'était pas lui-même. Il avait l'air d'un automate. Il semblait ne pas se rendre compte de ce qui était en train de se passer.

— ... quatorze, quinze, seize...

Hamilton s'agita et jeta un nouveau regard angoissé vers son frère. Baxter secoua la tête. Il avait fait de son mieux pour donner les meilleures chances possibles à Norris. Il avait négocié avec les témoins de Tiles pour que la distance de tir soit de vingt pas, et non des quinze habituels. Ces quelques mètres supplémentaires rendaient la précision du tir beaucoup plus aléatoire, même pour un homme habile comme Tiles.

— ... dix-huit, dix-neuf, vingt. Prêts, messieurs ? Feu !

Sur le pré, les deux hommes se retournèrent. Norris ne chercha même pas à viser. Il pointa son pistolet vaguement dans la direction de Tiles et appuya sur la détente.

La détonation déchira le petit matin.

Tiles ne broncha pas. Il sourit froidement et leva son arme à son tour.

Norris abaissa la sienne très lentement. Une expression de perplexité passa sur son visage. Il fixa Tiles qui le visait soigneusement, avant de regarder Hamilton. Baxter vit alors l'horreur s'inscrire dans ses yeux. A nouveau, Norris se tourna vers Tiles. Sa bouche s'ouvrit sans qu'aucun son en sorte.

Avec une terrifiante froideur, son adversaire fit feu.

Une seconde explosion retentit.

Norris tressaillit, avant de baisser les yeux comme pour contempler le sang qui allait gicler de son propre corps.

Il ne fut pas le seul surpris. Les témoins du duel le considéraient avec stupéfaction : il était intact.

— Bigre, Tony l'a raté ! dit finalement quelqu'un.

Le médecin qui avait été payé pour assister au duel émergea d'un des fiacres avec un air affairé. Lui aussi fut surpris en voyant Norris encore debout.

Baxter s'avança.

— Un coup chacun, tel était l'accord. C'est terminé. (Il observait Tiles qui examinait son pistolet.) L'honneur est sauf. Maintenant, rentrons chez nous avant l'arrivée des autorités.

Un murmure général d'approbation lui répondit. L'idée d'une arrestation pour avoir participé à un duel ne souriait à personne. Les hommes regagnèrent leurs voitures.

Baxter rejoignit Norris, qui semblait toujours perdu et effrayé. Son regard n'avait plus rien de vitreux. Il était à nouveau pleinement conscient.

— Je l'emmène, annonça Hamilton.

Son frère lui toucha brièvement le bras.

— Emmène-le chez moi. Je veux vous parler, tout de suite.

Hamilton hésita avant de hocher la tête.

Baxter se dirigea vers son véhicule. Anthony Tiles lui barra la route.

— St. Ives, un mot, si tu veux bien.

Baxter s'arrêta, enleva ses lunettes et se mit en devoir de les nettoyer.

— Qu'y a-t-il, Tony ?

— Cela fait longtemps depuis Oxford, non ?

— Oui.

— Je ne t'ai guère vu ces dernières années. Ta compagnie m'a manqué.

— Nos routes ont divergé.

Anthony hocha pensivement la tête.

— En effet. Tu avais cette étrange passion pour la chimie, et j'ai toujours préféré les lieux de perdition. Mais nous avons toujours une chose en commun.

— Oui.

Le fait qu'ils soient tous deux bâtards les avait rapprochés à Oxford.

— J'avoue que j'ai été surpris de te voir, ce matin. Je ne pensais pas que ce genre de distraction t'amusait.

Baxter remit ses lunettes.

— Ça ne m'amuse pas. Et si tu possédais une once de bon sens, Tony, tu trouverais un moyen plus utile de passer ton temps. Un de ces jours, tu tomberas sur quelqu'un qui tire mieux que toi.

— Ou quelqu'un qui n'aura pas trafiqué ma poudre ?

Baxter sourit à peine.

— C'est une accusation ? Tes propres témoins ont assisté à la charge des pistolets.

— Oui, mais aucun n'est chimiste, répliqua Anthony. Un scientifique compétent n'aurait aucun mal à les berner.

— Allons, Tony, tout le monde a entendu la détonation quand tu as tiré.

— Il y a certes eu beaucoup de bruit et de fumée. Mais cela ne signifie rien. La balle est toujours dans le canon.

— Tu n'as pas besoin du sang du jeune Norris sur tes mains. Il n'était pas lui-même quand il t'a défié.

— Certes, cela ne lui ressemblait pas. Et je t'accorde aussi que je n'aurais éprouvé aucune satisfaction à lui loger une balle dans le corps.

— Je suis ravi de l'entendre.

Baxter esquissa un pas vers sa voiture.

— Encore une chose, St. Ives.

— Oui ?

Anthony le scrutait entre ses paupières mi-closes.

— Tu étais ici ce matin parce que le nouveau comte d'Esherton t'a demandé de sauver la vie de son ami.

Baxter ne répondit pas.

— La rumeur dit que le vieux comte t'a laissé la charge de sa fortune. Il t'aurait même demandé de veiller sur le jeune Hamilton.

— Où veux-tu en venir ?

Anthony serra les poings.

— Ton demi-frère a reçu ce qui devrait être à toi. Tu es en situation idéale pour détruire l'héritage qui t'a été refusé. Pourquoi ne l'as-tu pas fait ?

A cet instant, Baxter se rappela les paroles de Charlotte.

Il considéra cet homme qui autrefois avait été son ami et comprit une vérité qui lui avait toujours échappé. Son père ne lui avait peut-être pas légué son titre, mais il lui avait transmis une part de lui-même. Anthony n'avait pas eu cette chance.

— Je ne dirais pas que je n'y ai pas songé parfois, fit lentement Baxter. Mais j'ai évité la tentation de la vengeance en me découvrant une autre passion.

— Ah oui, ta passion pour la chimie ! Pour moi, rien n'est plus passionnant que la vengeance.

Navré, Baxter secoua la tête.

— Accepte le conseil d'un vieil ami. Essaie de trouver quelque chose de plus intéressant que le jeu et les duels. Tu deviens trop vieux pour ce genre d'exercice, Tony.

Anthony lui lança un étrange regard, puis, sans un mot de plus, tourna les talons pour regagner son phaéton.

Baxter le suivit des yeux tandis qu'il prenait les rênes de son élégant véhicule, avant de s'enfoncer dans la brume. Il eut soudain l'image d'Anthony devenant un fantôme.

Son ventre se noua. « Ça pourrait être moi », songea-t-il.

Malgré leurs différences, tous deux s'étaient retranchés derrière des murailles. Ils avaient dressé des murs autour d'eux pour cacher les émotions qui pouvaient les rendre vulnérables.

Et ces murs les enfermaient dans une impitoyable solitude...

Mais, pour la première fois de sa vie, Baxter n'avait plus envie d'être seul.

Charlotte étudia la femme rondouillarde aux cheveux gris et aux joues roses assise en face d'elle.

— C'est très gentil à vous d'être venue, madame Gatler.

— Mme Witty m'a promis que ma peine serait récompensée. Elle m'a aussi promis que vous vous montreriez d'une absolue discrétion.

— Vous avez ma parole. La discrétion est une des bases de ma profession.

— C'est ce qu'a dit Mme Witty.

Mme Gatler lança un regard vers cette dernière qui s'affairait à l'autre bout de la cuisine.

La gouvernante lui fit un clin d'œil rassurant.

— Tu peux tout lui dire, Maggy. Elle sait garder un secret.

— Une autre tasse, madame Gatler ?

Charlotte souleva la théière.

L'arrivée de l'ancienne gouvernante de Drusilla Heskett l'avait surprise. Arielle avait quitté la maison une demi-heure plus tôt pour faire les boutiques avec Rosalind. Baxter lui avait envoyé un message lui annonçant que le duel s'était bien terminé.

— Je veux bien encore un peu de thé, dit Mme Gatler. C'est pas souvent, vous savez, qu'une lady me sert le thé.

Charlotte opina en souriant. Elle lui aurait même servi du cognac si cela lui avait délié la langue !

— Bien... Et si vous me parliez du meurtre ?

Mme Gatler se pencha en avant avec un air de conspiratrice.

— Il ne savait pas que j'étais là, voyez-vous.

— Qui ne savait pas ?

— Celui qui l'a tuée. Mme Heskett avait donné la nuit de congé au personnel. Elle le faisait souvent quand elle attendait lord Lennox. (Mme Gatler gloussa.) Ces deux-là aimaient bien disposer de toute la maison quand ils s'amusaient. La cuisine, la cave, le salon, n'importe où, si vous voyez ce que je veux dire...

« Bon. Je devais aller chez ma sœur cette nuit-là mais, à la dernière minute, j'ai changé d'avis. Je ne me sentais pas bien. J'ai préféré rester me reposer. J'étais dans ma chambre derrière les cuisines quand je l'ai entendu dans le hall.

Charlotte fronça les sourcils.

— Qui avez-vous entendu ? Lord Lennox ?

— Non, non, pas lui. C'était pas difficile de

reconnaître lord Lennox quand il était dans la maison. (Mme Gatler secoua la tête d'un air attendri.) Ces deux-là faisaient beaucoup de bruit. C'était stupéfiant, en vérité.

— Je vous en prie, continuez, madame Gatler. L'homme s'est introduit par effraction ?

— Non. C'est ça qui est bizarre. Il est arrivé aussi discrètement que la mort. J'ai su qu'il était là parce que j'ai entendu Mme Heskett lui parler.

Charlotte se figea.

— Elle le connaissait ?

— Je ne crois pas. Elle semblait surprise de le voir. Elle lui a demandé ce qu'il faisait chez elle.

— Vous dites l'avoir entendu dans le hall. Il n'a donc pas frappé à la porte ?

— Non. Je l'aurais entendu. Il devait avoir une clé.

— Une clé ?

Mme Gatler haussa les épaules.

— Mme Heskett avait l'habitude de donner sa clé à ses gentlemen préférés. Lennox en avait une.

Charlotte échangea un regard avec Mme Witty.

— Que s'est-il passé ensuite ?

— Eh bien, ils ont discuté un moment dans le hall. En fait, j'entendais surtout Mme Heskett. L'homme parlait à voix basse.

« Au bout d'un moment, ils sont montés à l'étage. Et quelques minutes plus tard, il y a eu le coup de feu. Ça m'a fichu une de ces peurs ! Je vous jure, je n'ai pas pu bouger pendant plusieurs minutes. Et puis, je l'ai entendu dans l'escalier.

— Vous avez entendu les pas du tueur ?

Mme Gatler frémit.

— J'ai entendu sa voix. L'épagneul de Mme Heskett s'était mis dans ses pattes. Il a poussé un juron.

— Dites-moi tout ce que vous avez entendu, madame Gatler.

— Il a dû flanquer un coup de pied à la pauvre bête. Je l'ai entendue aboyer. Après, j'ai entendu ses pas dans l'escalier puis dans le hall. Il est sorti par-derrière. Il est passé juste devant ma chambre. Je n'osais pas respirer. Je priais le Seigneur. Je n'ai jamais eu aussi peur de ma vie.

— S'est-il arrêté ?

— Non, Dieu merci ! Il est sorti tout de suite. Je n'ai pas quitté ma chambre avant d'être certaine qu'il était parti. Le chien s'est mis à hurler. Au bout d'un moment, je suis montée à l'étage. Et j'ai trouvé Mme Heskett. Elle était là, par terre, dans une mare de sang. C'était terrible. Le pire, c'est qu'elle n'a pas dû mourir tout de suite.

— Pourquoi dites-vous cela ?

Mme Gatler parut mal à l'aise.

— Elle s'était traînée sur le tapis, jusqu'à l'armoire. Elle avait ouvert un tiroir. Il y avait du sang partout sur le meuble. Elle a dû essayer de se mettre debout.

Non, pensa Charlotte. Drusilla Heskett n'essayait pas de se lever. Elle utilisait ses dernières forces pour cacher le carnet de dessins. Elle savait qu'il contenait le seul indice pouvant mener au meurtrier.

— Pourquoi n'avez-vous pas appelé les autorités sur-le-champ ? Pourquoi ne pas avoir témoigné ?

Mme Gatler la considéra d'un air consterné.

— Vous me prenez pour une folle ? J'étais seule dans la maison cette nuit-là. Ils m'auraient accusée du meurtre. C'est toujours le personnel qu'on accuse dans des cas comme ça. Ils m'auraient arrêtée. Ils auraient dit que je voulais lui voler ses bijoux et son argent.

La jeune femme se mordit la lèvre et acquiesça. La gouvernante avait raison.

— Qu'a dit exactement le meurtrier quand il a trébuché sur le chien ?

— Quoi ? Ah oui, dans l'escalier ! Je crois qu'il a dit : « Fiche le camp, sale bête. » Ou quelque chose comme ça. Mais, en vérité, ce n'est pas ce qu'il a dit qui m'a frappée. C'est sa voix.

Charlotte se figea.

— Sa voix ?

Mme Gatler frémit à nouveau.

— Elle était rauque, complètement cassée. Elle m'a fait penser à des cailloux qui roulent dans un cercueil.

— Seigneur Dieu...

Charlotte en avait le souffle coupé. L'homme qui lui avait donné la rose et le mot était le meurtrier de Drusilla Heskett ! Elle s'était retrouvée face à face avec l'assassin.

Pas tout à fait « face à face », se rappela-t-elle. L'homme portait un masque. Et il n'y avait qu'une seule personne qui puisse associer un visage à cette voix si particulière.

— Qu'y a-t-il, miss Charlotte ? s'inquiéta Mme Witty en la voyant se dresser d'un bond et se ruer vers la porte. Mais où diable allez-vous comme ça ?

Charlotte s'arrêta un instant sur le seuil de la cuisine.

— Chez Juliana Post. Elle court un grave danger. Je dois la prévenir.

— Mais, miss Charlotte...

— M. St. Ives ne devrait pas tarder. Quand il arrivera, soyez gentille de lui dire où je suis allée.

Mme Witty faisait grise mine.

— Pourquoi miss Post serait-elle en danger ?

— Parce qu'elle est la seule à pouvoir identifier le tueur.

16

Hamilton faisait les cent pas dans la bibliothèque.

— Pendant que tu parlais avec Tiles, Norris m'a confié qu'il n'avait plus aucun souvenir du duel ou de ce qui l'avait précédé. Il ne se souvient pas des instructions du magicien. Il ne se souvient même pas de l'expérience.

— T'a-t-il donné les raisons pour lesquelles il a provoqué Tiles ?

— Non. Il ne se rappelle même pas l'avoir provoqué. Il n'a compris ce qui se passait qu'après avoir ouvert le feu. Et même alors, il ne savait pas pourquoi il avait tiré.

— Se souvient-il que tu as tenté de le dissuader de se battre en duel ?

Hamilton s'arrêta devant un mur de livres.

— Non. Comme tu l'as vu, cette histoire l'a drôlement secoué.

Au premier regard dans la voiture, Baxter s'était rendu compte que Norris n'était pas en état de répondre à la moindre question. Il était épuisé, complètement égaré. A regret, il avait ordonné au cocher de déposer le jeune homme chez lui.

— Quand Norris aura récupéré, il découvrira qu'il s'est taillé une enviable réputation, reprit Baxter. Après tout, il est extrêmement rare de défier Anthony Tiles sans y perdre la vie.

Hamilton grimaça un sourire.

— Exact. Quelle ironie ! Norris est le plus doux et le plus calme des hommes. A présent, il va passer pour un casse-cou.

— J'espère que sa nouvelle image ne lui montera pas à la tête.

— Peu probable. Il est trop content d'être encore en vie. Je ne pense pas qu'il risquera sa peau avant un bon moment.

— Comme il ne semble garder aucun souvenir de cette histoire, tu es le seul qui puisse me donner des informations. Veux-tu m'aider à découvrir l'identité de ce charlatan que vous appelez le magicien ?

— Oui, dit Hamilton d'un ton ferme. J'ai conscience de la dette que j'ai envers toi, Baxter.

— Tu ne me dois rien.

— Comment peux-tu dire cela ? Tu as sauvé mon ami d'une mort certaine. Je ne pourrai jamais assez te remercier. Et Norris non plus.

— C'est toi qui as fait ce qu'il fallait pour le sauver. Tu n'as pas tenu compte de tes sentiments personnels et tu es venu me trouver. Cela demandait du courage, de la volonté et de l'intelligence.

Hamilton rougit. Pendant un instant, il parut aussi perdu que Norris après le duel.

— Je ne savais pas vers qui me tourner. J'avais essayé de raisonner Norris, en vain. Nous ne pouvions trouver le magicien. J'étais désespéré.

— Je sais. Tu as fait ce que tu jugeais nécessaire pour sauver ton ami, même si pour cela il te fallait demander mon aide. Je sais à quel point cela a dû être difficile. Si Norris a une dette, c'est envers toi.

— Ce n'est pas moi qui ai trafiqué la poudre des pistolets.

Baxter haussa les épaules.

— Je ne crois pas que Tiles aurait abattu Norris de sang-froid.

— Il est impitoyable.

— C'est effectivement sa réputation. Mais il n'avait rien contre Norris.

— Cela n'aurait pas arrêté un homme comme Tiles. (Hamilton fronça les sourcils.) Tu penses qu'il a des soupçons, pour la poudre ?

— Il n'est pas stupide.

Stupéfait, Hamilton s'alarma.

— Tu veux dire qu'il sait ce qui s'est passé ?

— Il a parfaitement compris ce qui n'allait pas avec son pistolet, oui. Et il sait que je suis chimiste.

— Bon sang, Baxter ! S'il sait pour la poudre, il risque de s'en prendre à toi. De te provoquer en duel. Tu pourrais être sa prochaine victime.

— Ne me dis pas que tu t'inquiètes pour moi ?

— Ce ne serait pas juste que Tiles se venge sur toi.

— Rassure-toi, il n'y aura pas de duel entre Tiles et moi. Nous étions amis autrefois, à Oxford. Même si nos routes se sont séparées, il existe un lien entre nous qui ne se brisera pas facilement.

Hamilton le fixa avec des yeux ronds.

— Un lien ?

— Nous sommes tous les deux des bâtards.

— Quel rapport avec notre affaire ?

— Les circonstances de notre naissance ont une incroyable influence sur notre vie. Considère ta relation avec Norris. L'élément essentiel qui vous a rapprochés, c'est que vous avez tous deux hérité d'un titre et d'une fortune. Ce facteur a établi un lien entre vous qui durera probablement toute votre vie. Il est même possible que tes fils épousent ses filles, ou inversement. Ainsi va le monde.

Hamilton s'agita, mal à l'aise.

— Je vois ce que tu veux dire...

Baxter noua les mains sur son bureau.

— Mais assez parlé de tout cela. Nous devons retrouver ce maudit magicien avant qu'il ne mette quelqu'un d'autre en danger avec ses expériences.

— Je n'arrive toujours pas à croire qu'il a délibérément cherché à faire tuer Norris. L'expérience a mal tourné, c'est tout.

— Je ne pense pas.

Hamilton leva vivement les yeux.

— Pourquoi aurait-il voulu faire tuer Norris ?

— Voilà une des nombreuses questions que j'aimerais lui poser. Maintenant, dis-moi tout ce que tu sais.

Embarrassé, Hamilton soupira.

— Je ne sais pas grand-chose. En fait, je n'ai même jamais vu son visage. Il porte toujours son costume quand il apparaît parmi nous. Ça fait partie du spectacle, tu comprends.

— Il a accompli cette petite comédie à plusieurs reprises, n'est-ce pas ? Il doit bien y avoir un détail, n'importe quoi, qui t'a frappé.

— Eh bien, il a une voix bizarre...

Charlotte actionna pour la troisième fois le lourd heurtoir de cuivre. En vain. La gouvernante ne vint toujours pas lui ouvrir.

Son angoisse s'accrut. Quelque chose n'était pas normal.

Et si elle arrivait trop tard ? L'homme à la voix cassée avait peut-être déjà rendu visite à Juliana Post...

« Calme-toi, se dit-elle. Juliana est peut-être simplement sortie faire des courses. »

Mais où était la gouvernante ?

Inutile de continuer à marteler cette porte. A l'évidence, personne ne répondrait. Charlotte baissa les yeux vers les cuisines qui se trouvaient au-dessous du niveau de la rue. Aucun signe de vie.

Il fallait qu'elle entre dans cette maison. Elle ne serait pas tranquille si elle s'en allait maintenant.

Après un rapide regard alentour pour s'assurer que personne ne l'observait, elle ouvrit le petit portail et dévala les marches menant à l'entrée de service. En bas, elle était à l'abri des regards des passants.

Le nez collé à une vitre, elle examina l'intérieur de la maison. Rien. Personne.

Elle frappa au carreau. Pas de réponse.

Elle essaya la porte. Verrouillée.

Se refusant à réfléchir aux conséquences, elle prit sa décision. « Dommage que Baxter ne soit pas là », se dit-elle. Il était doué pour ces choses.

Elle enleva son bonnet de coton qu'elle étala sur l'un des carreaux, et attendit qu'un attelage passe dans la rue. Quand le vacarme des roues sur les pavés fut à son comble, elle flanqua un grand coup de réticule dans le bonnet.

Le panneau éclata. Les bouts de verre explosèrent dans la cuisine. Elle tendit l'oreille, mais personne ne vint.

Passant le bras par l'ouverture, elle actionna le loquet de la porte.

Une seconde plus tard, elle était dans la place.

Elle se dirigea vers l'escalier qui menait au rez-de-chaussée.

— Il y a quelqu'un ? Miss Post ?

Un silence irréel lui répondit.

Elle gravit lentement les marches. Une forte odeur l'accueillit dans le hall.

— Juliana ?

Pas de réponse.

L'odeur lui était familière. Elle se rappela que

Juliana utilisait un encens particulier pour ses séances de divination.

« Non, ce n'est pas la même odeur, songea-t-elle. Mais je connais aussi celle-ci. »

Soudain, elle se souvint. Cela ressemblait à l'encens qu'Hamilton et ses amis avaient utilisé à La Table Verte. Mais il y avait une subtile différence. Cette fois, le parfum semblait plus dense, plus âcre.

— Juliana ?

La porte du salon rouge et noir était fermée, mais des nappes de fumée grise glissaient sous le battant.

Une folle angoisse la saisit. Elle se jeta frénétiquement sur le loquet.

La porte était verrouillée.

Choquée, elle baissa les yeux et aperçut la clé dans la serrure. Quelqu'un avait fermé la porte de l'extérieur.

— Juliana !

Paniquée, elle ouvrit le battant.

Un lourd nuage d'encens l'enveloppa. La fumée lui piqua les yeux et lui fit tourner la tête.

Elle recula précipitamment et arracha son mouchoir de son sac. Après avoir pris une profonde inspiration, elle le maintint contre sa bouche et son nez, et bloqua sa respiration.

Elle plongea dans la pièce, où l'encens formait un brouillard intense. Les larmes lui montèrent aux yeux.

Elle trébucha sur le guéridon qui servait de support aux cartes. Un amas de tissu cramoisi, par terre, près du sofa, attira son regard.

Juliana.

Les poumons en feu, elle se précipita vers le corps prostré. Impossible de dire si la jeune femme était morte ou vivante. Elle n'avait pas le temps de vérifier.

Tenant son mouchoir d'une main, elle saisit la malheureuse par une cheville pour la traîner vers la porte. Heureusement, la robe de satin de Juliana glissait facilement sur le tapis.

Mais la porte était très loin. Elle savait qu'elle n'y arriverait pas sans respirer au moins une fois. Elle avait déjà des vertiges.

Avec précaution, elle inspira à travers le mouchoir.

Le tissu amenuisait l'effet de l'encens, mais il ne pouvait le filtrer entièrement. D'abord, Charlotte crut qu'il ne se passerait rien, puis elle vit avec horreur la pièce onduler devant ses yeux.

La drogue, pensa-t-elle. C'était la drogue qui lui faisait cela. Elle devait sortir au plus vite !

Juliana devenait de plus en plus lourde. La salon se transformait en une mer de sang. La porte était l'entrée de l'enfer. Un monstre l'attendait au-delà du seuil.

« C'est l'encens, se dit-elle. L'encens. Je dois continuer à avancer... »

Encore un pas. Encore un tout petit pas, se promit-elle. Puis elle pourrait respirer.

Elle tira Juliana à travers la porte de l'enfer...

... et se retrouva sur le sol de carrelage froid.

Rejetant son mouchoir, elle aspira l'air moins vicié du couloir. Une violente toux la secoua.

— Bon sang... Charlotte ?

— Baxter... Baxter, je suis ici.

Suffoquant, elle se força à respirer encore et s'essuya les yeux. Soudain, elle aperçut Baxter. Il était entré par les cuisines, tout comme elle.

— Que s'est-il passé ? demanda-t-il d'une voix paniquée.

— Dieu merci, tu es là. Je suis si heureuse de

te voir ! C'est Juliana. Je ne sais pas si elle vit encore.

Elle ne parvenait pas à distinguer clairement Baxter. Penché au-dessus d'elle, il semblait changer sans cesse de forme.

Il la souleva de terre.

— Tu arrives à marcher ? (Elle acquiesça.) Alors, sors d'ici. Vite. Je m'occupe de miss Post.

Le couloir n'était plus comme dans son souvenir. L'escalier s'était déplacé de plusieurs mètres vers la gauche.

— Non, pas par la cuisine, gronda Baxter. Nom d'un chien, passe par-devant, c'est plus court.

— Oui, bien sûr.

Elle ne parvenait pas à réfléchir correctement. Tout frémissait, changeait de couleur, de forme. Elle avait l'impression d'être dans un rêve, un cauchemar.

Serrant les dents, elle plongea sur la poignée de la porte d'entrée. Elle parvint de justesse à l'attraper avant qu'elle ne s'envole. Elle tira dessus de toutes ses forces.

— Tourne-la ! ordonna Baxter d'une voix qui transperça le rêve.

A son immense soulagement, la poignée tourna, la porte s'ouvrit.

Un courant d'air frais et pur se rua dans le hall. Elle respira avec avidité, tout en titubant sur les marches. Le monde se stabilisa quelque peu. Elle aperçut la voiture de Baxter garée devant la barrière.

Elle essaya de marcher vers le fiacre mais il parut changer de forme et de position.

— Attendez, miss Arkendale, je vais vous aider.

Le cocher avait sauté à terre et se précipitait pour la soutenir.

— Voilà, doucement...

Plaçant une main ferme sous son coude, il la poussa dans la cabine. Charlotte s'effondra sur la banquette.

Baxter ne tarda pas à la rejoindre. Il portait Juliana.

— Qu'est-ce qui se passe ici ? demanda le cocher. Il y a le feu ? Je dois appeler à l'aide, monsieur ?

— Je ne crois pas qu'il y ait le feu. (Baxter posa Juliana sur l'un des sièges.) Attendez, je vais vérifier.

Les idées de Charlotte commençaient à s'éclaircir. Elle sursauta.

— Baxter, fais attention ! L'encens est dangereux.

Il ne répondit pas. Elle le vit déployer son mouchoir au moment où il pénétrait à nouveau dans la maison. Elle attendit avec angoisse et fut soulagée de le voir bientôt ressurgir.

— Il n'y a pas le feu. C'est juste l'encens qui brûle... Chez miss Arkendale, ordonna-t-il au cocher. Et vite.

— Oui, monsieur.

La voiture s'ébranla dans un hoquet.

Baxter s'installa près de Charlotte.

— Tu vas bien ?

— Oui. (Elle contempla Juliana, sur la banquette qui leur faisait face.) Elle est... ?

Baxter posa deux doigts sur la gorge de la jeune femme.

— Vivante.

— Dieu merci ! C'est l'encens qui l'a mise dans cet état. Je crois que c'est la même mixture infecte qu'Hamilton et ses amis utilisaient au club, l'autre nuit.

— Oui.

Charlotte croisa son regard.

— Le magicien a essayé de la tuer ?

— Oui.

— Il s'appelle Malcolm Janner. Je l'aimais, et il a tenté de me tuer...

Juliana, fraîchement baignée, portait un des peignoirs d'Arielle. Elle était blottie dans un coin du sofa devant la cheminée. Sa voix était encore rauque de l'encens qu'elle avait respiré. Les larmes embuaient ses yeux rougis.

— Je croyais qu'il m'aimait, ajouta-t-elle tristement.

Charlotte reposa la théière pour lui prendre la main.

— C'est un monstre. Les monstres ne connaissent pas l'amour.

Le silence retomba.

— Que s'est-il passé ? questionna Baxter.

— Il m'a demandé de lui lire les cartes. Il me le demande souvent. C'est une des choses que je n'ai jamais comprises chez lui.

— Comment cela ?

— Malcolm est un homme d'une intelligence brillante, mais il est obsédé par la métaphysique et les sciences occultes. Il croyait que j'étais vraiment capable de lire l'avenir. En fait, j'ai l'impression que c'est pour cette raison qu'il faisait semblant de m'aimer. Je n'ai jamais osé lui dire que mes talents se limitaient à savoir créer une atmosphère, de façon à pouvoir gagner ma vie.

— Pourquoi l'encens ? demanda Baxter.

— Il passait son temps à faire des expériences avec. Il a créé un mélange spécial qui, disait-il, développe les facultés et élève le niveau de conscience. Il prétendait que cela l'aidait à entrer en contact avec les forces occultes.

— C'est cet encens qu'il a utilisé aujourd'hui ?

— Oui. C'est une drogue très puissante qui altère la perception des choses. Il faut l'utiliser avec prudence. A forte dose, elle peut tuer.

— Et il y en avait une dose très forte dans votre salon aujourd'hui, dit Charlotte.

— Quand j'ai eu fini de lui lire les cartes ce matin, il a rajouté de l'encens dans le brasero. (Juliana ferma les yeux.) Je lui ai dit que cela me faisait peur, mais il m'a assuré que je n'avais rien à craindre. Il a mis son masque, celui qui le protège des effets de l'encens. J'ai commencé à avoir des vertiges.

Elle frémit.

— Continuez, dit gentiment Charlotte.

Juliana rouvrit les yeux. Les larmes coulaient sur son visage.

— Il m'a soulevée dans ses bras, pour me poser sur le divan. Je pensais qu'il allait me faire l'amour, comme souvent après une séance de divination. Je ne le distinguais plus très bien, mais je n'oublierai jamais sa voix lorsqu'il m'a dit qu'il n'avait plus besoin de moi. Que j'étais devenue une gêne pour lui. Il m'a promis que je ne souffrirais pas. J'allais simplement m'endormir et ne jamais me réveiller.

— Seigneur Dieu, murmura Charlotte. Vous étiez sur le sol quand je vous ai trouvée. Vous avez dû glisser à terre.

Baxter fronça les sourcils.

— Et c'est sans nul doute ce qui vous a sauvée, miss Post.

Juliana le considéra avec surprise.

— Que voulez-vous dire ?

— Les vapeurs de cet encens sont plus légères

que l'air. Elles flottent au-dessus. Près du sol, l'air était plus pur, et c'est ce qui vous a permis de rester en vie jusqu'à l'arrivée de Charlotte.

Celle-ci était impressionnée.

— Brillante analyse, Baxter.

Il lui lança un regard désabusé.

— Merci. Finalement, tout ce temps passé dans mon laboratoire n'est pas inutile.

Juliana frissonna.

— Quoi qu'il en soit, je vous dois la vie, miss Arkendale. Sans vous, je serais morte à l'heure actuelle. Par quel hasard avez-vous décidé de me rendre visite aujourd'hui ?

— Le hasard n'a rien à voir là-dedans, mais plutôt la logique. Et peut-être aussi un petit peu de chance. Disons que j'ai obtenu certaines informations sur la voix de cet homme. Vous étiez la seule personne à pouvoir mettre un visage sur cette voix.

Serrant les plis de son peignoir contre elle, Juliana fixa le feu.

— Malcolm déteste sa voix. Pour lui, c'est une malédiction que d'être marqué de la sorte.

Baxter considéra longuement Juliana.

— J'ai parlé avec mon frère aujourd'hui. Ce soi-disant magicien qui divertit les clients de La Table Verte a la voix cassée.

Charlotte acquiesça.

— Selon la personne que j'ai interrogée ce matin, c'était aussi le cas de l'homme qui a tué Drusilla Heskett. Et l'homme en domino noir qui m'a parlé hier soir au bal masqué possédait également une voix étrange, cassée.

— Bon sang ! maugréa Baxter. Pourquoi ne me l'as-tu pas dit plus tôt ?

— Je n'en ai pas eu l'occasion.

— Ce doit être Malcolm, murmura Juliana.

C'est lui qui a créé le club de La Table Verte pour attirer les jeunes gens des meilleures familles. Cela faisait partie de son plan.

— Quel plan ? demanda Baxter. Il veut les détruire ?

— Les détruire ? répéta Juliana, sincèrement surprise. Bien sûr que non. Pourquoi diable ferait-il une chose pareille ?

— Certaines personnes sont prêtes à tout pour se venger. Si ce magicien nourrit quelque rancœur à l'égard des jeunes gens qu'il a attirés dans son club, il se peut très bien qu'il cherche à les tuer en utilisant le mesmérisme. Ce matin, j'ai été témoin de ce qui aurait pu être un meurtre commis de cette manière.

— Vous avez raison sur un point, admit Juliana. Malcolm n'éprouve aucune sympathie pour les jeunes aristocrates. Il les méprise. Mais je ne pense pas qu'il veuille tuer quiconque. Ce n'est pas son but.

— Quel est précisément son but ? s'enquit Charlotte.

— Il veut le pouvoir et la richesse. Il prétend qu'il aurait dû en hériter à sa naissance. Le fait qu'on l'ait dépouillé de son héritage est une source constante de rage et d'angoisse pour lui. (Juliana hésita.) En raison de mon propre passé, je comprenais à quel point cela le touchait profondément.

— Oui, bien sûr, dit Baxter. Tout devient clair, à présent. Il pense pouvoir contrôler ces jeunes nobles grâce au mesmérisme et à son encens.

Juliana acquiesça.

— Il a étudié les travaux du Dr Mesmer et de beaucoup d'autres. Il a réussi à mettre au point une technique qui provoque un état de transe. L'encens facilite l'opération.

Soudain, les paumes de Charlotte étaient moites.

— Baxter, ce qui s'est passé ce matin était en fait un test, n'est-ce pas ?

— Oui, un test pour savoir jusqu'à quel point il contrôle ses sujets. (Baxter enleva ses lunettes et secoua son mouchoir.) Pas étonnant qu'Hamilton n'ait pu le retrouver. Il n'avait aucune intention de mettre un terme à son expérience.

Consternée, Charlotte frissonna.

— Pour s'assurer qu'il détient bien le pouvoir qu'il recherche, il n'a pas hésité à envoyer un jeune homme au-devant d'une mort certaine.

— J'ignore ce dont vous avez été témoin ce matin, intervint Juliana avec désespoir, mais je suis certaine que Malcolm ne veut pas assassiner tous les jeunes aristocrates.

Baxter polissait méthodiquement ses verres.

— Je vous crois. L'affaire de ce matin n'était qu'une simple expérience. Son but ultime est de contrôler les gentlemen de La Table Verte une fois qu'ils seront entrés en possession de leurs titres et de leurs fortunes.

— Et ainsi, de pouvoir utiliser ces titres et ces fortunes comme il le désire, compléta Charlotte.

Baxter rechaussa ses lunettes.

— Exactement. De cette façon, il disposerait d'un pouvoir illimité.

La bouche de Juliana tremblait.

— Malcolm est né bâtard. Il ne pouvait accepter les caprices d'un destin qui l'avait privé de sa fortune et de son titre.

— Il a donc cherché à façonner sa propre destinée, dit lentement Charlotte.

Baxter fronça les sourcils.

— Qu'est-ce que c'est que cette histoire de destinée ?

— Hier soir, au bal, Malcolm Janner m'a demandé si je croyais à la destinée. (En dépit du feu dans la cheminée, Charlotte avait froid.) Je me rappelle clairement ses paroles, parce qu'on m'a dit autrefois quelque chose de très similaire.

Juliana se sécha les yeux.

— Malcolm parle souvent de la destinée. Il est convaincu que la sienne est grandiose. C'est une des choses qu'il voulait toujours que je vérifie dans les cartes. Je me débrouillais pour lui dire ce qu'il désirait entendre.

— Bon sang... (La voix de Baxter était si sourde que Charlotte l'entendit à peine.) C'est impossible. Il est mort...

— Qui est mort ? demanda-t-elle vivement.

Baxter serra les poings.

— Je t'expliquerai plus tard.

A son expression butée, elle comprit qu'il n'en dirait pas davantage devant Juliana.

— Où habite cet homme qui prétend s'appeler Malcolm Janner ? interrogea-t-il d'une voix terrifiante.

Juliana tressaillit.

— Je sais que vous ne me croirez pas, mais c'est la vérité : je ne connais pas son adresse. Il disait que cela valait mieux ainsi, au cas où son plan échouerait. Tout ce que je peux vous dire, c'est qu'il passait beaucoup de temps à La Table Verte. Je crois qu'il a une sorte de bureau là-bas.

Charlotte lança un regard à Baxter.

— Nous n'avons pas fouillé le dernier étage.

— Je doute qu'il vive là-bas, répliqua-t-il. Ce serait trop risqué. Mais il a sans doute besoin du dernier étage pour réussir ses apparitions. Cela vaudrait sans doute la peine de retourner examiner tout cela.

— Excellente idée, affirma Charlotte.

Baxter la fixa avec une terrible intensité.

— Cette fois, j'irai seul.

— Mais... je pourrais t'être utile.

— J'irai seul.

Sa froideur irrita Charlotte.

— Nous en discuterons plus tard.

— Il n'y a pas à discuter.

La jeune femme préféra céder pour l'instant.

— En tout cas, nous devons faire en sorte que miss Post soit protégée. Si Malcolm Janner apprend qu'elle n'est pas morte, il pourrait tenter autre chose contre elle.

Baxter haussa les épaules.

— Eh bien, assurons-nous qu'il est convaincu de sa mort.

— Et comment allez-vous faire ? demanda Juliana, pas trop rassurée.

— Mais de la façon la plus normale qui soit, dit Baxter. Nous allons envoyer un faire-part aux journaux.

17

Deux heures plus tard, Baxter arpentait le salon de Charlotte. Il réfléchissait. Juliana Post se dirigeait à présent vers le nord du pays, en toute sécurité. Un avis avait été envoyé aux journaux annonçant un accident fatal lors d'un incendie. Avec un peu de chance, il paraîtrait demain matin.

Bientôt, il irait rendre une visite discrète à La Table Verte.

Il progressait, c'était certain et satisfaisant, mais il ne pouvait s'empêcher de redouter les événements à venir.

Et surtout, il y avait cette certitude : Morgan Judd était vivant. C'était impossible, mais pourtant vrai. Le seul élément qui ne correspondait pas était cette voix cassée.

Assise sur le sofa, Charlotte le suivait des yeux à travers la pièce.

— Merci pour tout ce que tu as fait pour miss Post. Tu as été très bon avec elle, Baxter.

— C'est toi qui lui as sauvé la vie.

Il s'immobilisa devant la fenêtre, les mains croisées dans le dos, et ajouta :

— Considérant son rôle dans cette affaire, il serait intéressant de savoir pourquoi tu tiens tant à la protéger.

— Sans doute parce que nous avons beaucoup en commun.

— Que diable peux-tu avoir de commun avec cette femme ?

— Cela me semble évident. Nous provenons toutes deux de familles dont la fortune a été dilapidée. Nous avons eu affaire à des hommes méprisables, sans honneur, qui contrôlaient nos vies. Nous avons su bâtir une carrière pour échapper au sort qui attend normalement les femmes dans une situation semblable.

— Des carrières qui vous ont aussi permis d'éviter les risques du mariage, n'est-ce pas ?

— En effet. Même si la pauvre Juliana s'est retrouvée à la merci d'un homme qui semble bien plus redoutable qu'un mari normal. Ce qui prouve finalement qu'une liaison peut s'avérer aussi dangereuse que le mariage.

Baxter ajusta ses lunettes.

— Le cas de miss Post n'a rien de typique.

— Peut-être. (Charlotte était pensive.) Néanmoins, je me demande si je ne devrais pas offrir aussi mes services à des dames qui envisagent une simple liaison.

Baxter esquissa une grimace.

— Je doute que ce genre de service les intéresse vraiment.

— Tu as sans doute raison. C'est la passion qui, généralement, pousse à entamer une liaison. Quand on est en proie à une émotion aussi intense, on se moque pas mal des faits.

— C'est vrai.

— Et tout le monde sait que la passion ne dure pas. Quand toutes les flammes se sont consumées, on met un terme à la liaison. A la différence du mariage, où on se retrouve coincée avec un mari pour la vie.

Coincée. Il réprima un soupir.

— En effet.

— Oui, tu as raison, Baxter. Je ne pense pas qu'il y aurait beaucoup de clientes qui désireraient une enquête sur un amant potentiel...

Brusquement, elle changea de sujet :

— J'ai vu ton expression lorsque miss Post a parlé de Malcolm Janner. Tu le connais, n'est-ce pas ?

— Si mes soupçons sont corrects, son vrai nom est Morgan Judd.

— Judd ?

— J'ai honte de le dire, mais nous étions amis à Oxford.

— Amis ? fit Charlotte, incrédule. Partageais-tu le même lien avec ce Morgan Judd qu'avec Anthony Tiles ?

— Oui. Morgan était aussi un bâtard. Il était le fils d'un comte et d'une jeune femme de la bourgeoisie. Sa mère est morte en le mettant au monde. Son père ignorait son existence, mais la famille de sa mère a veillé à lui donner une bonne éducation. (Une pause.) Nous avions un autre point commun. Quelque chose qui nous liait encore davantage. La passion de la chimie, et même de l'alchimie.

— Je commence à comprendre.

— A Oxford, on nous appelait les Deux Alchimistes. Nous avions installé un laboratoire, et tout notre argent servait à acheter des ustensiles et de l'équipement. Quand les autres se retrouvaient pour lire des poésies, Morgan et moi menions des expériences. Nous vivions pour la science.

— Que s'est-il passé ?

— Après Oxford, nous nous sommes éloignés. Au bout d'un moment, nous avons perdu le contact.

— Tu ne me dis pas tout, fit gentiment Charlotte.

— Tu es décidément perspicace... En plus de la chimie, Morgan avait d'autres... intérêts que je ne partageais pas. Après son départ d'Oxford, ces intérêts sont devenus très importants pour lui. Au point de l'obséder.

— C'est-à-dire ?

— Il était attiré par les pires tripots. Il devenait chaque jour un peu plus débauché et pervers. Quelque chose l'attirait vers les côtés les plus noirs de la vie.

— Pas étonnant, dans ce cas, que votre amitié se soit éteinte.

— Parallèlement, il se passionnait pour la métaphysique et les sciences occultes. Au début, ce n'était qu'un jeu pour lui. Mais, après Oxford, c'est devenu beaucoup plus qu'une simple distraction. Il s'est mis à parler de changer sa destinée.

— La destinée, répéta Charlotte à voix basse.

Baxter se tourna vers elle.

— Je l'ai croisé dans la rue il y a quelques

années. Il m'a dit que j'étais fou de ne pas utiliser mes connaissances en chimie pour me forger une grande destinée.

— Tu le croyais mort. Pourquoi ?

— Tu te souviens de ma petite aventure au service de la Couronne ?

— Ne me dis pas que cela avait un rapport avec Morgan Judd ?

— C'est pourtant le cas. Il travaillait pour Napoléon. Il voulait créer des vapeurs chimiques qui auraient été utilisées contre nos soldats. Je me suis servi de notre ancienne amitié pour le convaincre de me laisser travailler avec lui. Je lui ai dit que j'étais enfin prêt à forger ma destinée.

— Je vois.

— Je l'ai trahi. Je lui ai dit que je voulais la richesse et la puissance que Napoléon nous promettait. Mais, dès que cela a été possible, j'ai détruit son laboratoire et ses notes. Il y a eu une terrible explosion. J'en ai réchappé de justesse.

— L'acide, murmura-t-elle.

— Il me l'a jeté au visage pendant la lutte.

— Bonté divine ! Il aurait pu te rendre aveugle... Tu as cru qu'il était mort dans l'explosion ?

— J'en étais certain. On a retrouvé un corps deux jours plus tard. Brûlé d'une façon atroce, ce qui le rendait méconnaissable. Mais il portait les bagues de Morgan.

— C'est très étrange, murmura Charlotte d'un air pensif. Je suis presque convaincue que j'ai moi aussi rencontré Morgan Judd.

Il la dévisagea.

— Le monstre dans le couloir devant la chambre d'Arielle ?

Elle frémit.

— Oui. Cette nuit-là, il m'a demandé si je

croyais à la destinée. L'homme en domino noir qui m'a donné la rose m'a posé la même question.

— Bon sang !

— Mais leurs voix étaient si différentes. Celle de l'homme que j'ai vu il y a cinq ans était douce, musicale, ensorcelante.

— Oui, c'est le seul détail qui ne colle pas. La voix de Morgan Judd était un véritable instrument de musique. Quand il lisait des poésies à haute voix, les gens étaient envoûtés. Quand il parlait, on se retournait pour l'écouter. Il aurait pu faire carrière au théâtre.

— La voix du magicien était tout le contraire. Elle me faisait penser à du gravier qui crisse sous les semelles. (Charlotte fronça les sourcils.) Mais elle avait aussi quelque chose d'étrangement fascinant.

— S'il s'agit bien de Morgan Judd, il y a deux explications possibles.

— Lesquelles ?

— Primo, il déguise volontairement sa voix pour ne pas être reconnu.

Charlotte fit la moue.

— Cela me paraît peu plausible. Si tu l'avais entendu, tu comprendrais. C'est une voix qui a été brisée.

— Alors, reste la seconde possibilité.

— Qui est ?

— Judd a été blessé lors de l'explosion.

— Miss Post n'a pas mentionné de cicatrices. Elle nous a même dit qu'il était beau comme Lucifer. A l'exception de sa voix.

— Il y avait un tas de substances chimiques dans le laboratoire cette nuit-là. Et l'explosion a libéré des vapeurs toxiques.

— Ces vapeurs auraient endommagé ses cordes vocales ?

— C'est possible.

Baxter laissa passer un silence avant de poursuivre :

— Quoi qu'il en soit, ce magicien est très dangereux. Il a tué Drusilla Heskett et a tenté d'assassiner miss Post et Norris.

— Baxter, il sait que nous enquêtons sur lui.

— Oui. Il a même tenté à deux reprises d'anéantir ta confiance en moi. A présent, il doit savoir qu'il a échoué.

— Complètement.

Baxter eut un petit sourire.

— Tu me fais un grand honneur, Charlotte.

— Ridicule. L'honneur n'a rien à voir là-dedans. C'est un fait.

Qu'avait-il espéré ? se demanda-t-il. Qu'elle lui dise qu'elle croyait en lui parce qu'elle l'aimait ? Il devenait idiot.

Il s'éclaircit la gorge.

— Oui, eh bien, j'apprécie néanmoins ton soutien. Espérons simplement que Judd est persuadé de ne courir aucun risque pour le moment.

— Parce qu'il croit que la seule personne qui pouvait l'identifier est morte ?

— Oui, mais il est possible qu'il ne le croie pas très longtemps.

— Nous devons agir vite, affirma Charlotte d'un ton décidé.

— Je vais visiter le dernier étage de La Table Verte ce soir. D'ici là, il faut faire comme si de rien n'était. Il ne doit pas pouvoir deviner que nous en savons désormais beaucoup plus sur son compte.

— Ce qui signifie, j'imagine, que nous devrons faire notre tour habituel des soirées mondaines ?

— Oui. Mais je veillerai à ce que ta sœur et toi soyez sous bonne garde.

Charlotte lui lança un regard surpris.

— Que veux-tu dire ?

— Je vais engager deux hommes. L'un pour vous protéger pendant la soirée, tante Rosalind, Arielle et toi. Un autre pour surveiller cette maison.

Elle sourit.

— Je ne discuterai pas avec toi...

— Ce qui vaut mieux pour nous deux.

— ... mais, ajouta-t-elle précipitamment, je crois sincèrement que je pourrais t'être utile ce soir à La Table Verte.

— Non ! Je t'interdis de m'accompagner, un point c'est tout.

— Baxter, il faut que quelqu'un t'accompagne.

— C'est trop dangereux. Tu feras ce que je dis. La discussion est close.

Agacée, la jeune femme soupira.

— Vraiment, ta conduite est insupportable. Tu n'as aucun droit de prendre seul les décisions. C'est moi qui ai démarré cette enquête, et je ne tolérerai pas ton arrogance. Tu n'es pas mon mari, tu sais !

— J'en suis parfaitement conscient, miss Arkendale. Je ne suis que ton amant, n'est-ce pas ?

Quelqu'un se racla la gorge. Baxter fit brutalement volte-face.

— Je vous demande pardon, bafouilla Hamilton depuis le seuil de la pièce. J'ai dit à votre gouvernante que je pouvais m'annoncer moi-même... Je vous dérange ?

— Pas du tout, assura Charlotte. Entrez, entrez, Hamilton. Arielle est sortie pour l'instant, mais elle ne devrait plus tarder.

Le jeune homme s'avança d'un pas hésitant.

— En fait, je venais voir Baxter. Son majordome m'a dit que je le trouverais ici.

— Que veux-tu ? fit Baxter. Je suis occupé.

— Je comprends. (Hamilton serra les lèvres.) Je suis venu t'offrir mon aide.

— Baxter compte fouiller le dernier étage de La Table Verte ce soir, annonça Charlotte.

Hamilton la regarda avant de fixer son frère.

— Je connais bien l'endroit, en tout cas jusqu'au deuxième étage.

— Je n'ai pas besoin de ton aide, décréta sèchement Baxter.

Hamilton se raidit.

— Baxter, je te prie de considérer son offre, dit Charlotte. Il connaît les lieux, cela pourrait t'être utile.

— Tu ne comprends pas...

— Bien sûr que je comprends. Tu te sens lié par le serment que tu as fait à ton père. Tu lui as promis de veiller sur Hamilton, pas de l'entraîner dans des entreprises risquées.

— Bon sang, je ne suis plus un enfant ! s'exclama Hamilton, agacé. Je n'ai pas besoin d'une nounou.

— C'est tout à fait vrai, Baxter, renchérit Charlotte. Je suis certaine que ton père ne voulait pas que tu protèges Hamilton toute sa vie. Il souhaitait sûrement que son héritier devienne un homme responsable.

Hamilton lui adressa un regard reconnaissant avant de dévisager son frère.

— Au nom du Ciel, j'ai vingt-deux ans. Il serait temps qu'on s'aperçoive que je suis un homme !

Indécis, Baxter le scruta un long moment.

— Ta connaissance des lieux pourrait m'être utile, concéda-t-il à regret. Mais la situation n'est pas sans risques.

— Ce maudit magicien a failli faire tuer mon meilleur ami ce matin. Il est normal que je fasse quelque chose.

« Quand devient-on un homme ? » se demanda Baxter. Il n'avait pas la réponse à cette question, car il avait toujours dû assumer les responsabilités d'un adulte.

— Très bien, dit-il. Tu m'accompagneras. Mais, au nom du Ciel, ne dis rien à ta mère !

Soulagé, Hamilton afficha un sourire radieux.

— Jamais. Tu as ma parole.

— J'espère que je ne vais pas le regretter, grommela Baxter un peu plus tard.

Il se tenait près de Charlotte au bord de la piste de danse. Le bal des Hawkmore était très réussi : il alimenterait les conversations de la bonne société pendant au moins deux jours.

Si Morgan Judd envoyait des espions, il leur serait difficile de les garder à l'œil dans cette foule. Avec un peu de chance, Hamilton et lui pourraient s'esquiver sans être remarqués.

— Je sais que ce n'était pas facile pour toi d'accepter l'aide d'Hamilton, répondit Charlotte. Mais c'est l'occasion idéale de lui montrer que tu as confiance en lui.

— Il est encore tellement puéril par certains côtés. Qu'il ait pu adhérer à ce club n'est pas une preuve de maturité.

— J'ai l'impression que cette expérience lui a beaucoup appris. Le fait que Norris ait frôlé la mort l'a considérablement assagi.

— C'est possible. Néanmoins...

— Considère le bon aspect des choses, Baxter. En prenant Hamilton avec toi, tu as l'excuse idéale pour refuser mon aide.

Il sourit, malgré son humeur maussade.

— Tu sais présenter les choses à ta manière...

Elle le fixa d'un air soudain grave.

— Sois prudent ce soir, Baxter.

— Je te l'ai souvent répété, il n'est pas dans ma nature de prendre des risques idiots.

— Non, tu préfères prendre des risques calculés. Ce qui, à mes yeux, est bien plus dangereux. (Elle posa la main sur sa manche.) Je t'attendrai.

— C'est inutile. Je passerai te voir demain matin.

— Non ! S'il te plaît, viens me voir cette nuit, dès que vous aurez terminé. Quelle que soit l'heure. Je ne pourrai pas dormir tant que je ne vous saurai pas en sécurité.

— Très bien.

Il baissa les yeux vers la main gantée posée sur sa manche.

« Elle a peur pour moi », songea-t-il, profondément ému. Et cette attention était pour lui le plus grand des trésors.

Elle le dévisagea.

— Baxter ? Quelque chose ne va pas ?

— Non. Oui. (Les mots le fuyaient.) Quand tout ceci sera terminé, je souhaiterais vous parler de l'avenir de notre liaison, dit-il, la vouvoyant sans même s'en rendre compte.

Elle cilla.

— L'avenir...

— Charlotte, nous ne pouvons pas continuer ainsi. Vous devez sûrement le comprendre.

— Je... je trouvais que ça ne se passait pas si mal.

— Une liaison, c'est bien pour quelques semaines.

— Quelques semaines ?

— Peut-être quelques mois, concéda-t-il. Mais finalement, cela devient assez fastidieux.

Elle ne bougeait plus.

— Bien sûr, fastidieux.

— Tout ce mal que nous nous donnons pour trouver un endroit adéquat pour... euh... exprimer nos sentiments réciproques. Je veux dire que je n'ai rien contre une paillasse de laboratoire, ou un fiacre, ou le divan d'une bibliothèque à l'occasion, mais à long terme, cela me paraît assez fatigant.

— Je vois. Fatigant.

— A mon âge, un homme préfère le confort de son propre lit.

— Baxter, vous n'avez que trente-deux ans.

— Et puis, il y a la peur constante des ragots. C'est tout à fait déplaisant. Nous en avons déjà discuté, cela pourrait avoir de mauvaises conséquences sur votre carrière.

Elle esquissa une grimace.

— Oui, je suppose que oui...

Il se tritura la cervelle à la recherche de nouveaux arguments. Le plus évident refusait de passer la barrière de ses lèvres. Il chercha sa respiration.

— Et vous devez envisager la possibilité d'une grossesse.

— Je crois savoir qu'il existe des objets qu'un gentleman peut porter pour éviter ce genre de choses.

— Il est peut-être déjà trop tard. Voilà la grande difficulté avec une liaison, vous voyez. On ne peut pas toujours contrôler la situation. Charlotte, il y a une foule de raisons pour que notre liaison ne puisse durer indéfiniment.

Elle le fixa sans prononcer le moindre mot. Ainsi, il voulait rompre. C'était trop beau, trop merveilleux pour que cela puisse continuer...

A cet instant, Hamilton les rejoignit.

— Baxter ? Il est temps de partir.

Baxter jeta un coup d'œil derrière lui pour

découvrir Hamilton et Arielle. Il espérait qu'ils n'en avaient pas trop entendu.

— Il est temps, oui.

Charlotte lui toucha à nouveau le bras.

— Baxter, vous... vous n'oublierez pas votre promesse de passer me voir dès que vous aurez fini.

— Oui, oui. Je passerai vous faire un rapport complet.

Il hocha brusquement la tête vers Arielle puis tourna les talons.

Hamilton était enfoncé dans la banquette de velours vert de son élégant cabriolet et contemplait Baxter avec un air amusé.

— Pourquoi ne lui dis-tu pas carrément que tu veux l'épouser ?

Baxter fronça les sourcils.

— De quoi diable parles-tu ?

— J'ai entendu assez de votre conversation pour conclure que tu essayais de convaincre Charlotte de mettre un terme à votre liaison et d'envisager le mariage. Pourquoi tourner autour du pot ?

— La nature de mon association avec miss Arkendale ne te regarde pas.

Hamilton examina distraitement le pommeau de sa canne d'ébène.

— Comme tu veux.

— De plus, si tu oses encore une fois prononcer le mot « liaison » à notre sujet, je peux te garantir que non seulement tu n'entreras jamais en possession de ta fortune, mais qu'il te manquera plusieurs dents la prochaine fois que tu essaieras ton sourire enjôleur sur une dame !

Ravalant un rire, Hamilton secoua la tête.

— Tu es peut-être un homme de science, mon

frère, mais avec les femmes, tu es désespérant. Tu devrais consacrer plus de temps à lire Shelley et Byron, et moins à étudier la chimie.

— Je suis un peu trop vieux pour changer de caractère. Et d'ailleurs, cela ne servirait à rien.

— Pourquoi dis-tu ça ? Il est évident que Charlotte a un faible pour toi.

Baxter fut gêné par l'étincelle d'espoir que cette remarque provoquait en lui.

— Tu crois ?

— Bien entendu.

— Il se peut qu'elle tienne un peu à moi, mais je doute qu'elle tienne à un mariage.

— Eh bien, c'est à toi de la convaincre que le mariage serait une excellente décision pour vous deux.

Agacé, Baxter grimaça.

— C'est précisément ce que je tentais de faire quand tu nous as interrompus.

Hamilton sourit.

— Père croyait que j'avais beaucoup à apprendre de toi. Mais il y a peut-être quelques petites choses que tu pourrais apprendre de moi. Ne te gêne pas pour me demander mon avis.

— Nous avons un problème plus urgent sur les bras, au cas où tu l'aurais oublié.

— Je n'ai pas oublié.

— Tu as ton pistolet ?

Hamilton tapota la poche de son manteau.

— J'en ai pris deux, en fait. Et toi ?

— Je ne me suis jamais assez entraîné pour être bon tireur. Mais j'ai d'autres armes.

— Lesquelles ?

Baxter sortit une fiole de verre de sa poche.

— Ceci.

— Qu'est-ce que c'est ? s'enquit son frère, intrigué.

— Cela provoque une lumière instantanée. Si on brise le verre, il y aura une petite explosion très brillante. Cela peut nous éclairer pendant deux ou trois minutes, ou bien aveugler temporairement un adversaire.

— Très ingénieux. Où as-tu trouvé cela ?

— Je le fabrique dans mon laboratoire.

— J'aurais peut-être dû prêter un peu plus d'attention à tes *Conversations sur la chimie*. Quand tout ceci sera terminé, tu pourras me montrer certaines de tes expériences ?

— Si tu veux. (Baxter hésita.) Cela fait longtemps que je n'ai plus travaillé avec personne.

Hamilton sourit.

— Ces derniers temps, je me demandais si père ne m'avait pas légué un peu de sa passion pour la science.

18

Charlotte sirotait sa citronnade en surveillant la piste de danse où Arielle valsait avec un jeune homme distingué. Ravie de voir la mine réjouie de sa sœur, elle se tourna vers Rosalind.

— Lady Trengloss, je veux vous remercier pour tout ce que vous avez fait pour Arielle. Ma mère aurait été si contente de la voir.

— Tout le plaisir est pour moi. Cela fait longtemps que je n'ai pas eu l'occasion de présenter une jeune dame dans le monde. J'avais oublié à quel point c'est amusant. (Rosalind agita avec enthousiasme son élégant éventail en soie.) Arielle est une jeune femme charmante et qui connaît un succès extraordinaire. Elle a une foule d'admirateurs.

Charlotte soupira.

— Je crains que ces admirateurs ne disparaissent très vite quand ils apprendront la rupture de mes fiançailles avec votre neveu. C'est quelque chose qui m'inquiète énormément, mais Arielle m'a assuré qu'elle s'en moquait.

— Pour son âge, elle a la tête bien posée sur les épaules. (Rosalind adressa un regard éloquent à Charlotte.) Et c'est à vous qu'elle le doit, ma chère.

— Pas du tout. Elle a toujours eu un grand sens pratique. Selon elle, la saison mondaine, c'est un peu comme le théâtre : c'est très amusant mais quand le rideau tombe, il est temps de revenir à la vraie vie.

Charlotte priait le Ciel pour que ce soit le cas. Arielle était encore très jeune. La vie risquait de lui paraître fort ennuyeuse lorsque les roses et les invitations cesseraient d'affluer tous les matins à sa porte. Au moins, au cours de sa brève expérience dans la bonne société, Arielle n'avait pas eu le cœur brisé. Contrairement à sa sœur...

Pour apaiser sa peine, Charlotte espérait s'immerger dans son travail. Mais elle savait que, quel que soit le nombre de ses clientes et de ses enquêtes, jamais elle n'oublierait son amant aux yeux d'alchimiste.

Soudain, Rosalind se tourna vers elle avec une expression très sérieuse.

— Je dois vous dire que, moi aussi, je vous suis reconnaissante.

Surprise, Charlotte ne sut que répondre.

— Autant être franche, ajouta Rosalind en fermant son éventail d'un geste sec. Je me faisais beaucoup de souci pour Baxter depuis son retour d'Italie. Ce garçon a toujours été trop sombre.

Enfant, déjà, il possédait une maîtrise de lui-même et une froideur assez agaçantes. Il gardait toujours une certaine distance entre lui et les autres.

— Oui, il a tendance à observer vos réactions comme dans une expérience de chimie.

— Exactement. C'est tout à fait déconcertant. Mais, après ce terrible accident en Italie, il a complètement disparu de la société. Il n'émergeait pratiquement plus de son laboratoire. Je craignais qu'il ne développe une réelle tendance à la mélancolie.

— La mélancolie ?

— C'est un trait de famille, vous savez.

Charlotte fronça les sourcils.

— Je l'ignorais. Tout le monde assure que ses parents étaient incroyablement charmants, qu'ils formaient un couple formidable. Je les croyais très amoureux de la vie, au contraire.

— Un peu trop parfois, dit calmement Rosalind. Il y a un prix à payer pour des passions aussi fortes. Et je ne parle pas des ragots.

— Je crois comprendre. Au cours de mes enquêtes, il m'a été donné de constater que les gens passionnés possèdent un côté lumineux et un côté sombre.

— Excellente observation, ma chère. C'est exactement ce qui se passait avec les parents de Baxter. Esherton, malgré toute son intelligence et son goût pour la vie, avait un dangereux penchant pour le risque et les situations extrêmes. C'est un miracle qu'il ait survécu si longtemps. Quant à ma sœur...

— Oui ? l'encouragea Charlotte.

— Elle était belle, intelligente et enthousiaste. La plupart du temps. Tous ceux qui la connaissaient étaient subjugués, même quand elle se conduisait de façon scandaleuse. Seuls sa famille et ses amis les plus proches la voyaient sombrer dans une profonde mélancolie.

— Voilà qui expliquerait pourquoi Baxter est devenu ce qu'il est, murmura Charlotte.

— Que voulez-vous dire ?

— Je pense qu'il se voit comme le résultat d'un mélange de caractères extrêmement instables, à l'image d'un mélange chimique. Il s'est convaincu qu'il n'avait pas d'autre choix que d'apprendre à se contrôler pour éviter une dangereuse explosion.

Rosalind haussa les sourcils.

— Intéressante analogie... En tout cas, ma chère, vous êtes ce qui lui est arrivé de meilleur depuis bien des années.

Stupéfaite, Charlotte faillit en lâcher sa citronnade.

— Lady Trengloss, c'est très gentil à vous de dire cela, mais vous exagérez.

— Pas le moins du monde. Vous semblez le comprendre mieux que quiconque.

— Allons, il n'est pas si mystérieux.

— En fait, si... Pardonnez ma curiosité, mais je dois vous poser une question très personnelle.

Charlotte la considéra avec inquiétude.

— Oui ?

— Il n'existe pas de façon délicate de la formuler, aussi j'irai droit au but. Baxter aurait-il mentionné la possibilité d'un véritable mariage entre vous deux ?

Charlotte respira un grand coup.

— Non.

« Et pas plus tard que tout à l'heure, songea-t-elle, il m'a expliqué qu'il était impossible que notre relation se prolonge... »

Au prix d'un terrible effort, elle chassa cette pensée. Ce soir, elle avait d'autres sujets d'inquiétude : à commencer par savoir s'il allait revenir vivant de son expédition nocturne...

Baxter leva sa chandelle pour examiner la pièce. Une épaisse couche de poussière recouvrait le parquet.

— Cette chambre n'a pas été utilisée depuis des années, commenta Hamilton.

Ils avaient l'impression d'errer dans une maison abandonnée. Les murs épais et le solide parquet étouffaient la rumeur de la salle de jeu au rez-de-chaussée.

Le dernier étage de La Table Verte ne ressemblait en rien au reste de l'établissement. C'était un lieu étrange, vide, lugubre.

— C'est la quatrième chambre que nous visitons, reprit Hamilton. J'ai l'impression qu'on va tomber sur un fantôme d'un moment à l'autre.

— Tu lis trop de poésie romantique et de romans gothiques.

— Il se trouve que j'aime la poésie et les romans, répliqua Hamilton d'une voix enjouée.

Baxter le considéra.

— J'ai l'impression que cela t'amuse.

— C'est la chose la plus excitante qu'il m'ait été donné de faire depuis des mois.

Secouant la tête, Baxter se dirigea vers la porte.

— Viens. Le temps passe et nous avons encore une pièce à visiter.

Il gagna l'extrémité du couloir. Un long tapis élimé étouffait l'écho de ses pas.

— Celle-ci devrait être plus intéressante que les autres, annonça-t-il en s'arrêtant devant le battant.

— Pourquoi ?

— Cette pièce est située juste au-dessus de celle

que tes amis et toi utilisez pour les séances de votre club.

— Et alors ?

— Tu dis que ton magicien surgit toujours comme par enchantement. Comme s'il se matérialisait subitement dans la pièce.

— Tu penses qu'il descend d'ici ?

— Comme je le disais à Charlotte, cette maison est un ancien lupanar. De tels établissements sont fréquemment pourvus d'escaliers secrets et de trous dans les murs pour observer sans être vu.

— Bon sang ! s'exclama Hamilton, stupéfait. Es-tu en train de me dire que tu discutes de tels sujets avec miss Arkendale ?

— Charlotte possède des centres d'intérêt très variés et très inhabituels.

Baxter étudiait le loquet de la porte. Il n'y avait pas de poussière sur le métal qui luisait à la lueur de la chandelle. Quelqu'un était entré récemment dans cette pièce.

— Si ta conversation tourne autour des lupanars, je comprends pourquoi tu rencontres si peu de succès auprès des dames, Baxter. (Hamilton posa la main sur le loquet.) Il faut vraiment refaire ton éducation en la matière.

Il sourit tout en ouvrant la porte.

Baxter fronça les sourcils.

— Hamilton, attends...

— Qu'y a-t-il ? (Hamilton lui prit la chandelle et s'engagea dans la pièce.) L'endroit est vide, comme les autres. Tu... Baxter, la porte !

Baxter sentit le mouvement au-dessus de sa tête. Il leva les yeux pour découvrir une herse en métal. Avec le son d'une lame qui sort de son fourreau, elle tombait vers lui.

Il dut prendre sa décision en un éclair : soit battre en retraite dans le couloir, soit se laisser enfermer avec Hamilton...

Courbé en deux, il se jeta dans la pièce.

Avec un claquement sinistre, la herse se planta dans le sol.

— Seigneur, nous sommes pris au piège ! s'exclama Hamilton.

Un lourd silence s'abattit sur eux.

Baxter se redressa. Son frère avait raison. L'unique fenêtre était barrée d'un volet de fer. Il reprit la chandelle.

— L'ouverture de la porte doit déclencher le mécanisme, marmonna-t-il. Très astucieux. Mais le propriétaire des lieux a sûrement un moyen d'éviter de se faire empaler comme un rôti à chaque fois qu'il pénètre ici. Il doit y avoir un levier caché dans le couloir.

Hamilton fit volte-face.

— Baxter, il ne s'agit pas d'un passionnant problème scientifique. Nous sommes prisonniers.

— Peut-être.

Baxter continuait d'examiner lentement la chambre.

A la différence des autres, celle-ci était vaste et somptueusement meublée. Un lit à baldaquin, une grande garde-robe, un bureau massif et un paravent chinois se partageaient l'espace. Une immense cheminée occupait l'un des murs.

Il se mit à errer dans la pièce.

— Et peut-être pas, fit-il.

— Que diable veux-tu dire ? Baxter, crois-moi, le moment est mal choisi pour jouer les sphynx.

— Laisse-moi réfléchir.

— Tu aurais dû rester dehors, maugréa Hamilton. Pourquoi es-tu entré ? Maintenant, nous voilà tous les deux enfermés comme des rats.

— Celui qui a conçu cette pièce devait être

assez intelligent pour se ménager une autre issue...

Il souleva la chandelle. Immédiatement, il aperçut la feuille de papier pliée et scellée sur le bureau.

— Même s'il existe un moyen de s'échapper, comment allons-nous le découvrir ? demanda Hamilton. Nous risquons de rester enfermés ici jusqu'à ce que nous mourions de soif ou de faim. Personne ne nous entendra à travers ces murs.

Baxter ne répondit pas. Il se dirigeait vers le bureau.

— Baxter ? Tu m'entends ?

— C'est un message.

Il s'empara de la feuille pour examiner le sceau. Le cachet de cire présentait un motif identique à celui dessiné par Drusilla Heskett.

— Du magicien, je pense.

Hamilton le rejoignit précipitamment.

— Que dit-il ?

Baxter brisa le sceau. Il n'y avait qu'une seule ligne sur la page :

Un homme privé de destinée à sa naissance doit forger la sienne.

— Qu'est-ce que ça veut dire ? demanda Hamilton.

— Que nous étions attendus. (Baxter froissa le mot dans son poing.) Viens, il n'y a plus une seconde à perdre...

— Je suis tout à fait prêt à aller où tu veux, répliqua Hamilton, sarcastique, mais cela me paraît difficile. Ni toi ni moi ne sommes assez maigres pour nous faufiler par cette cheminée.

Baxter s'apprêtait à lui répondre, quand une odeur familière attira son attention. Il se figea sur place.

— L'encens, murmura-t-il. Bon sang !

Hamilton fronça les sourcils.

— Oui, je le sens aussi. (Il jeta un regard consterné autour de lui.) Mais comment pénètre-t-il ici ?

Baxter leva la chandelle vers la cheminée. De grosses volutes de fumée tombaient du conduit.

— Quelqu'un sur le toit utilise un énorme soufflet.

— Ce n'est pas la même odeur que lors de nos séances. C'est beaucoup plus fort. Beaucoup moins agréable. (Hamilton toussa.) Et il y en a trop... Seigneur, qu'essaient-ils de nous faire ?

— Utilise ton foulard pour te protéger le nez et la bouche. Et respire le moins possible.

Donnant l'exemple, Baxter dénoua le sien pour se confectionner un masque de fortune.

Hamilton l'imita.

Baxter se rua sur la garde-robe.

— Il doit y avoir un mécanisme quelque part. Ton magicien, quand il apparaît dans votre pièce, semble sortir de la penderie.

Il toucha le panneau du fond avant d'examiner le sol du placard.

— L'encens est trop fort. (La voix d'Hamilton était étouffée par son foulard.) Nous allons mourir...

Baxter se tourna vers lui. Comme fasciné, son frère fixait les épais nuages qui coulaient de la cheminée.

— J'aurais besoin d'aide ici, Esherton ! aboya-t-il d'une voix glaciale et autoritaire.

Hamilton sursauta. Ses yeux avaient un éclat vitreux.

— Que... que veux-tu que je fasse ?

Du bout des doigts, Baxter sentit deux petites échancrures dans le bois.

— Je crois que j'ai trouvé un moyen de fuir.

Il poussa fort. Le panneau du fond s'ouvrit, révélant une ouverture.

Hamilton contempla les marches qui s'enfonçaient dans les ténèbres.

— Un escalier ! Comment savais-tu qu'il serait là ?

— J'ai vu le magicien surgir dans votre pièce l'autre nuit. Il devait y avoir un escalier dans le mur. C'était la seule solution.

— Baxter, tu ne cesses de me stupéfier.

— Autrefois, les clients étaient prêts à payer des sommes rondelettes pour utiliser les escaliers dérobés et observer ce qui se passait dans les autres pièces.

Hamilton le suivit.

— Pour un chimiste, tu sembles bien connaître ce genre d'endroits.

— Je n'ai aucun mérite. Père m'a parlé de cet établissement une ou deux fois. Il était une sorte d'expert... Ferme la porte. Cela bloquera un peu l'encens.

Hamilton lui obéit.

— Père avait une femme, bon sang ! Et une maîtresse. Pourquoi diable fréquentait-il les lupanars ?

— Excellente question. (Baxter inspira avec précaution et sentit l'odeur âcre.) L'encens passe à travers la porte. Dépêchons-nous.

— Je me sens un peu bizarre. J'ai la tête qui tourne.

— Nous y sommes presque.

Baxter tressaillit quand la flamme de sa bougie se transforma en une fleur de feu. Il faillit lâcher le chandelier.

Cet encens était très puissant, à l'évidence. Il provoquait des hallucinations.

— Baxter ?

— Ne t'arrête pas.

Il leur fallut une éternité pour descendre les quelques marches. D'invisibles filets de vapeur s'insinuaient à leur poursuite. Baxter se rendit compte qu'il ne quittait plus des yeux la flamme de la bougie. Une envie subite le prit de se jeter tête la première dans l'escalier. Il la chassa de toutes ses forces.

A l'instant où il arrivait devant un grand panneau de bois, des pas lourds résonnèrent dans la pièce qu'ils venaient de quitter.

— Il y a quelqu'un en haut, chuchota Hamilton.

Baxter tendit l'oreille tout en explorant le panneau.

— Où sont-ils ? grondait un homme. Je veux pas rester longtemps ici, je te dis. Même avec ces masques.

— Ils doivent bien être quelque part. Ils ont déclenché le piège, non ? Ils sont sûrement dans les pommes. Peut-être derrière le bureau ou le paravent.

— Vite. Le magicien dit que cet encens peut tuer si on en respire trop, et il les veut vivants.

Baxter trouva une poignée. Le panneau glissa silencieusement. La chandelle révéla l'intérieur d'un nouveau placard. Ouvrir la porte exigea de lui un formidable effort.

La chambre était vide et sombre.

Il tituba hors de la penderie.

Juste derrière lui, Hamilton arracha son foulard pour respirer un grand coup.

— C'est notre pièce ! murmura-t-il. Je m'étais toujours demandé comment il faisait pour apparaître.

Les voix à l'étage supérieur devenaient angoissées :

— Bon Dieu ! Ils sont pas là ! s'écria un des hommes.

— Ils *doivent* être là, répliqua l'autre. On les a entendus depuis le toit.

— Regarde derrière le paravent.

— Y a tellement de fumée ici qu'on n'y voit goutte. Faut les trouver. Pete et Gros Hank ont sûrement la femme, maintenant. Si on lui ramène pas St. Ives, le magicien va nous tuer avec un de ses maudits tours.

Baxter poussa Hamilton vers la porte.

— Pars. Essaie de trouver Charlotte. Il n'est peut-être pas trop tard.

— Mais tu as engagé quelqu'un pour la protéger.

— Je ne peux pas compter là-dessus.

— Et toi ?

— Je dois les laisser me prendre.

— Non !

Baxter fixa son frère droit dans les yeux.

— Tu ne comprends pas ? S'ils ont déjà Charlotte, c'est le seul moyen de la retrouver.

— Mais s'ils ne l'ont pas ? Tu vas risquer ta vie pour rien.

— Je sais me défendre. Va-t'en. Et dépêche-toi.

Hamilton comprit qu'il n'avait pas le choix. Après un dernier regard pour son frère, il se rua dans le couloir sans un mot.

Baxter prit trois profondes inspirations de l'air relativement sain de la pièce, avant de retourner vers l'escalier. Fermant le panneau, il remonta les marches.

— Le lit, grogna l'un des hommes d'une voix sourde. Regarde sous le lit.

Baxter arrivait dans la garde-robe. La fumée n'était pas aussi intense que quelques minutes plus tôt, mais il avait néanmoins du mal à garder l'esprit clair.

— Y a personne sous le lit. C'est très bizarre. Ce type doit être un magicien, lui aussi.

— Ne sois pas idiot. Regarde dans le placard.

D'une main mal assurée, Baxter parvint à refermer le panneau secret. Il se laissa glisser sur le sol. Il n'avait plus qu'à jouer les évanouis d'une manière convaincante.

Les portes s'ouvrirent brutalement.

— Y en a un ici ! (La voix était soulagée.) Il a des lunettes, c'est sûrement St. Ives. Mais l'autre n'est pas là.

— Alors, on dira pas au magicien qu'ils sont venus à deux, fit l'autre. Ça sera notre fête s'il apprend qu'on en a perdu un.

— Je suis d'accord. Mais comment il a fait pour s'échapper ?

— Il a pas dû entrer quand la grille est tombée. On s'en fiche. C'est St. Ives qui compte.

Des mains rugueuses s'emparèrent de Baxter. Il se força à rester totalement inerte tandis qu'on le traînait hors du placard. Les yeux fermés, il se répétait une prière muette : « Mon Dieu, faites qu'Hamilton trouve Charlotte avant eux... »

19

Une heure plus tard, allongé sur un sol de pierre glacé, Baxter écoutait les voix de ses deux gardes.

— St. Ives n'a pas l'air si dangereux. Cette histoire d'encens, c'est une perte de temps, je te jure. On n'avait qu'à lui mettre une balle dans la tête.

— Tu as entendu ce qu'a dit le magicien. St. Ives est plus malin qu'il en a l'air.

— Mouais. Ben moi, j'ai plutôt l'impression que Virgil et toi, vous avez eu le plus facile. Cette Arkendale, c'est une sacrée diablesse ! Elle a failli m'arracher les yeux. Elle a frappé Gros Hank avec son sac. Il a encore mal. Et elle a la langue bien pendue. Une vraie poissonnière !

Voilà qui ruinait le faible espoir que Baxter avait placé en Hamilton.

— On a peut-être utilisé un peu trop d'encens sur St. Ives, dit l'autre homme, mal à l'aise. Il dort encore.

— Heureusement que tu l'as pas tué. Le magicien aurait pas été content. Il veut lui régler son sort lui-même.

Il y eut un bref silence. Le deuxième homme baissa la voix :

— Tu trouves pas qu'il devient de plus en plus bizarre ?

— Qui ? St. Ives ?

— Mais non, idiot ! Le magicien.

Le premier homme ricana.

— Oh, il a jamais dû être normal. Mais il paie bien... Bon, je m'en vais aux cuisines. Actionne cette maudite cloche si St. Ives ouvre les yeux.

— Le magicien a dit de lui envoyer le signal en premier. Tu sais comment il est quand on fait pas exactement ce qu'il dit.

— Lui et son maudit système de cloche !

— Rapporte-moi du jambon et de la bière. A voir la tête de ce client, je vais rester là un bon moment.

Il y eut une réponse étouffée, puis le bruit des pas qui s'éloignaient. Finalement, ce fut le silence.

Baxter considéra la situation. Ils l'avaient fouillé avant de le jeter dans la voiture et lui avaient pris son couteau. Fort heureusement, il était resté seul dans la cabine du fiacre pendant le trajet. Ses ravisseurs, visiblement tranquillisés par ses liens et les effets de la drogue, avaient préféré prendre place sur le siège du cocher.

Baxter en avait profité pour trancher ses liens. Pour ce faire, il avait démonté et ébréché le verre de sa montre de gousset. Cela lui avait pris un peu de temps, mais il avait réussi. Les hommes qui l'avaient porté jusqu'ici ne s'étaient pas rendu compte que ses cordes ne tenaient plus que par quelques fibres...

Poussant un gémissement, il s'étira et ouvrit les yeux.

Un homme trapu bondit de son tabouret. Un pistolet était passé dans sa ceinture. Rassuré, il afficha un sourire édenté.

— Tiens, tiens, on se décide à se réveiller, hein ? (Le garde s'approcha pour le toiser.) Il était temps. Le magicien t'attend. Je vais lui envoyer le signal...

— Pas tout de suite.

Baxter écrasa le talon de sa botte sur le tibia de l'homme.

Celui-ci poussa un cri étranglé, tituba en arrière et agrippa le pistolet à sa ceinture.

— Espèce d'idiot ! Ça ne te servira à rien...

Dans le même geste, Baxter se débarrassa de ses liens et roula sur le sol.

L'homme écarquilla les yeux en voyant ses mains libres. Il voulut bouger mais sa jambe blessée l'en empêcha. Baxter était déjà sur lui : son poing s'écrasa sur sa mâchoire.

Le pistolet tomba. Baxter s'en empara et pointa l'arme sur le ventre de l'autre.

— Je ne suis pas très bon tireur, mais la cible est de bonne taille.

Le sbire paraissait hébété.

— Le magicien disait que vous seriez abruti par l'encens.

— Le magicien se trompait, fit doucement Baxter. Maintenant, parle-moi de ce fichu signal...

Charlotte tira désespérément sur la corde qui liait ses poignets à l'un des montants du lit écarlate. Elle essayait de se libérer depuis la seconde où ses ravisseurs l'avait laissée seule dans la chambre.

Elle bénéficiait d'une faible liberté de mouvement en raison de la longueur de la corde, mais le nœud lui-même était très serré.

Le lit à baldaquin était impressionnant. Ses quatre piliers étaient ornés de créatures mythologiques. Serpents, dragons et autres griffons étaient soigneusement sculptés.

La chambre était digne du lit. Un épais tapis noir et rouge couvrait les dalles du sol. La cheminée était taillée dans du granit noir. De lourds rideaux écarlates frangés de noir décoraient les fenêtres closes.

Décidément, ce magicien aimait le rouge et le noir.

Une chandelle reposait sur la table de chevet. Elle considéra la petite bougie en se demandant combien de temps s'écoulerait avant qu'elle ne soit entièrement consumée...

Soudain, la porte s'ouvrit.

Le cœur de Charlotte cogna violemment dans sa poitrine. Elle se prit à espérer voir apparaître Baxter. D'après les bribes de conversation qu'elle avait entendues, elle avait compris que lui aussi avait été kidnappé.

Son ventre se noua en découvrant le nouveau venu.

Il ne portait pas de domino noir, et ses traits n'étaient pas dissimulés par la pénombre comme lors de leur première rencontre, cinq ans auparavant, mais elle le reconnut immédiatement.

C'était le monstre.

Et il y avait effectivement quelque chose de monstrueux dans son extraordinaire beauté. Des cheveux noirs bouclant sur un front large, un nez fin et droit, des pommettes arrogantes soulignaient son port aristocratique. Il était vêtu à la dernière mode. Son foulard d'un blanc neigeux était noué d'une façon complexe. Sa veste, son pantalon et ses bottes convenaient à merveille à sa haute et mince silhouette. Il portait cette panoplie avec une aisance élégante, comme s'il était né pour cela.

C'était un excellent camouflage, pensa Charlotte. Il fallait regarder avec attention pour discerner l'intelligence glaciale, reptilienne, qui brillait dans ses yeux bleus.

Elle s'assit sur le lit, redressant le menton et les épaules.

— Morgan Judd, je présume ?

— Nous voilà donc enfin dûment présentés, mon petit ange vengeur.

La voix de verre brisé semblait amusée. Morgan s'inclina en un salut moqueur :

— J'espérais cette rencontre depuis quelque temps déjà.

— Où est Baxter ?

— Mes hommes me préviendront quand St. Ives sera réveillé.

Il sortit un pistolet de la poche de son pantalon. Le tenant d'un air insouciant, il traversa la pièce rouge et noir jusqu'à une petite table.

— Je crains qu'il n'ait respiré une forte dose

d'encens, expliqua-t-il. Mes hommes ne sont pas très habiles avec de tels produits.

— Seigneur Dieu...

Une vague de terreur envahit Charlotte. Et si Baxter ne se réveillait plus ?

Le front de Morgan s'orna d'un pli gracieux.

— Décidément, il me faudra expérimenter davantage ce mélange. Il reste encore trop imprévisible.

Charlotte se refusa à penser aux terribles conséquences. Baxter s'en sortirait. Il le fallait.

— Il me semble que ce pistolet ne vous est pas très utile, monsieur Judd, fit-elle avec mépris.

— Pardonnez-moi, miss Arkendale.

Il se servit un verre de cognac avant de se tourner vers elle, toujours souriant :

— Ce pistolet n'est pas pour vous.

Elle comprit en un éclair.

— Vous redoutez St. Ives à ce point ?

Une lueur d'agacement passa dans ses yeux de serpent.

— Je ne le redoute pas, mais j'ai appris à prendre mes précautions avec lui. C'est un homme trompeur. Bien plus dangereux qu'il n'y paraît.

— Tout à fait exact. Pourquoi nous avoir amenés ici ?

Morgan avala une gorgée de cognac.

— Cela devrait être évident, pour une femme possédant une intelligence aussi remarquable que la vôtre. Je suis en train de tisser ma propre destinée. Vous vous trouviez en travers de mon chemin. Il fallait donc...

Il y eut un mouvement sur le seuil.

— Tu travailles toujours à ta grandiose destinée, Judd ? lança sèchement Baxter.

Morgan esquissa un sourire.

— St. Ives...

— Baxter !

Le cœur de Charlotte bondit. Il était là, bien vivant ! Les vêtements froissés et largement démodés, il avait l'air beaucoup trop sérieux pour un homme de trente-deux ans. Mais le déguisement qu'il avait adopté ne la trompait pas plus que celui de Morgan Judd. Elle n'avait aucun mal à deviner la vraie nature de ces deux hommes.

Baxter s'avança dans la chambre, un pistolet à la main. Son manteau sur le bras, on aurait dit qu'il revenait d'une promenade.

Morgan pointa son arme vers Charlotte tout en reposant son verre.

— Mes hommes ont mal fait leur travail, à ce que je vois. Vraiment, il devient difficile de trouver des gens compétents. Ils devaient m'envoyer un signal à ton réveil, St. Ives.

— Ce n'est pas leur faute. J'ai coupé le cordon de la sonnette en venant ici. En fait, j'ai trouvé le placard qui abrite tout ton ingénieux système de clochettes. Il ne te sera plus d'aucune utilité : j'ai tout sectionné. C'est stupéfiant comme une seule petite faiblesse peut réduire à néant le système le mieux conçu.

Morgan serra les mâchoires, mais se contenta de hausser les épaules.

— Ne sois pas aussi sûr de toi, St. Ives. J'ai survécu en Italie, et je triompherai ce soir. (Il eut un petit geste de la main.) Lâche ton pistolet ou je tire sur cette dame. Nous savons tous les deux qu'à cette distance, tu ne toucherais pas une baleine.

— C'est vrai.

Baxter posa son arme sur une table proche. Puis il regarda Charlotte :

— Vous allez bien, ma chère ?

Sa voix était calme et dépourvue de toute émotion. La jeune femme hocha la tête.

— Oui, murmura-t-elle. Je vais bien. Et vous, Baxter ?

— En pleine forme, comme vous voyez. (Il fixa son attention sur Morgan.) Que diable signifie tout ceci ?

Morgan soupira.

— Au début, ton intervention dans mes affaires n'était qu'une gêne, puis j'ai commencé à y voir un défi plus intéressant. Après tout, on ne doit pas ignorer les signes que nous envoie le destin.

— En effet.

Portant toujours son manteau sur son bras, Baxter gagna lentement la fenêtre la plus proche. Il contempla la nuit d'un air pensif.

— C'est un sujet passionnant, le destin, ajouta-t-il. Les anciens philosophes pensaient que la personnalité était la clé de toute destinée.

— Absolument, approuva Morgan. Je suis entièrement d'accord.

Charlotte surveillait Judd. Même s'il pointait son arme vaguement dans sa direction, il ne lui prêtait aucune attention.

A cet instant, Baxter tourna la tête vers elle. Son visage était indéchiffrable, mais il y avait une intensité dans ses yeux qui la désarçonna. Il tentait de lui faire passer un message. Il voulait qu'elle fasse quelque chose.

Mais quoi ? se demanda-t-elle. Elle ne pouvait pas faire grand-chose dans les circonstances présentes.

Sinon parler...

Bien sûr ! Si Baxter avait un plan — et il ne serait sûrement pas entré dans cette pièce s'il n'en avait pas un — il désirait sans nul doute qu'elle détourne l'attention de Morgan Judd.

— Pourquoi vous être donné la peine de nous

faire amener ici, monsieur Judd ? demanda-t-elle d'une voix méprisante.

Il la regarda brièvement.

— Il n'est pas fréquent pour moi d'avoir une conversation avec des gens capables d'apprécier mes talents.

— Balivernes ! Vous ne nous auriez pas amenés ici uniquement dans le but de satisfaire votre vanité. C'est grotesque.

— Ne le sous-estimez pas, ma chère, dit Baxter. La vanité de Morgan ne connaît aucune limite. Mais ce n'est pas pour cela qu'il nous a kidnappés. N'est-ce pas, Morgan ?

— Aussi plaisant soit-il d'être entouré de gens intelligents, je dois avouer que j'avais une autre raison.

Un léger sourire flotta sur les lèvres de Baxter.

— Nous avons vu juste trop vite, c'est cela ? Tu veux savoir comment nous avons fait ?

— Brillamment résumé, St. Ives. Je pensais qu'une fois débarrassé de cette Mme Heskett, je n'avais plus rien à craindre. Mais j'avais tout de même pris des précautions et posté quelqu'un là-bas pour surveiller sa maison. A la description qu'il m'a faite, j'ai su que c'était toi qui avais pénétré chez elle cette nuit-là. Et, en apprenant que tu t'étais lié de façon intime avec miss Arkendale, j'en ai déduit qu'elle devait être la femme qui t'accompagnait.

Baxter hocha la tête.

— Ton espion t'a dit que nous avions pris quelque chose ?

— Un livre. Il m'a affirmé que c'était la dame qui le portait et qui semblait diriger l'opération. (Morgan émit un son rocailleux qui devait être un rire.) J'ai eu du mal à le croire, mais j'ai néanmoins décidé de fouiller la demeure de miss Arkendale pour en avoir le cœur net.

— Vous avez volé le carnet de croquis, l'accusa Charlotte.

— En ne trouvant rien d'incriminant dans ces dessins stupides, j'ai à nouveau pensé que c'en était terminé. (Morgan secoua la tête.) Mais vous n'avez pas rompu votre association.

— Que tu as tenté de détruire en envoyant Juliana Post avec ce conte à dormir debout, puis en donnant à Charlotte ce billet au bal masqué.

Morgan haussa les épaules.

— A l'évidence, ces deux tentatives n'ont pas brisé sa confiance en toi. Je dois te féliciter, St. Ives. Je ne t'aurais jamais cru capable de déployer de tels charmes. Qui t'imaginerait en amant romantique ?

Baxter ne releva pas le sarcasme.

— Pourquoi, au nom du Ciel, fallait-il que tu assassines Drusilla Heskett ?

— Cette chère Mme Heskett n'était guère difficile dans le choix de ses amants. Elle a eu une brève liaison avec un homme en qui j'avais placé ma confiance. C'est malheureusement parfois inévitable. On ne peut pas tout faire soi-même. J'avais besoin d'un administrateur.

— Mme Heskett a eu une liaison avec votre administrateur ? s'étonna Charlotte.

— Elle avait tendance à se montrer fort libérale dans ce domaine. Quoi qu'il en soit, au cours d'une nuit d'ivresse, cet homme lui a montré un de mes médaillons. Il lui a dit qu'il en savait beaucoup sur mon compte et qu'il attendait son heure. Une fois que j'aurais acquis le pouvoir et la fortune, il me ferait chanter. Je crois même qu'il a été jusqu'à lui assurer qu'il ferait un excellent candidat au mariage, car il comptait sur de formidables rentrées d'argent.

— Charles Dill, murmura Charlotte.

— Exactement.

— Je n'avais pas retenu sa candidature, expliqua la jeune femme. Mon propre administrateur m'avait prévenue que M. Dill était absolument dépourvu de scrupules.

— Il ne se trompait pas, dit sèchement Morgan.

— Comment avez-vous su qu'il s'était confié à Mme Heskett ?

Morgan haussa un sourcil.

— J'ai pour habitude de mettre périodiquement en transe ceux que j'emploie. Je les interroge sur leur loyauté à mon égard. Après la séance, ils ne se souviennent absolument de rien.

— Et tu as donc décidé de te débarrasser de M. Dill et de Mme Heskett, intervint Baxter, toujours posté devant la fenêtre.

— C'était la seule solution. Me débarrasser de Dill ne présentait aucune difficulté. J'ai ajouté de l'encens dans le brasero à la fin de son interrogatoire. Quand son corps a été retrouvé deux jours plus tard, on a conclu à une attaque cardiaque.

— Puis vous vous êtes occupé de Mme Heskett, dit Charlotte. Vos deux premières tentatives ayant échoué, vous êtes allé chez elle pour l'assassiner de sang-froid.

— Exactement.

Morgan regarda Baxter :

— Qu'avez-vous découvert dans le carnet de Mme Heskett ?

Charlotte changea de position, dans l'espoir d'attirer son attention.

— Pourquoi répondrait-il ? Vous nous tuerez dès que vous aurez appris ce que vous souhaitez savoir.

— Certes, je tuerai St. Ives, acquiesça Morgan. Il sait que je ne puis me permettre de le laisser en vie. Il ne me laisserait jamais une minute de répit. Sa ténacité est légendaire.

— Dans ce cas, vous ne pouvez espérer qu'il réponde à vos questions.

Morgan ne la regardait toujours pas. Il ne lâchait pas Baxter des yeux.

— Il répondra, ma chère. Pour acheter votre vie.

Charlotte fut parcourue d'un frisson glacé.

— Vous mentez. Je suis autant une menace pour vous que Baxter. J'en sais autant que lui. Et moi aussi, je n'aurai de cesse de vous détruire.

Morgan lui jeta un regard dédaigneux.

— Vous n'êtes qu'une femme. Et je dois dire que j'en ai connu de plus séduisantes. Mais vous possédez quelques qualités remarquables, susceptibles d'attirer un homme tel que moi. Par ailleurs, votre lignée est respectable. Pas excellente, certes, mais assez convenable pour mes desseins.

— Ma lignée ? fit Charlotte, abasourdie.

— Mais, plus important encore, vous avez démontré une intelligence rare pour une femme, ainsi qu'une audace et un courage que je souhaite transmettre à mes descendants.

— Dieu du Ciel, monsieur, êtes-vous fou ? murmura-t-elle.

Morgan lui adressa un sourire cruel.

— Devenue mon épouse, vous ne pourrez plus témoigner contre moi.

— Votre épouse ? Impossible ! (Furieuse, elle s'agenouilla sur le lit.) Il n'existe rien sur cette terre qui pourrait me pousser à devenir votre femme.

— Bien au contraire. Il existe le mesmérisme.

— Vos techniques ne réussiront pas sur moi.

— N'en soyez pas si certaine. Je les perfectionne chaque jour. Ces techniques feront de vous la plus douce des épouses.

— Même si ce que vous dites est vrai, les effets ne seront que temporaires. Tôt ou tard, je sortirai de ma transe et, ce jour-là, je trouverai un moyen de vous tuer.

Morgan émit un son étouffé qui devait être un rire.

— Voilà qui devrait ajouter un certain piment à notre vie conjugale. Cela nous épargnera peut-être l'ennui qui guette tous les couples mariés.

Consternée, la jeune femme secoua la tête.

— Je ne comprends pas. Pourquoi voulez-vous épouser une femme qui vous méprise ?

Ce fut Baxter qui répondit. D'une voix douce, dépourvue de toute émotion. D'une voix de scientifique faisant une observation.

— Parce que tu m'as appartenu, bien sûr.

Charlotte sentit sa gorge se nouer.

— Précisément, fit Morgan avec délectation. Chaque fois que je partagerai votre lit, Charlotte, je goûterai ma victoire sur le seul homme qui a failli devenir mon égal.

— Vous êtes vraiment fou, murmura-t-elle.

La colère brilla dans les yeux de Morgan.

— Allons, ma belle. Vous avez une dette énorme envers moi, ne l'oubliez pas.

— Que voulez-vous dire ?

— C'est moi qui ai mis un terme à la misérable existence de votre beau-père, le matin qui a suivi notre première rencontre. Que seriez-vous devenue si je ne vous avais pas débarrassée de Winterbourne ?

— Vous ne l'avez certainement pas assassiné pour me faire plaisir, rétorqua-t-elle. Vous l'avez tué parce qu'il ne vous avait pas remboursé ses dettes de jeu.

Morgan haussa gracieusement une épaule.

— J'admets que vous avez raison sur ce point.

Nonchalant, Baxter quitta la fenêtre et se dirigea vers la table à cognac.

— Dis-moi, comment as-tu réussi à t'échapper du château, cette nuit-là, en Italie ?

Morgan tourna brusquement la tête.

— Ça suffit, St. Ives ! Pas un pas de plus !

Baxter s'immobilisa.

— Très bien. Mais réponds à ma question, s'il te plaît.

— Il y avait un tunnel secret qui menait hors du laboratoire. Je suis parvenu à échapper aux flammes, mais pas aux gaz. J'ai failli mourir étouffé.

— Ce sont ces gaz qui t'ont brisé la voix ?

Un rictus déforma le beau visage de Morgan.

— C'est toi qui m'as fait ça, gronda-t-il. Et ce soir, tu vas enfin le payer.

— Comment osez-vous ? s'écria Charlotte. Ce soir-là, vous avez tenté de tuer Baxter !

— Silence ! (Morgan lui jeta un regard agacé avant de se retourner vers Baxter.) Je crois que nous avons assez évoqué le passé.

— Entièrement d'accord.

— Dis-moi ce que tu as trouvé dans le carnet de Drusilla Heskett. Dis-le-moi maintenant, St. Ives, ou je tue ta fiancée.

— Nous avons trouvé un croquis très intéressant.

— Baxter, non, intervint Charlotte. Ne lui dis rien. Il va te tuer.

— Fermez-la, miss Arkendale, gronda Morgan. Ou c'est moi qui vous réduirai au silence.

Elle ouvrait la bouche pour lui répondre, quand tout bascula.

Avec un souffle terrifiant et un craquement sinistre, les lourds rideaux près desquels se tenait Baxter quelques instants plus tôt s'enflammèrent.

Morgan se pétrifia. Une terreur folle s'inscrivit sur ses traits.

— Non, chuchota-t-il. Non ! Sois maudit !

— Ça réveille des souvenirs, n'est-ce pas ? se moqua Baxter.

Morgan frémit, luttant pour se ressaisir.

Il pointa son arme vers Baxter d'une main tremblante.

— Je vais te tuer. La femme me dira ce que je veux savoir. Et je vais prendre un grand plaisir à la faire parler. Pense à cela avant de mourir.

Charlotte vit le poing de Morgan se crisper sur le pistolet.

Elle poussa un hurlement.

Morgan tressaillit, surpris par ce cri déchirant.

Soudain, avec un rugissement, le feu dans la cheminée explosa. De longues flammes se ruèrent dans la chambre, telles des bêtes féroces cherchant leur proie.

— Non !

Paniqué, Morgan tituba en arrière et heurta le grand lit.

Se dressant autant qu'elle le pouvait, la jeune femme saisit les franges de l'immense rideau du baldaquin et tira de toutes ses forces.

Le lourd tissu s'effondra telle une avalanche pourpre, frappant Morgan à l'épaule et à la tête, engloutissant totalement Charlotte.

Une détonation retentit.

— Baxter !

Ensevelie sous une masse de velours, Charlotte se débattait frénétiquement. Elle réussit enfin à s'extraire du tissu.

Les flammes se répandaient à une vitesse terrifiante. Au milieu de la pièce, Baxter et Morgan étaient engagés dans une lutte sans merci. Ils roulèrent à terre. Le canon d'un pistolet brilla fugitivement entre eux. C'était l'arme que Baxter avait apportée dans la chambre.

Un deuxième coup de feu éclata.

Pendant une interminable seconde, aucun des hommes ne bougea.

— Baxter... Ô mon Dieu !

Charlotte rampa à toute allure vers le bord du lit. Ses liens l'arrêtèrent brutalement.

— Baxter !

Morgan fixait son ennemi avec des yeux écarquillés de stupeur. Du sang jaillissait de sa belle chemise blanche.

— Non. Ça... ça ne peut pas se terminer ainsi. Je dois accomplir ma... destinée.

Baxter se redressa. Morgan s'accrocha à son bras.

— Je devais triompher du Griffon d'or, chuchota-t-il de sa voix brisée. Il y a eu une... erreur. (Il fut secoué par une quinte de toux.) Une erreur. Je suis un... magicien.

Il voulut dire encore quelque chose, mais les mots moururent sur ses lèvres. Sa main glissa le long du bras de Baxter. Il s'effondra sur le tapis et ne bougea plus.

Baxter bondit vers Charlotte. Dans la lutte, il avait perdu ses lunettes.

— Il faut sortir d'ici.

— Je ne peux pas me détacher.

Pour la première fois, Charlotte eut vraiment peur de l'incendie qui se développait furieusement dans la chambre. Elle comprit qu'ils risquaient de ne pas pouvoir s'échapper.

Il regarda autour de lui.

— Mon manteau. Je l'ai laissé tomber. Où est-il ?

— Sur le sol, derrière toi. Tout droit.

Il suivit ses instructions.

— Ah, oui.

Fouillant dans les poches, il ne tarda pas à sortir un couteau qu'il avait dérobé à son gardien.

Il revint vers le lit.

Tâtonnant, il trouva enfin la corde et la trancha d'un coup sec.

Elle était libre. Charlotte faillit s'évanouir de soulagement. Il lui saisit la main.

— Vite. Il n'y a pas de temps à perdre. Tu devras nous guider, Charlotte. Sans mes lunettes, je vois flou.

— Oui, bien sûr.

Elle faillit trébucher sur le corps inanimé de Morgan.

— Et s'il s'échappe à nouveau ? demanda-t-elle.

— Il ne s'échappera pas cette fois. Il est mort.

Ils coururent vers la porte. Charlotte avait déjà la main sur la poignée quand un reflet doré attira son regard.

— Tes lunettes ! (Elle les récupéra précipitamment et les lui mit dans la main.) L'un des verres est cassé, mais il reste l'autre.

— Merci. (Baxter les chaussa.) C'est très bien ainsi.

Ils se ruèrent dans le couloir vers le grand escalier, poursuivis par un nuage de fumée.

A cet instant, une terrible explosion ravagea la chambre rouge et noir.

L'étage supérieur était en feu quand ils atteignirent le rez-de-chaussée.

Baxter entendit des cris au loin. Des domestiques paniqués fuyant l'incendie, conclut-il. La confusion faciliterait leur fuite. Mais il restait toujours le risque qu'un des bandits, ignorant la mort de son maître, tente de les arrêter.

— Tu vois quelqu'un ? demanda-t-il.

— Non, fit-elle, haletante. Je crois qu'ils sont tous occupés à s'enfuir.

— Excellent. (Il sentit un courant d'air frais.) La porte est ouverte.

— On dirait qu'ils sont tous partis. Nous n'avons croisé personne dans l'escalier.

— Comme l'a dit Morgan, il devient difficile de trouver des employés compétents.

Ils arrivaient à la porte d'entrée. Ils sortirent avec prudence, surveillant la nuit et les grands arbres qui les entouraient.

— Il n'y a personne, constata la jeune femme. Où sommes-nous ?

— Je n'en ai pas la moindre idée. Mais l'incendie va sûrement attirer l'attention. Il doit y avoir des fermiers dans les environs. Essayons de trouver la route.

La prenant par la main, il descendit les marches du porche.

A cet instant, une silhouette sombre apparut sur le seuil de la maison.

— Hé ! Vous croyez aller où comme ça ?

Ils se retournèrent. L'homme leva la main. Même avec son unique verre, Baxter n'eut aucun mal à reconnaître un pistolet.

— Bonté divine ! dit Charlotte. Vous êtes le bandit qui a tenté de nous arrêter devant chez Mme Heskett.

— Ouais, et ce coup-ci, je ne me laisserai pas avoir par un de vos trucs.

— Nous ne vous sommes plus d'aucune utilité maintenant, intervint Baxter.

— Si le magicien s'est donné tant de mal pour vous avoir, c'est que vous valez votre pesant d'or.

— Votre maître est mort, dit calmement Baxter. La maison est en feu. Partez avant que les murs ne s'écroulent sur votre tête.

— Je ne vous crois pas. Vous essayez de m'avoir encore une fois !

Avant que Baxter n'ait le temps de répondre, un coup de feu éclata derrière lui.

Avec un cri de surprise et de douleur, l'homme tituba en arrière. Son arme roula sur les marches.

La voix d'Hamilton s'éleva dans la nuit :

— Baxter, miss Charlotte ! Vous allez bien ?

Baxter se retourna. Hamilton et Arielle couraient vers eux.

Le jeune homme tenait un pistolet dans chaque main. Son foulard flottait autour de son cou d'une façon élégamment désinvolte.

Arielle se jeta dans les bras de sa sœur.

— Charlotte ! Oh, Dieu merci ! J'ai eu si peur ! Hamilton est arrivé juste après que ces épouvantables individus ont assommé nos gardes et t'ont enlevée. Nous avons réussi à vous suivre dans son cabriolet.

Charlotte la serra très fort contre elle.

Hamilton glissa les pistolets dans sa ceinture.

— Désolé d'arriver si tard, grand frère. J'ai perdu votre piste à quelques lieues d'ici. Il m'a fallu une éternité avant de trouver un fermier. Il nous a parlé de cette maison en expliquant que personne n'avait le droit de s'en approcher, en dehors des domestiques. Il trouvait ça très bizarre. Alors, on s'est dit que ce devait être le repaire du magicien.

— Brillante déduction. (Baxter sourit.) Finalement, ce qu'on raconte sur les Esherton doit être vrai.

Hamilton perdit un peu de son assurance.

— Que veux-tu dire ?

— Qu'ils font tout avec style.

Hamilton cilla de surprise avant d'éclater de rire.

— C'est dans le sang, grand frère. Tous les St. Ives ont du style. Il m'a simplement fallu un peu de temps pour comprendre le tien. Il est unique ! Qu'en pensez-vous, Charlotte ?

La jeune femme esquissa un sourire radieux et répondit.

— Son style est l'une des choses que j'admire le plus en lui.

20

Deux jours plus tard, Hamilton était accoudé à l'un des établis dans le laboratoire. Il observait avec intérêt Baxter qui arrangeait ses produits.

— Comment as-tu fait pour enflammer les rideaux et créer cette explosion dans la cheminée ? demanda-t-il.

— Je t'ai dit que j'avais mes fioles de lumière instantanée sur moi. Charlotte a attiré l'attention de Judd suffisamment longtemps pour que j'en brise deux dans les plis des rideaux. J'en ai jeté une autre dans la cheminée.

— Très habile... Ainsi, après avoir assassiné son administrateur et Drusilla Heskett, Judd s'imaginait en sécurité ?

— Il ignorait que Mme Heskett avait prévenu Charlotte qu'on en voulait à sa vie. Et il n'a pas envisagé que tante Rosalind enquêterait sur la mort de son amie. Morgan nourrissait un réel dédain pour le sexe féminin. Il a toujours eu tendance à sous-estimer les femmes.

Hamilton sourit.

— Et finalement, ce sont les femmes qui ont provoqué sa perte. Juste retour des choses.

— En effet.

— Pourquoi crois-tu que Mme Heskett a fait ce petit dessin dans son carnet ?

Baxter haussa les épaules.

— Nous ne pouvons que spéculer. En fait, Charlotte pense que c'est plutôt l'administrateur de Judd qui l'a dessiné. Il tentait peut-être d'expliquer à Mme Heskett les principes du mesmérisme.

Hamilton hocha la tête.

— Tu sais, Baxter, il y a quelque chose de bizarre dont je me rends compte seulement maintenant. Je me suis souvent promis de regarder dans le placard de notre pièce à La Table Verte. Je savais que le magicien devait avoir une entrée secrète, et pourtant je ne me suis jamais décidé à le faire.

— Je pense qu'il a dû s'assurer qu'aucun des membres du club ne s'intéresse de trop près à ses affaires.

— Tu veux dire qu'il a utilisé ses techniques de mesmérisme sur nous ?

— Cela semble probable.

Baxter réprima un soupir.

Il en avait assez de répondre à des questions. Il s'était retiré dans son laboratoire pour le ranger et le nettoyer. Il en était ainsi à chaque fois qu'il désirait réfléchir. Laver ses tubes à essai, polir ses instruments, inventorier ses produits l'apaisait, lui permettait de mieux se concentrer.

Malheureusement, l'arrivée d'Hamilton avait ruiné ce beau projet.

— J'ai du mal à croire que Drusilla Heskett ait

eu une liaison avec un administrateur, continuait Hamilton. Je me demande si les dames de la haute société ont pour coutume d'avoir des liaisons avec leur laquais, ou bien le meilleur ami de leur mari ?

— J'imagine que le nombre de femmes compromises dans ce genre de liaisons n'est pas plus grand que le nombre de gentlemen qui ont des relations illicites.

Hamilton grimaça.

— Déplaisante idée. Je n'aimerais pas me retrouver marié à une dame qui prendrait des amants.

— Là-dessus, je suis absolument de ton avis. (Baxter examinait une flasque fêlée.) Je me demande si le verrier pourra me l'arranger...

— Miss Arielle ne trahirait jamais ses vœux de mariage, reprit Hamilton d'une voix douce. C'est une dame de grande vertu, à l'âme noble.

Baxter haussa un sourcil.

— Si tu envisages de lui faire une proposition de mariage, je dois te prévenir que...

Hamilton leva une main.

— Pas de sermon, s'il te plaît. Je suis parfaitement conscient que je n'entrerai en possession de mon héritage que dans quelques années.

— Là n'est pas le problème. D'ailleurs, je pense que miss Arielle ferait une excellente comtesse.

Hamilton rayonnait.

— Tu crois ?

— Oui. Mais si tu lui demandes sa main, tu dois te préparer à voir Charlotte mener une sérieuse enquête sur tes antécédents. Je peux t'assurer qu'elle ne laissera pas sa sœur épouser un homme qui aurait une tendance à l'infidélité.

Hamilton grimaça un sourire.

— En d'autres termes, notre cher père n'est pas une excellente recommandation pour moi ?

— Non.

Hamilton soupira.

— Dans ce cas, il est bon que je ne tienne pas de lui dans ce domaine. Je veux un mariage d'amour, basé sur une profonde affection.

Les yeux ronds, Baxter le scruta.

— Bonté divine ! C'est vraiment sérieux, n'est-ce pas ?

— Avec miss Arielle ? Oui. Je n'ai jamais rencontré de femme aussi charmante, aussi intelligente. Ou aussi courageuse. Tu sais, Baxter, elle a absolument insisté pour m'accompagner l'autre nuit, quand je me suis lancé à la poursuite des ravisseurs de Charlotte. Rien de ce que j'ai pu dire ne l'a dissuadée. Pendant le trajet, elle m'a même demandé de lui expliquer comment se servir d'un pistolet, au cas où. Elle possède un caractère de feu.

— C'est de famille, visiblement, maugréa Baxter.

Des pas retentirent dans le couloir. Rosalind, vêtue d'une robe rose pâle, d'une pelisse framboise et d'un immense chapeau de satin rose, apparut sur le seuil.

— Te voilà, Baxter ! Je te cherchais.

Hamilton se raidit.

— Lady Trengloss.

— Hamilton. (Elle se tourna vers Baxter.) Pourquoi n'as-tu pas répondu à mes messages ? Je t'en ai envoyé au moins deux hier, et un autre ce matin.

Baxter ne chercha pas à masquer son irritation.

— Bonjour, ma tante. Lambert ne vous a pas annoncée.

— Ton majordome a déjà eu du mal à arriver jusqu'à la porte pour m'ouvrir. Je n'avais pas la patience d'attendre qu'il se traîne pour venir m'annoncer. Vraiment, Baxter, tu devrais lui accorder sa retraite. Comment peux-tu tenir cette maison avec lui ?

— C'est le seul employé qui est resté à mon service plus de deux mois. S'il partait, je n'aurais plus personne. Tu désirais quelque chose ?

Elle lança un bref regard impatient vers Hamilton.

— Je suis venue te remercier d'avoir résolu le mystère du meurtre de mon amie.

Un plumeau à la main, Baxter se mit en devoir de dépoussiérer ses étagères.

— Tu m'as déjà remercié il y a deux jours. Je suis assez occupé pour le moment. Aussi, si tu n'as...

— Très bien. Ce n'est pas la seule raison de ma présence ici. (Rosalind plissa les yeux.) Il s'agit d'une affaire de famille.

— Hamilton fait partie de la famille.

Surpris, ce dernier sourit.

— En effet, dit-il.

Rosalind jeta un regard noir à son neveu.

— Comme tu veux... J'irai droit au fait. As-tu toujours l'intention de rompre tes fiançailles avec miss Arkendale, maintenant que votre enquête est terminée ?

Le plumeau se figea en l'air. Baxter pivota lentement pour affronter sa tante.

— Il s'agit d'une affaire qui ne regarde que miss Arkendale et moi.

Quelque chose dans sa voix étonna visiblement Rosalind. Elle cilla. Fait extrêmement rare chez elle, elle se mit à bafouiller :

— Eh bien, je... je voulais simplement dire que...

— Il a peur de lui demander sa main, expliqua

Hamilton sur le ton de la confidence. Il pense qu'elle va l'envoyer sur les roses.

— Ferme-la, Hamilton ! ordonna Baxter, les dents serrées.

Nullement intimidé, celui-ci sourit.

— Pourquoi diable le repousserait-elle ? demanda Rosalind. Elle a vingt-cinq ans. C'est presque une vieille fille, et sans fortune. Elle doit bien comprendre que dans ces circonstances, Baxter est ce qu'elle peut espérer de mieux.

— Merci, ma tante, marmonna Baxter. Il est toujours agréable d'entendre ce genre de choses.

— Elle semble très éprise de Baxter, dit Hamilton. Le problème, c'est qu'elle a quelque chose contre le mariage. Selon Arielle, elle estime que le mariage est un risque terrible pour une femme.

Rosalind eut un ricanement indigne d'une dame.

— Quelles balivernes ! Nous parlons d'un mariage avec Baxter. Il n'y a aucun risque. Je ne connais pas d'homme plus placide, plus sobre, plus calme dans tout Londres !

Hamilton se mordit la lèvre pour ne pas éclater de rire.

— Je suis entièrement d'accord. Il faut avouer que notre Baxter est assurément fidèle, loyal et digne de confiance.

« Toutes les qualités d'un bon épagneul », pensa Baxter. Il se remit à son nettoyage avec une rage à peine dissimulée.

— Quelle est cette histoire de confiance et de fidélité ? demanda Maryann depuis la porte. De quoi diable parles-tu, Hamilton ?

Baxter laissa échapper un gémissement.

S'il avait été du genre à croire à ces fadaises, il aurait été tenté de penser que le sort s'acharnait contre lui aujourd'hui. N'aurait-il donc jamais la paix ?

— Bonjour, mère, dit Hamilton. Que fais-tu ici ?

— Je suis venue voir Baxter.

Rosalind hocha la tête vers Maryann avec un minimum de civilité.

— Lady Esherton.

Les traits de Maryann se crispèrent.

— Lady Trengloss. Je ne vous avais pas vue. (Elle lui tourna le dos pour dévisager son fils.) J'imagine que tu énumérais à Baxter les qualités d'un bon domestique. Il ne fait aucun doute qu'il a besoin d'un nouveau majordome. Celui qui m'a ouvert n'a même pas pris la peine de m'annoncer. Il s'est contenté d'un vague signe de la main vers le laboratoire.

— En fait, nous étions en train d'énumérer les nombreuses qualités de Baxter, précisa Hamilton, amusé. Nous en avons conclu qu'il était tout à fait digne de miss Arkendale.

— Sans doute, dit Maryann, un peu perdue. Je suis certaine qu'ils s'entendront fort bien... Baxter, je souhaiterais vous parler en privé.

— Je ne donne pas d'entrevues privées aujourd'hui, Maryann. (Baxter brandissait toujours son plumeau.) Comme vous le voyez, je suis occupé.

Maryann fronça les sourcils.

— Que faites-vous avec ce plumeau ? N'avez-vous donc pas de femme de chambre dans cette maison ?

— Non. Mais là n'est pas la question. Je ne laisse jamais à personne le soin de nettoyer mon laboratoire. Les domestiques ont tendance à renverser les produits chimiques ou à briser des flacons... Maintenant, je vais vous demander à tous de partir.

Maryann s'offusqua.

— Vraiment, Baxter, il est inutile d'être grossier.

— La grossièreté fait partie de son style inimitable, murmura Hamilton, hilare.

Maryann se redressa avec dignité.

— Je suis venue vous exprimer ma reconnaissance pour ce que vous avez fait pour Hamilton.

Celui-ci leva les yeux au ciel.

— Inutile de me remercier, grommela Baxter. Hamilton s'est fort bien débrouillé tout seul. Il s'est montré très calme dans les moments critiques.

A cet instant, un tourbillon de mousseline jaune s'engouffra dans la pièce. C'était Charlotte. Arielle la suivait de près.

— Miss Arielle ! s'exclama Hamilton. Et miss Charlotte. (Il s'inclina en un salut gracieux avant de s'avancer pour prendre les mains des deux femmes.) Permettez-moi de vous dire que vous êtes toutes deux absolument ravissantes aujourd'hui.

Baxter contempla son frère qui se penchait galamment sur leurs mains gantées. « Je devrais en faire autant », se dit-il. Il y avait effectivement quelques petites choses qu'il pouvait apprendre de son jeune frère. Mais, pour l'instant, il était cloué sur place.

A la simple vue de Charlotte, il avait le souffle coupé. Elle semblait si vivante. Comme si, avec elle, le soleil était entré dans le laboratoire. Pas seulement dans le laboratoire, se reprit-il, mais dans toute sa vie. Un avenir sans elle serait d'une tristesse inconcevable.

— Charlotte, dit-il d'une voix sourde. Miss Arielle. Bonne journée à vous, mesdames.

— Et bonne journée à vous tous. (Charlotte

s'adressait à tout le monde, mais ses yeux se posèrent d'abord sur son fiancé.) Je vois qu'il y a foule.

— Ils s'apprêtaient à partir, assura Baxter. J'ignorais que vous étiez là, Charlotte. Où diable est Lambert ? Je vais lui demander d'apporter du thé ou quelque chose.

— Il semble qu'il ait décidé de monter la garde de façon permanente devant la porte d'entrée, répliqua la jeune femme.

Arielle éclata de rire.

— Il dit qu'avec toutes ces allées et venues ce matin, on ne peut décemment exiger de lui qu'il fasse quoi que ce soit d'autre !

Hamilton sourit.

— Nous sommes tous venus remercier Baxter, mais il insiste pour nous mettre à la porte.

— J'ai des choses à faire, grogna Baxter.

Tout le monde l'ignora.

— Quelle incroyable histoire, dit Arielle. Qui aurait imaginé que cela se termine ainsi ?

Hamilton gloussa.

— En effet. Le magicien a dû être sacrément surpris en retrouvant sur son chemin son vieil ennemi Baxter.

Charlotte posa son sac sur une paillasse.

— Je n'en suis pas si sûre. Je pense plutôt qu'il voyait le rôle de Baxter dans cette affaire comme une manifestation de la destinée.

Hamilton haussa les sourcils.

— Peut-être.

— Mais une telle coïncidence ne peut être fortuite, déclara Rosalind. Il y a autre chose là-dessous.

— Toute cette affaire a quelque chose de mystérieux, renchérit Arielle. Que savons-nous des forces métaphysiques qui nous gouvernent ?

Maryann était visiblement fascinée.

— Oui, c'est tout à fait juste. Cette affaire possède une dimension qui nous échappe...

— Assez ! rugit Baxter. Tout cela n'est que le résultat d'un enchaînement de circonstances parfaitement logique.

— Que voulez-vous dire ? demanda Arielle.

Ce fut Charlotte qui répondit.

— Baxter a raison. Il y a quelque chose de très logique dans toute cette affaire. Après tout, Morgan Judd devait bien se douter des conséquences en attirant Hamilton au club de La Table Verte.

Maryann fronça les sourcils.

— Comment cela ?

— Judd savait qu'en mêlant Hamilton à son projet, il attirerait tôt ou tard l'attention de Baxter. A mon avis, quelque chose en lui l'a poussé à prendre ce risque. Au fond de lui, il voulait que Baxter sache qu'il avait survécu en Italie. Il voulait se vanter, prouver qu'il était le plus intelligent des deux. Et il voulait se venger.

L'air songeur, Rosalind acquiesça.

— Donc, d'une manière ou d'une autre, Baxter aurait été mêlé à cette affaire même si je ne lui avais pas demandé d'enquêter sur la mort de Drusilla ?

— Absolument, dit Charlotte. (Elle sourit à Baxter.) La seule coïncidence dans tout cela, c'est qu'il a soudain fallu que je me trouve un nouvel administrateur.

— Et Baxter s'est présenté pour le poste, conclut Rosalind.

L'intéressé posa enfin son plumeau.

Hamilton fronça les sourcils et adopta un ton théâtral :

— Destin ou progression logique des événements. Qui peut décider ?

— Moi, je peux décider, bon sang, affirma Baxter. Je dis qu'il ne s'est rien passé dans cette affaire qui ne découle logiquement de ce qui s'était passé avant. Et voilà qui met un terme à la discussion. Je veux que vous quittiez mon laboratoire, maintenant.

— Vous l'avez entendu, fit Hamilton, enjoué. Nous ne sommes plus désirés. Laissons-le.

Baxter parut soulagé. Mais cela ne dura pas... quand il vit que Charlotte, elle aussi, se dirigeait vers la porte.

— Pas toi, Charlotte ! J'ai un mot à te dire.

Elle s'immobilisa pour le dévisager.

Hamilton secoua la tête tout en poussant les autres dames vers la sortie.

— Vraiment, Baxter, un de ces jours il faudra que nous ayons une petite discussion sur tes manières en société.

Baxter sentit ses joues s'empourprer.

— En sortant, demande à Lambert de nous apporter du thé.

— Et une autre discussion sur ton incapacité à garder ton personnel ! ajouta Hamilton par-dessus son épaule.

Baxter attendit que la porte d'entrée se soit refermée avant de regarder Charlotte. Elle souriait, patiente.

— Oui, Baxter ?

Il s'éclaircit la gorge. Puis il enleva ses lunettes pour les nettoyer avec son mouchoir. Ce serait plus facile ainsi, se dit-il. Il ne distinguait plus très bien son visage. S'il n'était pas distrait par ses yeux merveilleux, il parviendrait peut-être à présenter ses arguments d'une façon cohérente.

Il se mit à faire les cent pas.

— Vous vous souvenez sans doute qu'il y a deux jours, nous nous trouvions sur le porche de la maison de Morgan Judd ?

Machinalement, il la vouvoyait à nouveau.
— Je crois que je n'oublierai jamais cette nuit.
— Oui, eh bien, vous ne vous souvenez peut-être pas précisément de ce que vous avez dit alors.
— J'ai dit beaucoup de choses.
Baxter se concentra sur ses lunettes.
— Je faisais référence à une phrase en particulier.
— Je vois. De quelle phrase s'agit-il ?
— Vous avez dit que mon style était l'une des choses que vous admiriez en moi.
Un silence.
— Oui, murmura-t-elle. Le fameux style des St. Ives.
Arrivé devant la fenêtre, Baxter remit ses lunettes.
— Je me demandais si, peut-être, il y avait... autre chose que vous admiriez en moi...
Surprise, elle haussa les sourcils.
— Bien sûr. Mais... je ne comprends pas.
Il grommela un juron.
— Charlotte, je ne vais pas davantage tourner autour du pot. Je suis amoureux de vous.
— Oh, Baxter !
— Je dois savoir s'il existe une petite chance pour que cet amour soit réciproque.
Charlotte esquissa un sourire radieux. Ses yeux verts brillaient comme deux pierres précieuses.
— Je crois que je suis tombée amoureuse de toi dès le premier instant.
Il la fixa, de peur de ne pas avoir correctement entendu.
— Tu es certaine ?
— J'avais tellement peur que tu ne m'aimes pas !
Il s'approcha pour la prendre dans ses bras.
— Pourquoi avais-tu peur, ma chérie ?

— Tu as dit que notre liaison était un inconvénient, lui rappela-t-elle.

Il fronça les sourcils.

— Elle l'est. Un sacré inconvénient. Charlotte, je sais que tu n'as pas un grand désir de te marier. Si tu veux continuer ainsi, je me plierai à ta volonté. Mais je préférerais partager davantage avec toi. Je voudrais voir ton visage quand je me réveille le matin. Je voudrais te tenir dans mes bras quand je m'endors la nuit.

— Moi aussi.

— Je suis conscient de ne pas être le plus romantique des hommes, mais...

Levant les yeux, elle enfouit les mains dans sa chevelure.

— Vous vous trompez, monsieur. Vous êtes l'homme le plus romantique que j'aie jamais rencontré.

Il la regarda, éberlué.

— Tu trouves ?

— Absolument !

Elle sourit à nouveau et se dressa sur la pointe des pieds pour murmurer contre ses lèvres :

— Et si tu es en train d'essayer de me demander de t'épouser, ma réponse est oui.

ÉPILOGUE

Minuit — Londres, un mois plus tard

C'était sa nuit de noces.

Accoudée au rebord de la fenêtre, le menton sur les mains, Charlotte observait les ténèbres. Cela avait été une journée absolument folle, avec le mariage, le déménagement chez Baxter et l'excitation générale qui accompagnait toujours ce genre d'événement. Elle aurait dû être épuisée, mais elle ne s'était jamais sentie aussi vivante.

Elle se retourna en entendant la porte s'ouvrir. A la vue de Baxter, son cœur se gonfla de joie.

Il portait une robe de chambre noire. Les verres de ses lunettes reflétaient la lueur des chandelles. Derrière, ses yeux brillaient d'amour. Il examina la chambre avec satisfaction tout en venant vers elle.

— Une chambre, de la chaleur, un lit spacieux et tout le confort. Je t'avais bien dit que, pour un homme comme moi, le mariage serait bien plus pratique qu'une liaison.

Elle noua les bras autour de son cou.

— Je dois admettre que tu n'as pas tort. Néanmoins, j'espère que tu ne m'as pas épousée dans le seul but d'obtenir les services de Mme Witty ?

Il sourit et l'attira contre lui.

— J'avoue que j'ai toujours eu du mal avec le personnel, mais je n'irais pas jusque-là pour obtenir les services d'une gouvernante, pas même d'une gouvernante aussi formidable que Mme Witty.

— Voilà qui me soulage.

Au contact de son corps puissant, elle se sentit portée par une vague de chaleur et de désir. Posant la tête contre son épaule, elle savoura la sensation de bonheur qui l'étreignait. Quelque chose en elle avait toujours cherché cet homme, pensa-t-elle. Il était véritablement sa moitié en ce monde. Un lien indéfinissable les avait réunis dès le premier instant. La destinée ? Elle n'en savait rien. Et, finalement, cela n'avait aucune importance.

— Tu sais, chuchota-t-il contre sa gorge, j'en viens à croire que la chimie et la science ne peuvent pas tout expliquer.

— Certains mystères ne sont peut-être pas faits pour être résolus.

— C'est vrai.

— Dès le début, j'ai su que tu étais un homme passionné et dangereux.

La soulevant dans ses bras, il l'emporta jusqu'au lit plongé dans l'ombre. Après l'avoir installée contre les coussins, il se pencha au-dessus d'elle. Ses yeux avaient la couleur de l'or en fusion.

— Quelle étrange coïncidence, dit-il très doucement. Je m'étais fait exactement la même réflexion à ton propos. Une femme passionnée et fort dangereuse. Pas du tout mon genre.

— Nous sommes faits l'un pour l'autre.

— Oui.

Il la prit dans ses bras et leurs lèvres s'unirent dans un baiser de feu, attisé par l'alchimie de l'amour.

4936

Composition Nord Compo
Achevé d'imprimer en France (Manchecourt)
par Maury-Eurolivres
le 18 octobre 2005.
Dépôt légal octobre 2005. ISBN 2-290-34270-X

Éditions J'ai lu
87, quai Panhard-et-Levassor, 75013 Paris
Diffusion France et étranger : Flammarion